계간 미스터리

2023 여름호 | 통권 제78호

표지 그림 © 두라 〈Youth And Island〉
그래픽노블 〈Youth And Island〉를 그리고 썼으며, 여러 매체에서 일러스트레이터로 활동하고 있다.
인스타그램@duadorpaper

계간 미스터리
2023 여름호

2023년 6월 15일 발행 통권 제78호

발행인 이영은
편집장 한이
편집위원 윤자영 조동신 홍성호 한새마 박상민 김재희 한수옥
교정 오효순
홍보마케팅 김소망
디자인 여상우
제작 제이오
인쇄 민언프린텍

발행처 나비클럽
등록번호 마포, 바00185
등록일자 2015년 10월 7일
출판등록 2017. 7. 4. 제25100-2017-0000054호
주소 (04031) 서울 마포구 동교로22길 49, 2층
전화 070-7722-3751 팩스 02-6008-3745
이메일 nabiclub17@gmail.com

ISSN 1599-5216
ISBN 979-11-91029-74-1 03810
값 15,000원

※본지는 한국문화예술위원회의 문예진흥기금에서 원고료(일부)를 지원받아 발행합니다.

2023 여름호를 펴내며

엔데믹 이후 첫 여름휴가 특집

한이·계간 미스터리 편집장

휴가에 해당하는 영어 단어vacation의 원래 의미는 오늘날의 의미와는 상당히 달랐다고 합니다. 현대의 휴가는 고대 로마의 종교력曆에서 유래한 것인데, 그 방식이 지금과는 정반대였습니다. 고대 로마는 연중 100일 이상이 여러 신과 여신에게 바쳐진 축제일이었는데, 이런 성일聖日에는 사람들이 일을 하지 않고 쉬었습니다. 성스럽다고 여겨지지 않는 날은 디에스 바칸테스dies vacantes, 즉 비어 있는 날이라고 불렀으며, 그런 날에는 사람들이 일을 했습니다. 현대에는 이 '비어 있는 날'이 쉬는 날, 휴가가 된 것이죠.

어찌 되었든 휴가가 다가옵니다. 팬데믹이 엔데믹으로 전환된 이후 첫 번째 맞는 여름휴가라 많은 분이 다양한 계획을 세우리라 생각합니다. 《계간 미스터리》에서도 오랜만에 '휴가'란 주제로 웃기면서 처절하고, 냉소적이면서 아련한, 휴가에 관한 네 편의 단편을 특집으로 준비했습니다.

김영민의 〈휴가 좀 대신 가줘〉는 경쾌한 일상 미스터리 작품입니다. 지옥 같은 회사에서 퇴사하기 위해 아끼는 후배를 소개한 죄로, 1년 뒤 회사 휴가에 대신 따라가게 된 주인공이 겪는 바다낚시가 시종 발랄한 독백으로 진행됩니다. 하지만 일견 수다스러운 화자의 말 속에 복선이 촘촘히 숨겨져 있으니 꼼꼼하게 읽어보시길 바랍니다. 박소해의 좌승주 형사 연작 중 한 편인 〈불꽃놀이〉는 인생 최고의 휴가 중 하나인 신혼여행을 온 부부의 이야기입니다. 하지만 재벌가의 막내딸과 월급쟁이 외과 의사의 결합은 묘한 부조화를 보이고, 신부의 죽음과 함께 재벌가에 감춰진 잔인한 가족사가 민낯을 드러냅니다.

정혁용 작가의 〈KIND OF BLUE〉는 마치 한 편의 연극을 보는 것처럼 단숨에 읽히지만, 마일수와 우 경정의 긴장감 넘치는 대화 속에 미스터리 장르에 대한 다양한 클리셰와 오마주의 성찬을 즐길 수 있습니다. 휴가 기간을 이용해서 사건을 해결하는 우 경정이 활약하는 다른 작품들도 곧 볼 수 있기를 기대합니다.

류성희 작가의 〈머나먼 기억〉은 '현재에서 가까운 시간부터 기억을 지워가는 병에 걸린 엄마'가 전남편과 함께 살던 곳으로 휴가 아닌 휴가를 떠나고, 그 뒤를 쫓는 딸이 엄마의 가장 고통스러운 기억을 찾아가는 여정을 아름다운 문장으로 그리고 있습니다.

새롭게 추리소설 장편 분재도 시작했습니다. 그동안 〈추리소설가가 된 철학자〉 연재를 이어왔던 백휴 작가가 본캐인 추리소설가로 돌아와서 정통 역사 미스터리 《탐정 박문수》를 3회에 걸쳐 분재할 것입니다. 오랜 시간 연구하고 준비한 자료를 기반으로 치밀한 스토리가 진행될 것입니다.

이번 호부터 팩트스토리와 공동 기획으로 '이야기 논픽션narrative nonfiction' 장르에 속하는 르포르타주 특집을 기획했습니다. 첫 번째 결과물이 전현진 기자의 〈길고양이 킬러를 추적하다〉입니다. 실제 수많은 길고양이를 잔인하게 학대하고 살해한 범인을 끈질긴 추적 끝에 찾아낸 한 여성의 집념 어린 추적이 생생하게 담겨 있습니다. 앞으로 《계간 미스터리》를 통해서 전세왕, 마약, 투자 사기 등과 같은 현재의 이슈들을 치열한 취재와 흥미로운 이야기로 담아낼 것입니다.
〈미스터리란 무엇인가〉의 박인성 교수는 이번 호에서 미스터리 게임에 대한 흥미로운 분석을 실었습니다. 게임북의 형식에서 시작된 게임 미스터리 장르가 〈탐정 진구지 사부로〉, 〈역전재판〉, 〈단간론파〉, 〈괭이갈매기 울 적에〉로 이어지면서, 어떻게 클래식한 미스터리 장르에서 메타-미스터리 장르까지 포용하고 있는지 보여줍니다. 언제나 이야기에 관한 독특한 해석을 내놓는 신화인류학자 공원국은 〈인물 창조의 산고 4-부모 잃은 소년, 탐정이 되다〉에서 가즈오 이시구로의 《우리가 고아였을 때》와 《나를 보내지 마》를 텍스트로 인간을 진실과 대면하게 하는 방법으로 추리라는 방식을 택한 이유를 설득력 있게 설명합니다.
그에 더해 60대 여성 킬러를 전면에 내세운 작품 《파과》와 외전격인 단편 소설 《파쇄》로 충격을 주었던 구병모 작가와의 인터뷰, 중국 드라마 〈마천대루〉에 대한 상세한 리뷰까지 실었습니다.
마지막은 좀 안타까운 휴가 이야기를 해야겠네요. 탐정 사와자키 시리즈의 작가 하라 료가 지난 5월 4일 지상에서의 고된 일을 모두 마치고 영원한 휴가를 떠났다고 합니다. 결국 2021년 국내에 출간된 《지금부터의 내일》이 작가의 유작이 되었네요. 아끼느라 아직 읽지 못하고 있었는데요. 어딘가, 어쩌면 하라 료의 사와자키가 활약하던 신주쿠 뒷골목에 방을 잡고 첫 페이지를 펼칠지도 모르겠습니다. 행복한 휴가가 되시길.

차례

길고양이 킬러를 추적하다

전현진 / 공동 기획 · 팩트스토리

팩트는 언제 스토리가 되는가? 우리 주변의 익숙한 사건이나 사람의 다른 측면을 집요한 취재와 팩트로 드러낼 때, 사실은 스토리가 된다. 이미 미국이나 일본의 언론계와 출판계에서 발달한 '이야기 논픽션narrative nonfiction' 장르다. 이번 호부터 《계간 미스터리》와 실화 모티프 웹소설 웹툰 기획사 팩트스토리가 손을 잡고, 이미 보도된 사건과 인물을 '더 인간적이며, 넓고 깊게, 다른 앵글로' 다루는 기획 기사를 선보인다. 이번 호에서는 〈경향신문〉의 전현진 기자가 고양이 학대범을 추적한 어느 고양이 애호가의 이야기를 썼다.

1

죽은 삼색이 고양이가 하얀 세탁망에 몸을 반쯤 걸친 채 쓰러져 있었다. 붉게 물든 배에선 내장이 쏟아져 나왔다. 창자 밑에 검은 커터칼과 빨간 주방용 가위가 아무렇지 않게 놓여 있었다.

"궁금한 게 있어서 메시지 남깁니다. 노란색 동그라미 친 것은 똥인가요, 지방인가요?"

김미나는 이 사진을 올린 인스타그램 사용자에게 물었다. 순전히 호기심이 인다는 듯한 태도였다.

"새끼."

그는 별 대단한 것 없다는 듯 답했다.

"새끼면 빨개야 하지 않나요."

김미나는 다시 그저 궁금하다는 듯이 물었다.

"노무현."

상대는 '최진수'라는 이름으로 인스타그램 계정을 운영했다. 프로필 사진은 안경 낀 남성이었다. 물론 가명과 도용한 사진일 것이다. 김미나는 이 자가 남자라고 확신했다. '일베'나 '디시인사이드' 같은 남성 커뮤니티에서 주로 사용하는 표현과 반응이었다. 길고양이를 학대하고 죽이는 이들은 대체로 남자였다. 그의 계정에 고양이를 해부한 사진이 더 있었다.

"손질을 어떻게 해야 저렇게 정교할 수 있음요? 예술 쪽?"

김미나는 아무 내색 없이 대화를 이어갔다. 고양이를 죽이고 해부하는 데 관심이 있는 사람인 것처럼 했다. 뛰어난 손기술을 한 수 배워보고 싶다는 말투였다.

"더발한거많다. 잘한거."

상대는 무뚝뚝했지만 계속 대답했다. 맞춤법이나 띄어쓰기는 거의 지키지 않았다.

"손기술이 어렸을 때부터 타고난 거예요?"

김미나가 물었다.

"그냥유튜브 계속봤어요."

상대는 자신이 참고한 유튜브 영상 링크를 보내줬다. 사냥한 동물 가죽을 벗기는 법을 알려주는 영상이다. 그는 자신의 작업을 칭찬하는 낯선 이의 관심이

싫지 않은 듯했다. 인스타그램에 따로 올리지 않은 사진도 보여줬다. 그는 자신이 취미로 이런 일을 한다고도 했다.

"돼지고기 비린내가난다. 소시지비슷한비린내."

"눈알 터진 것 같아."

김미나는 고양이가 죽어 있는 다른 사진을 보고 물었다. 좀 전에 창자를 쏟은 고양이를 다른 각도에서 찍은 것이다.

"눈알도뇌라서 뻥하고 튀나온다."

"때리면 저렇게 되는 거야?"

"옹."

김미나는 인천의 집에서 스마트폰을 보면서 느끼고 있는 자신의 감정이 인스타그램의 대화 속에서는 드러나지 않게 하려고 노력했다. 늦은 밤 잔혹하게 죽은 고양이 사진을 보면서 분노하고 있었지만, '나도 너와 같은 부류'라고 믿게 해야 했다. 그렇게 해서라도 대화는 계속 이어져야 한다. 이렇게 주고받은 대화는 그의 자백이나 다름없으니 말이다.

2

김미나가 이 인스타그램을 본 건 순전히 우연이었다. 인스타그램 피드를 살피다 정말 귀여운 고양이 사진을 봤는데, 여기 달린 댓글이 눈에 띄었다.

"언제 뒤질까~"

김미나는 이상한 기분이 들어 댓글의 아이디를 눌러보았다. 팔로워 두 명, 게시물은 열다섯 개. 감출 것 없다는 듯 공개된 계정이었다. 정체를 알 수 없는 계정 주인은 고양이 사체를 트로피처럼 찍어 올렸다.

불에 타고 으깨진 고양이의 머리, 가위로 잘라낸 듯한 혀, 통째로 벗겨낸 가죽과 속살, 배 속이 텅 빈 채 타 죽은 고양이. 어미 배에서 막 꺼낸 듯 아직 형태도 갖추지 못한 태아 사진도 있었다.

김미나는 구역질과 눈물이 나는 것을 참기 어려웠다. 대화는 계속됐다. 새로운 대화와 사진이 전송됐다는 알림이 오면 또 고양이가 죽었구나 싶어 덜덜 떨며 울었다.

그가 보낸 한 동영상에서 고양이 한 마리가 수술을 기다리듯 팔다리를 벌린 채 천장을 보고 누워 있었다. 죽은 듯 동공에 힘이 없고 입이 벌어졌다. 영상에는 시끄러운 모터와 바람 소리가 났다. 생식기를 찢어내고 몸 안에 드라이어를 틀어놓은 것이다. 내장을 다 빼내고 내부를 말리는 중이었다. 그는 고양이를 "에드벌룬", "열기구"라고 했다.

김미나는 비교적 작은 체형의 30대 초반 여성이다. 긴 생머리에 또렷한 이목구비를 가졌고, 또래 여성들이 좋아하는 브랜드의 옷과 신발을 착용했다. 특별한 게 있다면 어렸을 때부터 자동차를 좋아해 여성 카레이서로 활동했다는 점이다. 과거엔 현대차에서 나온 스포츠카 투스카니 마니아로도 통했다. 차에서 먹고 자는 '화성인'으로 TV에 소개되기도 했는데, 과장된 연출이었지만 실제 자동차를 좋아하는 건 맞다. 지금은 드리프트 레이서를 준비 중이다. 그런 김미나가 자동차를 제외하면, 아니, 자동차보다 더 좋아하는 게 고양이였다.

처음 고양이를 접한 것은 어머니의 영향이었다. 엄마가 길고양이 밥을 챙겨주면서 가끔 집에 데려왔다. 처음엔 고양이를 무서워했지만, 길고양이에게 우연히 참치 캔 하나를 뜯어줬을 때 친근하게 다가오는 것을 보고 조금 마음이 열렸다. 그리고 어느 날 자동차 문을 열었을 때 차에 폴짝 올라탄 새끼 고양이를 입양하면서 완전히 마음이 열렸다.

고양이에 관심을 두면서 어렸을 적 이야기가 떠올랐다. 옆집 빌라 할머니가 고양이를 잡아먹었다더라, 이웃 노인이 고양이를 방망이로 때려잡고 양파망에 넣어 건강원에 팔았다더라 하는 얘기들이다.

그런 과거의 기억이 불쑥 떠오른 것은 2022년 2월 무렵 디시인사이드에 올라온 영상 때문이었다. 'VPN테스트'라는 이름의 사용자가 올린 영상에서는 포획틀 안에 갇힌 고양이에 누군가 산 채로 불을 붙이는 모습이 담겨 있었다. 처음에 불이 붙은 줄도 모르던 고양이는 마른세수를 해 불을 껐다가, 다시 불을 붙이자 발버둥 쳤다. '대량학살 예고합니다'라며 고양이를 구하고 싶다면 고양이 사료 급여를 멈추라는 게시글도 올라왔다.

얼굴이 까맣게 그을린 고양이의 모습이 잊히지 않았다. 이전에 이런 잔인한 영상은 본 적도 없었다. 한번 고양이가 산 채로 불에 타는 모습을 보니, 이전으로 돌아갈 수 없었다. 김미나는 그동안 몰랐던, 눈 감고 있던 길에서 살아가는 고양이의 죽음과 인간의 모습을 발견했다.

'왜 이런 놈이 안 잡히는 거지?'

김미나는 화가 났다.

"ㅋㅋㅋ나 잡아봐라 병신들아"

"니넨 절대!!! 나를!!! 못잡는다 게이야ㅋㅋㅋㅋㅋ"

'VPN테스트'는 자신이 잡히지 않을 거라고 확신했는지 한동안 게시글을 올렸다. 실제로 지금까지 잡히지 않았다. 그는 IP 주소를 감출 수 있는 VPN(가상사설네트워크) 프로그램을 이용해 추적을 피했다. VPN을 이용하면 실제 IP 주소를 감춰 사용자를 특정할 수 없게 된다. 사실 이들이 믿는 것은 경찰인 듯했다. '고작' 고양이를 죽인 걸로 바쁜 경찰이 해외 서버까지 찾아 헤매는 복잡한 IP 추적을 할 리 없다는 것이다. 이들은 자신만만했다.

그날 이후 김미나는 무언가에 홀린 것처럼 하루 종일 고양이 학대자들이 모이는 디시인사이드, 텔레그램 채널, 카카오톡 오픈채팅방을 확인했다. 길고양이를 죽이거나 괴롭히는 이들이 너무 많았다. 하루 세 시간만 자며 갤럭시Z플립폰을 들여다봤다. 컴퓨터가 없어 캡처한 자료를 정리하기 쉽지 않아 고양이 카페 회원들의 도움을 구하기도 했다.

학대범들은 익명으로 아이디를 돌려가며 썼다. 하지만 학대를 자랑하기 위해 올린 영상과 사진을 파고들면 힌트를 찾을 수 있었다. 힌트가 보이면 고양이 카페 회원들과 구조에 나섰다. 그렇게 경험을 조금씩 쌓아갈 무렵, 이 인스타그램을 발견한 것이다. VPN 사건 이후 한 달쯤 지난 2022년 2월 말이었다.

3

대화는 계속됐다. 확실한 증거를 확보하지 못하면 구조도 체포도 할 수 없다.

"나비탕 너 오면 준다."

고양이로 끓인 탕요리다.

"만들 줄 알아?"

"채소 넣고 고기 넣고 끓이는데?"

어두운 밤 휴대용 가스버너 사진과 함께 그는 길에서 붙잡은 고양이를 죽여 끓여 먹거나 다른 고양이에게 먹인다고 암시했다.

“너 얼 프사로 바꿔. 본계정 알려주거나. 너 의심되서.”
프로필 사진을 본인 얼굴로 바꾸거나 주로 사용하는 본 계정을 알려달라는 의미다. 그는 아무렇지 않게 이야기하다가도 김미나의 신원을 확인해보려고 했다.
“당신 비밀경찰 아니야?” 하고 묻기도 했다. 김미나는 그러면 “경찰 아니고 일반 회사원”이라고 말했다. 김미나도 다른 계정을 만들어 말을 걸었던 참이라 가공의 인물인 척해야 했다.
“남자 이상한놈일까봐. 너 머리카락인증샷보여줘.”
그는 자신과 대화하는 상대가 여자라는 걸 알고 성인 영상을 보내기도 했고, 상대가 남자일까 걱정하기도 했다.
김미나는 계속 자신도 비슷한 부류의 사람이라는 듯 관심을 보이며 장단을 맞춰줬다. 스스로 저지른 일이라 계속 자백하고 추적의 단서를 드러내게 하려고 계속 이런저런 말을 걸었다.
“새끼는 박제한다.”
새로 보내온 사진에 한 고양이가 얼굴이 피투성이가 된 채 바닥에 쓰러져 있었다. 그리고 사다리로 보이는 곳에 거꾸로 매달린 사진이 왔다. 다음 사진은 가죽이 벗겨진 속살이었다. 비닐봉지에 담긴 태아로 추정되는 사진도 보내왔다.
섬뜩하고 무서운 사람이란 걸 알았지만 이야기를 나눌수록 괴기한 모습에 김미나는 더 무서워졌다. 그는 자신이 고양이를 붙잡아 죽이고 해부하는 장소를 ‘작업장’이라며 ‘스키야키 웨스턴 장고’라고 불렀다. 일본에서 제작된 서부극이다. 그는 원대한 계획이라도 되는 듯 말했다.
“고양이 트랩 만들어서 50마라(마리)이상수용할수있는(있는) 감옥말들거.”
김미나는 직전에 길고양이를 붙잡아 원래 살던 곳에서 아주 먼 곳에 방사하는 학대범을 찾아냈다. 영역 동물인 고양이를 먹이도 없는 곳에 던져놓으면 죽는다. 이 학대범은 자신이 ‘논두렁 게이’라며 길고양이 급식소에서 고양이를 포획해 먼 논밭에 방사하는 ‘논두렁 시리즈’를 자랑하듯 올렸다.
김미나는 사진에 보이는 전봇대와 야산, 표지판의 특징을 가지고 지도를 검색해 충남 청양이라는 것을 알아냈다. 그리고 논두렁 게이가 고양이를 포획한 급식소에 파란색 천막이 있다는 점을 눈여겨보고 고양이 카페 회원들에게 수소문했다. 한 회원이 자신이 밥 주던 길고양이가 며칠 전에 사라졌는데, 급식소에 파란 천막이 있다는 연락이 왔다. 사진을 대조해본 결과 이 회원이 밥을 챙겨주던 고양이였다. 회원이 확인해보니 급식소 앞집에 사는 20대 남성이 저지른 짓이었다. '이주 방사 학대'를 구체적으로 처벌하는 법률이 없어 처벌받지는 않았지만, 이후 관련 법안이 발의됐다.

하지만 이주 방사 학대범과 인스타그램의 해부 학대범은 질적으로 달라 보였다. 고양이를 죽이거나, 죽어 있는 사진을 골라서 올렸기 때문에 위치 특정도 어려웠다. 그가 올린 게시글 중 일부에는 '포항 구룡포'로 위치가 찍혀 있었다. 하지만 VPN을 사용했을 경우 IP 주소가 가상사설네트워크에 의해 실제와 달라지고, 접속 위치도 달라진다. 접속 위치를 조작하는 프로그램도 있다. 그래서 인스타그램 위치를 백 퍼센트 신뢰할 수도 없었다. 이 상태로 경찰에 신고해도 체포까지 오래 걸린다. 무엇보다 확실한 증거를 가져오기 전까지 경찰이 움직여줄 것 같지 않았다.

김미나는 동물보호단체에 신고했다. 혼자서는 어렵다고 생각해서다. 캡처해둔 자료들을 모아 전달했다. 하지만 돌아온 대답이 허탈했다.

"'죽은 사체를 가지고 했다'고 할 확률은?"

직접 고양이를 죽인 게 아니라 사체를 해부만 했다면 처벌이 어려운데, 이 자가 고양이를 죽였다는 증거가 있냐는 질문이다. 증거야 있지만, 이런 태도라면 적극적으로 나서지 않을 것이다.

50마리 이상 수용해 고문하고 죽이는 살육 공장을 만들겠다고 했지만, 그는 사실상 혼자였다.

하지만 김미나는 포기할 수 없었다. 고양이를 잡아 죽이는 이 사람과 대화하는 건 자신뿐이었다. 포기하는 순간 얼마나 많은 고양이가 더 죽을지 알 수 없었다. 포기는 곧 죽음을 의미했다. 그렇게 내버려둘 수는 없었다.

4

김미나는 다시 상대와 나눈 대화를 살펴보고 게시글을 검토해봤다. 잔혹하게 죽은 고양이 사체를 보는 일은 고통스러웠다. 하지만 계속 관찰했다. 보고 또 보면서 힌트가 있지 않을까 생각했다.

그러다 사진 하나가 눈에 띄었다. 파란 플라스틱 통 안에 들어 있던 고양이의 두개골이었다. 고양이 뼈 주위에 톱밥이 깔려 있었고 살이 별로 없는 사과나 포도도 있었다. 그리고 벌레 몇 마리가 눈에 띄었다. 밀웜(갈색거저리 유충)이었다. 밀웜은 흔히 파충류를 키우는 이들이 사료로 쓰는 곤충이다.

"살붙은거밀웜먹이로주면 편합니다."

'살을 어떻게 잘 발라냈냐'는 질문에 그는 이렇게 답했었다. 고양이를 죽이고 깨끗하게 살을 발라낼 때 밀웜을 썼다는 뜻이다. 문득 밀웜과 포획틀을 어디서 구했을지 궁금해졌다. 인터넷에서 사지 않았을까?

네이버에 검색하니 밀웜이나 뉴트리아 포획틀을 파는 사이트들이 보였다. 이런 쇼핑몰에는 사진이나 영상을 올려 리뷰를 적어두는 곳이 있다. '혹시?' 우선 밀웜 파는 곳의 리뷰를 하나하나 살펴봤다.

밀웜 판매 사이트는 네이버 쇼핑에만 4천여 곳이다. 김미나는 보통 사람들이 쇼핑하는 것처럼 '리뷰 많은 순'으로 정렬해놓고 하나씩 살펴봤다. 2022년 2~3월로 기간이 특정됐다는 점이 불행 중 다행이었다. 한 사이트마다 리뷰가 수천 개씩 달려 있어 하나씩 다 찾아보는 데 시간이 오래 걸렸다.

'리뷰 많은 순' 여덟 번째에 있는 밀웜 판매 사이트에서 익숙한 사진 리뷰 하나가 눈에 띄었다. "감사합니다 아주감사합니다." 리뷰 글과 함께 첨부된 사진은 인스타그램에 올라온 것과 같은 파란 플라스틱 통과 두개골 사진이었다.

그는 밀웜 특대(2.4센티미터 이상) 200마리를 샀고, 별점 다섯 개를 남겼다. 판매자는 "고객님 소중한 리뷰 감사합니다:) 만족하셨다니 저희도 기쁩니다"라고 답글을 달았다.

리뷰를 올린 아이디(jaew****)가 확인됐다. 김미나는 포획틀 판매 사이트도 뒤지기 시작했다. 리뷰 많은 사이트 순서대로 확인하던 중 인스타그램에 올라왔던 것과 같은 사진을 찾아냈다.

"굳ㅇㅂ다잘씁 굳." (Good입니다. 잘 썼습니다.)

뼈만 앙상하게 남은 고양이 뼈 사진이었다. 바닥에 누운 고양이는 머리뼈가 없었다. 이 사이트에는 같은 아이디로 올린 리뷰가 또 있었다. 인스타그램에 없던 재구매한 포획틀 사진이 있었다. 사진에 담긴 포획틀의 손잡이 부분에 뭐라고 쓰여 있었다. 사진을 확대해보니 '주인 있습니다'라고 쓴 글 위에 전화번호가 적혀 있었다. "010-○○○○-○○○○."

전화번호를 알아냈으니, 경찰에 고발도 가능하다. 하지만 김미나는 정확한 위치를 특정하려고 했다. 정확한 위치를 알 수 없다면 관할을 어디로 할지를 두고 오랜 시간이 걸리거나 수사가 제대로 이뤄지지 않을 가능성도 있었다. 'VPN테스트'를 지켜보고 '논두렁 게이'를 추적하면서 경찰은 쉽게 나서지 않으며, 추적이 늦어질수록 또 다른 고양이들이 희생된다는 것을 배웠다. 수사 같은 건 몰랐지만, 집요함을 무기로 학대범을 추적하며 몸소 배운 감각이다. 빨리 붙잡아야 희생을 막을 수 있었다.

김미나는 포획틀 판매점에 전화를 걸어 사정을 설명했다. 포획틀이 고양이를 잡아 죽이는 데 쓰였고 고발할 예정이니 배송지를 알려달라고 했다. 판매점 관계자는 개인정보를 알려줄 수 없다면서 대신 한 장의 위성사진을 보내줬다. 위성사진은 경북 포항시 호미곶 해안가를 가리켰다.

5

2022년 3월 20일, 포항 구룡포 인근 호미곶의 해안가, '어흥탐정'과 '판다탐정'으로 통하는 두 남자가 주변을 둘러보고 있었다. 건장한 체격의 둘은 흥신소를 운영하고 있는데, 길고양이를 잔인하게 죽이고 해부하는 현장을 찾아달라는 의뢰를 받고 이곳에 왔다.

김미나는 위치를 확인한 뒤 자료 정리를 돕던 몇몇 고양이 카페 회원에게 이 사실을 알렸다. 고발을 준비하던 중 한 회원이 흥신소에 사건을 의뢰해보자고 제안해 수집한 정보를 알려줬다. 어흥탐정은 원래 실종자 탐문이나 학교폭력 조사, 외도 증거 수집 같은 일을 주로 하는데, 최근 'VPN테스트' 사건의 증거 수집을 의뢰받으면서 동물 학대 사건의 증거 수집을 시작하게 된 참이었다.

둘은 주변을 둘러보다 한 폐양어장을 발견했다. 2~3미터 높이의 폐양어장은 사다리 없이는 들어가거나 빠져나올 수 없었다. 양어장 안에서 뛰어다니는 고양이 몇 마리, 그리고 고양이 사체도 보였다. '스키야키 웨스턴 장고'가 바로 이곳이었다.

어흥탐정은 자신이 운영하는 유튜브 채널에 올릴 생각으로 동영상을 촬영했다. 둘은 범인이 올 때를 기다려 경찰에 신고할 생각이었다. 잠시 후 위아래로 검은 옷을 입은 남자가 폐양어장 안으로 내려가더니 구석에 앉아 무언가 하기 시작했다. 어흥탐정이 급히 달려갔다. 판다탐정은 경찰에 빨리 와달라며 신고했다.

“지금 뭐 하는 거예요?”

어흥탐정이 물었다.

“그냥 보고 있었는데요.”

남자는 놀라 일어나더니 주머니에 손을 넣고 딴청을 부렸다. 아직 앳된 모습이었다.

“보긴 뭘 봐, 새끼야. 고양이 죽이러 왔지? 내가 너 한 달 동안 미행했어. 인마!”

어흥탐정이 반말로 거칠게 몰아붙였다.

남자는 겁을 먹고는 갑자기 무릎을 꿇었다.

“죄송합니다!”

남자는 깍듯하게 존대하며 묻는 말에 순순히 대답했다. 조금 어눌한 말투였다. 신고를 받고 온 경찰관 두 명은 조금 귀찮은 듯한 태도였다. 경찰관들은 이 남자가 고양이를 죽이고 있다가 붙잡힌 현행범이 아니라 체포할 수 없다고 했다. 어흥탐정이 이 남자에 대해 이미 고발이 이뤄진 게 있다고 설명해주자, 경찰관은 남자의 인적 사항을 확인한 뒤 담당 형사에게 연락이 갈 것이라고 했다.

이날 새벽 서울에서 내려온 ‘동물권행동 카라’가 폐양어장에서 살아 있는 고양이를 구조했다. 경찰이 수거하지 않은 고양이 사체도 조심스럽게 모았다. 학대의 증거인데도 경찰이 피의자도 증거도 챙기지 않은 것이다.

김미나는 구조되는 장면을 인스타그램 라이브로 보았다. 이날 범인의 모습을 확인할 수 있을 거라 예상하지 못했기 때문에, 김미나는 그 자리에 없었다.

범인은 적발된 직후에 포항 MBC 취재진에게 이렇게 말했다.

“한 마리가 물어서 화나서 내팽개치고 바닥에 바로 던졌는데 움찔움찔하다가… 엄청 우울했습니다. 사실은 제가 호기심이 좀 많았던 것 같습니다. 한번 시도해보고 싶어서 이런 식으로… 죽을죄를 지었습니다.”

반성하는 듯했지만 그는 경찰 조사를 받고 화를 주체하지 못했다. 흥신소에 의뢰한 다른 회원을 여태까지 대화한 김미나라고 생각해 협박했다.

“신고한 게 너구나. 니 살이랑 가죽도 고양이처럼 벗겨줄까?”

그러고 나서 계정도 급히 삭제했다. 하지만 김미나가 이미 모든 게시글을 저장

해둔 뒤였다. 그는 토끼나 고양이를 마음껏 사냥할 수 있는 호주로 이민 가겠다고 했다.

김미나는 이 과정에서 범인의 어머니와 통화했다. 범인의 어머니는 자신이 동물 구조 활동도 한다며, 자기 아들이 착하고 동물을 좋아해서 이런 일을 했다는 걸 몰랐다고 했다. 하지만 김미나는 그의 집에 여러 개의 통덫과 젖도 제대로 못 뗀 새끼 고양이, 태아를 넣어둔 유리병도 있어, 범인의 어머니도 아들에 대해 어느 정도 알고 있었을 것으로 추측했다.

범인의 어머니는 아들이 한 가지에 빠지면 몰두하는 타입이라고 했다. 그의 어머니는 몇 번의 통화를 거치며 오열하거나 자살할 거라며 태도가 돌변했다. 오히려 김미나에게 학대를 방관하며 왜 말리지 않았냐고 다그쳤고, 아들이 너에게 보여주려고 그런 일을 한 것이라고 했다.

김미나는 범인 어머니의 목소리를 들으니 복잡한 마음이 들었다.

6

범인은 이후 구속돼 재판에 넘겨졌다. 2021년 자료를 보면, 동물보호법 위반으로 검거된 인원은 2010년 78명에서 2019년 962명으로 증가했다. 10년간 3345명이 검거됐는데 재판에 넘겨진 건 304명(9퍼센트)이었다. 이런 상황에서 수사와 기소가 비교적 신속하게 이뤄진 것은 사안이 워낙 잔혹하기도 했지만, 김미나가 이 일을 여기저기 알리고 청와대 국민청원에도 올리면서 이슈가 됐기 때문이다.

법원에서 인정된 범죄 사실을 보면, 범인은 2022년 1월 아버지가 운영하는 양식장에서 길고양이가 물고기를 물어 죽여 피해를 보자, 길고양이를 포획해 죽여 길고양이 개체 수를 줄이기로 마음먹었고, 3월 14일까지 주변에 포획틀 네 개를 설치해 열여섯 마리가량의 고양이를 포획했다.

그리고 네 마리는 토치로 태워 죽였고, 한 마리는 세탁기에 넣어 작동시켜 죽였고, 다른 한 마리는 꼬리를 잡아 바닥에 내리친 뒤 발로 밟아 죽였다. 이렇게 죽인 고양이들을 해부해 인스타그램에 올렸다.

여기에 경찰 수사를 받자 신고자를 협박하고, 다른 사람 소유의 양식장 배수관

파이프를 잘라낸 혐의가 적용됐다.
김미나와 나눈 대화는 재판에서 유력한 증거가 됐다.
2022년 9월 20일 대구지법 포항지원 1심에서 징역 4년 벌금 300만 원이 구형되었고 징역 1년 4개월에 벌금 200만 원이 선고됐다. 동물 학대 피고인에게 실형이 선고된 것은 이례적인 일이다. 다음 날 포항지원에서는 한동대 등에서 고양이 10여 마리를 죽인 혐의를 받는 30대 남성에 대한 선고도 있었는데, 이 남성에게는 징역 2년 6개월이 선고됐다. 동물 학대 범죄 사상 최고 형량이었다. 동물 학대에 대한 양형 기준이 엄격해지고 있다는 평가가 나왔다.
항소심에서는 분위기가 달라졌다. 동물권행동 카라 관계자가 방청한 항소심 내용을 보면, 고양이를 죽이고 해부한 남자와 그의 부모는 판사 출신의 변호인단을 선임했다.
"야생 도둑고양이가 피고인을 물거나 할퀴어서 죽인 것이죠?"
변호사는 법률에도 없는 명칭을 들이대면서, 그가 고양이를 죽인 합당한 이유가 있다는 점을 설명하려 했다. 변호인들은 피고인 신문에서 피고인의 가족이 운영하는 양식장 주변에 고양이가 사료통을 헤집거나 물고기를 물어갔다는 점을 예로 들며 "야생화가 된 고양이는 반려묘로 길들이기 어렵고 유해 조수에 가까워 피고인 가족 양식장에 상당한 재산상 피해가 발생했다"라고 주장했다.
하지만 그가 고양이를 산 채로 불태우거나 바닥에 내리쳐 죽인 뒤, 배를 가르고 머리를 자르고 가죽을 벗기는 행위를 한 것은 그가 해부학에 비정상적인 관심을 갖고 있었기 때문이다.
검찰이 고양이를 세탁기에 넣어 죽인 이유를 묻자 그는 "해부학 영상을 많이 봐 호기심 때문이었다"라고 했고, 불태워 죽인 것은 "고양이를 잡는 과정에서 손과 얼굴을 다치게 해 화가 났다"라고 대답했다. 검찰은 1심과 마찬가지로 징역 4년 벌금 300만 원을 구형했다.
변호인들은 정신질환이 있는 심신미약 상태에서 범행이 이뤄졌고 범죄 전력이 없으며 헌혈 17회와 장기기증 서약을 했다는 점, 협박 피해자와 합의하지 못했지만 공탁금을 낸 점, 정신병과 대장염 등 질병을 앓고 있어 치료가 필요하다는 점을 들어 선처를 호소했다.
2023년 1월 항소심 선고가 이뤄졌다. 결과는 징역 1년 4개월에 집행유예 2년, 벌금 200만 원이 선고돼 풀려났다. 항소심 재판부는 "양극성 정동장애 등 정신질환을 앓고 있고, 가족들이 정신과 진료를 약속한 것을 종합했다"고 밝혔다.
김미나는 그가 장기기증 서약서를 제출한 것을 알고는 '멀쩡히 살아 있는 고양이를 잡아다 잔혹하게 장기를 뜯어놓고, 자신은 죽고 나면 아무 고통 없이 장기를 내줄 테니 형량을 줄여달라는 것이냐'라며 분개했다.
어쨌든 김미나는 정체를 알 수 없던 학살자를 붙잡는 데 성공했고 형사처벌을 이끌어냈다. 하지만 이후에도 마음을 놓지 못했다. 고양이 학대는 계속됐다. 한 달쯤 지나 경기도 화성시 동탄에서 고양이 수십 마리를 붙잡아 죽인 학대 사건을 포착했고, 김미나는 직접 탐문을 벌여 가해자를 찾아내 처벌을 끌어내기도 했다.

2022년 7월, 김미나는 몇몇 지인들과 학대로 희생당한 고양이들을 기리는 천도제를 지냈다. 열한 시간 동안 한 아이 한 아이 기억하며 삼베에 고양이 사진과 국화, 지푸라기를 말아 오색실로 동여매 한 잎씩 뜯은 꽃으로 관을 장식했다. 호미곶에서 발견된 아이들 사진도 있었다. 구름, 믿음, 사랑 등 생전에 갖지 못한 이름도 지어줬다. 맘껏 먹지 못했던 맛있는 사료와 간식도 준비했다. 배고프지 말고 심심하고 외롭지 않길 바라며. 친구들과 맘껏 뛰놀고 이승에서의 기억은 잊고 아프지 말길 바라며.
최근 다시 연락했을 때 김미나는 한 살 수컷 고양이 '얌전이'를 치료하고 있었다. 감당할 수 없는 수의 동물을 방치하며 데리고 사는 '애니멀 호더animal hoarder'에게서 구조한 고양이로, 다른 고양이가 토하는 것을 기다렸다가 받아먹던 녀석이다. 체중이 3~4킬로그램은 돼야 하는 나이인데 1.8킬로그램을 왔다 갔다 했다. 신부전 4기, 구내염, 심장병, 빈혈, 복막염으로 황달과 장기 손상이 진행됐다. 김미나는 인스타그램으로 얌전이를 위한 약품과 치료비 기부를 부탁했다.
현재 김미나는 그동안 쌓인 스트레스로 병을 얻어 수술받기 위해 입원해야 한다. 그래도 자신보다 얌전이 걱정이 더 많다.
고양이를 죽이려고 최선을 다하는 이들과 고양이를 살려보려 최선을 다하는 김미나 사이에는 결코 넘을 수 없는 큰 벽이 있는 듯했다. 김미나는 포항에서 범인이 잡힌 뒤에도 계속 학대범을 추적했고, 수사기관은 여전히 적극적으로 나서지 않으며, 학대범들은 여전히 활개치고 있다. 바뀐 게 있기는 하다. 고양이 학대범을 추적하려는 이들이 생겨났다.

김미나에게 '왜 이렇게까지 하는가' 물은 적이 있다. 그렇게 많은 시간을 들이고 많은 것을 포기하며 고양이를 지키는 데 매달리는 이유가 무엇인지 호기심이 일었다.

"내 눈에 보였잖아요. 내 눈앞에 보인 것은 구해줘야죠."

김미나는 별 대단한 것 없다는 듯 말했다.

포항 길고양이 학대 사건의 범인은 석방 후 어떻게 지내고 있을까. 그가 새로 만든 인스타그램 계정이 있다고 해서 수소문해 연락해보았다.

"꾸준히 반성 중이고 다신 그러지 않으려고 합니다 컴퓨터학원등록하여 취업준비하고 있습니다."

그는 무뚝뚝하게 대답했다. 여전히 띄어쓰기는 지키지 않았다. 왜 그런 일을 했는지 다시 물었지만 대답하지 않았다.

전현진: 〈경향신문〉 기자. 더 치밀한데 더 인간적인 기사가 가능하다고 믿는다. 그 기사의 다른 이름이 논픽션이라 생각한다. 2012년에 기자 생활을 시작해 현재 경향신문 뉴콘텐츠팀에서 '다시 읽고 싶은 긴-이야기 코끼리'를 운영 중이다.

팩트스토리: 인생과 직업은 스토리로 가득하다. 직업물, 범죄스릴러, 실화 모티프 웹툰 웹소설 기획사다. 대표작은 논픽션 《악의 마음을 읽는 자들》이며, 같은 제목의 드라마로 제작되었다.

심사평

심사평

《계간 미스터리》 신인상 심사위원

이번 호에도 많은 작품이 응모되었다. 어려운 와중에도 꾸준히 신인상에 도전하는 응모자들에게 깊이 감사드린다.

아쉽게도 이번 호 신인상 당선작은 없다. 이렇게 안타까운 소식을 전할 수밖에 없는 이유는 여전히 추리소설이라는 장르에 대한 이해도가 낮음이 여실히 드러난 작품이 많다는 점, 그리고 장르를 넘어 '이야기'로서의 완성도가 떨어지는 작품이 많다는 것이다.

심사위원들 사이에서 마지막까지 신인상 수여 여부를 두고 논의를 거듭했던 작품은 〈스트리머를 죽이는데 마술은 필요 없어〉와 〈얼어붙은 태양〉이었다.

〈스트리머를 죽이는데 마술은 필요 없어〉는 강해일이라는 탐정 캐릭터를 잘 구축했다는 장점은 있었지만, 설정상 거슬리는 부분이 많았다. 예를 들어 경찰이 초동 수사 단계에서 민간인 탐정을 부른다는 것, 아무리 급행으로 일을 처리한다고 해도 오전 9시 30분인 시점에서 오후 6시면 부검 보고서, 지문 조사 등 모든 자료가 나온다는 것은 판타지에 가까운 설정이다. 더구나 용의자 세 명을 신문하는 과정에서 안하남 씨를 블루투스 증폭기를 설치한 범인으로 모는데, 최현호가 "아니 차철현 씨가 증폭기를 설치했다는 증거는 있어?"라고 묻는다. 명백한 오타인데 미스터리 장르에서는 용인되기 어려운 실수다. 최소한의 퇴고 과정만 거쳤더라도 충분히 피할 수 있는 실수다.

〈얼어붙은 태양〉은 범인의 살해 동기를 치밀하게 설계한 점이 높이 평가받았다. 하지만 역시 무리한 설정이 단점으로 지적되었다. 예를 들어 시체가 발견되고, '119 요원들이 철수하고 경찰이 현장 보존을 일임했다'는 표현이 있는데, ('일임'은 어딘가에 모든 것을 맡기는 것을 뜻하므로 단어 사용 자체가 이상하다) 형사 반장이 (요즘에는 '반장'이라는 말도 잘 사용하지 않는다. '팀장'이라고 부른다) 감식 팀장에게 사망한 지 얼마나 되었는지 묻자 '10분도 채 안 되었다'고 대답한다. 시체가 발견되어 119가 왔다가 철수하고 감식반이 와서 감식을 끝내고 강력팀이 와서 상황을 살펴보는데 사망한 지 10분도 안 된 시체라니. 모든 부서가 1분 내로 달려올 수 있는 경찰서 내부에서 일어난 사망사건이라면 몰라도 가능한 일일까? 이러한 설정상의 오류 하나가 작품 전체에 대한 신뢰를 한 번에 무너뜨린다는 것을 잊어서는 안 된다.

신인상 응모자들에게 두 가지 당부 말씀을 드리고 싶다.

첫 번째, 아무리 추리소설이 재미를 추구하는 장르라 해도 최소한의 문장과 맞춤법은 갖춰야 한다는 것이다. 기발한 트릭과 캐릭터를 준비했다고 해도 비문과 오류 범벅인 문장은 눈살을 찌푸리게 한다. 면접에 나가는 사람이라면 최소한 면접관의 눈에 거슬리지 않는 단정한 옷차림을 해야 하지 않겠는가. 신인상에 응모하려면 치열한 퇴고 과정은 필수다. 최소한 맞춤법 검사기라도 돌리길 바란다.

두 번째, 복선과 회수의 문제다. 많은 응모작이 이 부분에서 실수를 많이 한다. 즉 복선이라고 던져놓고, 금방 탐정이나 경찰의 입으로 술술 설명해준다. 리사 크론이《끌리는 이야기는 어떻게 쓰는가》에서 이 점을 명확하게 설명했다. "이 말은 복선이 결과에 지나치게 붙어 있어서는 안 된다는 것을 의미한다. 즉 무엇이 문제인지를 독자가 알게 되는 순간 문제가 해결되어버리면 곤란하다는 얘기다. 긴장을 풀어버리고 갈등을 잠재우며 서스펜스를 없애버린다면 독자가 무엇을 예측할 수 있겠는가." 복선을 던지고 회수할 때까지 충분한 거리가 있어야 독자가 궁금해하며 따라온다는 뜻이다. 이렇게 하기 위해서는 생각난 아이디어를 그냥 던지는 것이 아니라, 언제 어느 시점에 던지고 회수할 것인지 치밀하게 계산할 필요가 있다.

사실 이 두 가지는 추리소설의 기본 중의 기본이다. 심사위원들이 보고 싶은 작품은 겉멋이 잔뜩 든 가짜가 아니라, 기본기에 충실한 진짜다. 신인상 응모자들의 도전을 기다린다.

단편소설

휴가 좀 대신 가줘_김영민

불꽃놀이_박소해

KIND OF BLUE_정혁용

머나먼 기억_류성희

휴가 좀 대신 가줘

김영민

내 인생 철천지원수와 함께하는 바다낚시가 힘찬 뱃고동 소리와 함께 시작되었다.

현재 시각 아침 6시 20분. 수평선 위의 하늘이 아침놀로 붉게 타오르기 시작했다. 오늘 날씨는 이상 유. 바람은 강하고 파도는 높다. 웬만한 놀이기구 저리 가라 할 정도로 배가 끊임없이 흔들렸다. 공기에는 바닷물의 짠 내와 비린내 그리고 사람들이 게워낸 토사물의 역겨운 냄새가 실려 있다. 나는 선장의 지시를 따라 배의 선수 오른쪽 귀퉁이에 자리 잡았다. 이렇게 배가 흔들리는데도 신기하게 멀미는 없지만 하품이 계속 나왔다. 반대편 선수 왼쪽 귀퉁이에서는 철천지원수 장덕범 부장과 선장이 낚시에 대해 열띤 토론을 하는 중이었다.

"날씨가 안 좋은 걸 보니 물고기는 좀 잡히겠네. 요새는 무슨 어종이 잘 잡히려나?"

"8월엔 민어지요. 힘이 좋아서 손맛도 짜릿하고."

"오늘은 많이 잡힐 거 같습니까?"

"낚시에서 중요한 건 바람이랑 물심이랑 이런 여러 가지가 있지만 제일 중요한 건 바로 선장이 배 대는 솜씨지요. 엔진을 돌려서 배를 물길 방향으로 잘 놔두면 배가 조류 따라 움직이지. 지금 물길을 보면 선수쪽에 있는 사람이 물고기한테 제일 먼저 어필을 하는 거라. 다른 데는 부장님이 다 먹고 지나간 밥상의 찌꺼기만 먹는 거라니까. 물길 좋아요, 지금."

"핫핫, 선장님 잘 골랐네. 아주 이해가 쏙쏙 되네. 신입 대리가 낚시 좋아한다더니 이렇게 좋은 선장님을 소개해줬구먼. 성수기 8월 민어잡이 배 타려면 3월에는 예약해야 한다던데, 운이 좋네, 좋아."

맹세하건대 저 인간은 선장의 설명을 하나도 이해하지 못하고 있다. 4년 동안 매번 저런 식이었다. 제일 높은 부장이 병신이고 그 밑의 팀장이 머저리니 똥 치우는 건 그 밑의 대리들. 웃긴 게 이 회사는 대리가 제일 아래 직급이다. 신입도 대리, 입사 3년차도 대리. 그 위에 팀장 한 명, 그 위에 제일 높은 부장 한 명. 회사가 돌아가는 게 신기할 따름이다.

그리고 이렇게 파도가 높은데 물고기가 잡힌단 말인가. 그전에 사람 잡겠다.

"이 대리, 들었지? 선수에 민어가 많이 몰린다네."

부장이 갑자기 나에게 말을 걸었다. 어쩌라고.

"좋으시겠네요. 그런데 전 이제 대리가 아닙니다. 이 회사 사람이 아니에요."

"하여튼 이 대리는 낚시 처음이니까 무리하지 말고. 아, 민어가 소리에 민감한 물고기라네. 그러니까 쓸데없이 돌아다니면서 발소리 내지 말고 가만히 있어. 내 민어 다 도망간다."

탭댄스를 출 테다.

"아, 이 대리. 라면 좀 끓여줘."

"제가 주방 이모예요?"

"에이, 그러지 말고. 이 대리 퇴사한 후로 내가 라면을 못 먹었어. 이 대리 라면은 뭔가 틀려."

틀린 게 아니라 다르겠지. 아뿔싸, 나도 모르게 나만의 특제라면 레시피를 떠올리고 말았다. 4년 동안 노예 생활을 하니 입으로는 싫다고 해도 몸이 먼저 반응해버린다. 지옥 같은 나날이었다. 분명 물류회사에 취직했는데 왜 내가 주방 이모가 되어 밥을 하고 여자임에도 힘이 세 보인다는 이유로 회사 뒷마당에 있는 높이 7미터 잡목을 베어야 했을까. 두통, 복통, 생리불순, 우울증 등의 심인성 질환까지 생기자 마침내 나는 퇴사를 결심했다. 하지만 부장이 순순히 나를 놓아줄 리가 없었다. 나처럼 튼튼하고 전천후인 일꾼을 후임자로 구해놓는 게 퇴사 조건이었다.

그래서 나는 두 눈 질끈 감고 매우 아끼는 대학 후배 윤서를 나 대신 지옥의 불구덩이 속으로 밀어 넣어버렸다.

"저 대신 휴가 좀 가주세요."

오키나와 여행을 이틀 앞둔 날 윤서에게서 전화가 걸려왔다.

"이번 주말 회사에서 여름휴가로 남해안 바닷가에 간대요. 그런데 제가 갑자기 허리를 다쳐서요. 못 가겠다고 했더니 그럼 대타를 구해오라고."

와. 이 회사는 대타를 참 좋아한다. 부장도 대타를 구하면 좋을 텐데.

"언니, 부탁해요. 저 부장님이 시켜서 엊그제 잡목들 가지치기하다가 허리 다쳤어요."

그렇게 말하면 거절을 할 수가 없다. 윤서가 다친 건 결국 나 때문이다. 그래, 오키나와는 회사 휴가 다녀온 뒤에도 갈 수 있으니까.

그렇게 생각하고 여기까지 왔더니 웬 배낚시람. 물개처럼 수영 잘하는 윤서가 바닷가라 말해서 해변인 줄 알았다. 오키나와 해변이 비린내 나는 어선으로 바뀌어버렸다.

민어들이 죄다 도망가도록 갑판을 발로 쿵쿵 밟으며 아이스박스가 있는 선미 쪽으로 발걸음을 옮겼다. 출렁거리는 선체 때문에 선실 외벽에 달린 손잡이를 꼭 잡고 비틀거리며 걸었다. 조타실 옆쪽 갑판은 두 사람이 나란히 지나갈 수 없을 정도로 폭이 좁았다. 배는 여전히 심하게 흔들린다. 까딱 잘못하다간 바다에 빠지겠다. 내가 구명조끼를 제대로 입고 있는지 의문이 들었다. 바다에 빠지면 자동으로 팽창한다는데 처음 들어봐서 그런지 영 미덥지 않았다.

그 가운데서 오늘의 대어, 훈남 신입 김성진 대리가 낚시하고 있었다. 아, 잘생겼다. 검은색 정장 차림과 구두는 어선과 하나도 안 어울리지만 그래서 더욱 끌린다. 배가 시소마냥 흔들리는데도 그는 흐트러짐 없는 자세로 바다를 응시하고 있다. 항구에서 뒤늦게 합류했을 때 처음 본 성진의 반듯한 모습과 다를 바가 없다. 배에 올라탄 후 쌓여 있던 구명조끼를 무작위로 집어갈 때 그와 나의 손이 살짝 스치는 순간에는 전기가 통하는 듯했다. 아까는 짐 옮기느라 정신없어 말을 못 걸었지만 지금이 바로 기회다.

조심스레 말을 걸었다.

"물고기는 잘 잡혀요?"

성진이 내 쪽을 돌아보고 씩 웃었다. 어머. 나를 잡을 심산인가.

"안녕하세요. 이전에 회사 다니셨던 이린아 대리님이시죠? 말씀은 많이 들었습니다. 대부분 좋은 얘기요."

뭣이.

"김성진 대리입니다. 반갑습니다."

그가 손을 내밀자 무심결에 덥석 잡아버렸다.

"저는 이린아라고 해요. 입사한 지 얼마 안 됐죠?"

"한 달 됐습니다."

어쩌다가 이런 곳에.

"할 만해요?"

"오늘은 좀 낯설어요. 회사에서 단체로 여름휴가 가는 것도, 강제로 참석해야 하는 점도, 이렇게 이른 시간에 이토록 거친 바다 위 어선에서 낚시하는 것도요."

"물고기는 잘 잡혀요?"

"글쎄요. 조류와 배의 흐름을 보아하니 부장님이 못 잡으시면 저도 못 잡을 듯하네요. 하하. 부장님이 잡으신 민어로 매운탕 국물이나 먹을 수 있길 바라야죠. 그런데 파도가 너무 높으니 뭘 할 수나 있을지."

이미 간파하고 있다니. 게다가 어종까지. 그러면서도 저 여유로운 태도. 반하지 않을 수가 없다.

"제가 매운탕 잘하는 집 한 군데 알고 있긴 한데."

"그러면 다음에 거기 데려다주실래요? 매운탕은 제가 살게요."

오, 나이스.

오랜만에 연애세포가 꿈틀댄다. 마치 얼마 전 넷플릭스에서 본 연애 프로그램 속 상황 같다. 선상 위에서 펼쳐지는 선남선녀의 데이트…라고 하기엔 이곳은 비린내 나고 이리저리 흔들리는 어선이지만 아무렴 어떠랴.

"그럼 전 잠시 부장님 드릴 라면 좀 끓이러 갈게요. 김 대리님 것도 끓일까요?"

"저는 그럼 대자 민어 잡은 후에 끓여주세요. 라면에 민어 넣어서요."

민어 라면이라. 비주얼을 떠올리니 토할 거 같다. 으으, 빨리 끓여주고 싶어.

성진에게 응원의 메시지를 남긴 후 선미에 도착하자 두 사람이 시체처럼 널브러진 모습이 보였다. 송준성 대리와 권지숙 팀장이다. 둘은 배에 타자마자 전날 마신 술과 뱃멀미 탓에 저 지경이 되었다. 권 팀장은 버티지 못하고 그만 토사물을 갑판에 남겨버렸다. 딱해서 눈물이 난다. 저 둘도 억지로 끌려왔을 거다.

"좀 괜찮으세요?"

다행히 둘은 아까보단 정상으로 돌아온 듯했다.

"어후. 머리 깨질 것 같네. 이 대리, 라면 끓이게? 내 것도 좀 끓여줘. 아, 권 팀장님 것도 부탁해. 해장해야겠어."

"린아 씨 좀 부탁해."

이것들이.

냄비와 물과 이것저것과 라면 네 개를 챙겨 원래 자리인 선수로 돌아왔다. 부장이 떼쓰면 여간 시끄러운 게 아니라 부장 것부터 서둘러 끓였다. 나만의 비법 재료를 넣어 완성한 라면을 갖다주니 부장이 면과 국물 한입을 먹고는 탄성을 질렀다.

"으아, 역시 이 대리가 끓인 라면은 뭔가 틀려. 도대체 비법이 뭐야? 왜 안 알려주는 거야."

극찬에 뿌듯할 뻔하다 정신을 차렸다. 이렇게 4년이나 회사를 다녀버렸다. 정신 차려야 한다.

"틀리다가 아니라 다르다예요. 비법을 알려줬다간 부장님께서 그걸로 라면 사업 벌일 것 같아서요."

"분명 선장이 민어 많이 잡힌다고 했는데 입질이 한 번도 안 오잖아. 짜증났는데 속이 다 풀리네. 이 대리도 한번 낚싯대 던져보지그래."

"라면 다 끓이고요."

자리로 돌아가 송 대리와 권 팀장 몫의 라면도 끓이기 시작했다. 옆을 보니 부장이 심각한 얼굴로 선장과 대화 중이었다. 민어가 하나도 안 잡힌다고 투덜거리는 게 분명하다. 부장이 낚싯대를 들더니 선실 옆쪽의 좁은 갑판으로 사라졌다. 자리를 옮긴다고 잡힐까. 송 대리와 권 팀장에게도 라면을 주고 돌아왔더니 선장이 나에게 말을 걸었다.

"아가씨, 아까 부장님이 권해서 먹어봤는데, 아가씨는 라면을 왜 그렇게 잘 끓여?"

"그렇죠? 저만의 비법이…."

"나도 하나만 끓여줘."

선장은 내 대답도 듣지 않고 조타실로 사라졌다. 헛웃음을 지으며 라면을 하나 더 끓였다. 마지막 라면은 내가 먹으려 했거늘. 그때 선장이 확성기를 집어들더니 큰 소리로 외쳤다.

"지금 배 오른쪽으로 돌고래 떼가 지나가고 있습니다!"

"어디? 어디?"

권 팀장의 목소리가 여기까지 들렸다. 내가 끓여준 라면을 먹고 원기를 회복한 모양이었다. 그래도 상태를 회복해서 다행이다. 4년 동안 함께한 정 때문인지 걱정을 안 할 수가 없다. 성진 또한 낚싯대를 내려놓고 수평선 어딘가에 시선을 던지고 있었다.

그때 갑자기 배가 심하게 휘청거리기 시작했다. 나는 재빨리 버너와 냄비를 붙잡았다. 하마터면 라면을 갑판에 쏟을 뻔했다. 배는 놀이기구처럼 계속 좌우로 심하게 흔들렸다. 알래스카 대게잡이 다큐가 떠오를 법한 높은 파도가 밀려왔다. 면발을 집을 겨를도 없어 두 손으로 버너와 냄비를 붙잡았다. 다행히 시간이 지나니 파도가 잦아들었다.

그때 권 팀장의 찢어지는 듯한 비명이 들렸다.

소리는 반대편 갑판 쪽에서 들렸다. 버너 불을 끄고 라면이 쏟아지지 않게 냄비를 잘 고정한 뒤 서둘러 달려가 보니 믿을 수 없는 광경이 펼쳐졌다. 갑판에는 빈 낚싯대뿐이었다. 낚싯대의 주인인 부장은 바다에 빠져 허우적대고 있었다.

"부장님! 어떡해!"

그새 나 빼고 모두가 이미 갑판에 모여 있었다. 부장의 넙데데한 얼굴이 파랑 속에서 가라앉았다 떠오르기를 반복했다. 전자상가 앞 풍선 인형처럼 두 팔을 맥없이 허우적거릴 뿐이었다. 결국 사람을 잡고 말았다. 배가 너무 흔들린 나머지 부장이 바다에 빠진 것이다.

"부장님, 조끼 줄을 당기세요!"

성진이 소리쳤다.

"부장님! 우웩."

권 팀장이 난데없이 갑판 바닥에 토했다. 으악. 내가 아까 끓여준 라면이 소화되지 않고 그대로 나왔다. 송 대리가 권 팀장의 등을 두드리며 외쳤다.

"줄! 줄!"

어찌된 일인지 부장은 계속 두 팔을 허우적댈 뿐이었다. 송 대리가 외벽에 걸려 있던 플라스틱 튜브를 들고 와서 부장을 향해 던졌다. 튜브는 멋지게 곡선을 그리며 날아가 부장의 이마에 정통으로 명중했다. 튜브에 맞은 부장이 허우적거림을 멈추었다. 기절했나.

"죽었나 봐! 어떡해!"

"부장님!"

그때 선장이 어깨에 구명튜브를 걸쳐 메고는 주저 없이 거친 바다에 뛰어들었다. 그는 능숙하게 부장에게 다가가 튜브를 쥐어주었다. 부장은 기력이 다한 듯 움직임이 눈에 띄게 줄어들었다.

"빨리 줄을 당겨요!"

우리 셋은 구명튜브에 연결된 줄을 힘껏 당기기 시작했다.

어찌어찌 부장을 건져내 선수 갑판에 눕혔다.

"부장님!"

송 대리가 부장의 두 어깨를 잡고 흔들었다.

"비켜봐요."

나는 송 대리를 밀치고 부장의 뺨을 힘껏 후려쳤다. 폭행이 아니라 엄연한 구조 활동이다. 촤악. 촤악. 나는 부장의 뺨을 연달아 휘갈겼다. 이거 좀 재밌는데. 4년 동안 묵은 스트레스가 다 풀린다.

"죽은 거 아니야? 인공호흡해봐!"

권 팀장이 소리쳤다. 부장이 죽는 한이 있더라도 인공호흡은 하기 싫다. 다행히 부장은 곧바로 캑캑거리며 입에서 바닷물을 뱉어냈다.

"부장님, 괜찮아요?"

어느새 나타난 선장이 가쁜 숨을 몰아쉬며 물었다.

한참을 캑캑거리던 부장은 다행히 상태가 점차 호전되는 듯했다. 기침 횟수도 점차 줄어들었다. 선장의 얼굴은 여전히 심각했다.

"익수는 수일 내로 죽을 수도 있는 위험한 중병이요. 지금 해양경찰을…."

"잠깐."

부장이 갑자기 팔을 뻗어 선장을 제지했다.

"왜 그래요?"

"누가."

"누가요?"

송 대리의 물음에 부장이 거친 숨을 가다듬고 말했다.

"누가 나, 나를 밀었어?"

"누가 부장님을 밀었다고요?"

권 팀장이 깜짝 놀라며 반문하고는 나를 노려봤다.

"린아 씨지?"

"무슨 소리예요?"

"린아 씨, 예전부터 부장님 엄청 미워했잖아. 전에 부장님 죽이고 싶다고 말한 적도 있지 않나. 방금 부장님 뺨 살벌하게 때리던데."

"이 대리, 설마."

부장이 나에게 삿대질하며 떨리는 목소리로 말했다.

"전 아니에요."

"이 대리, 그래도 4년 동안 동고동락한 가족인데 감옥에 처넣긴 싫거든. 자백하면 정상참작이란 것도 있으니 빨리 솔직히 말해."

송 대리가 나를 다그쳤다.

"전 정말 아니에요. 그리고 가족 아니고요. 동고동락도 안 했거든요. 게다가 당사자 앞에서 이런 말 하긴 좀 그렇지만 다들 부장님에게 작은 원망 하나씩은 갖고 있잖아요."

송 대리가 손을 저었다.

"나는 아니야."

"다들 진정하세요."

성진이 말했다. 아아, 내 편은 있구나.

"이린아 대리님이 범인이라고 확정된 건 아니잖아요. 경찰에 신고하는 건 조금만 미룹시다. 회사 동료들끼리 살인 미수가 벌어졌다는 사실이 알려지면 회사 평판에도 좋을 리 없고요."

성진 씨 지금 뭐라고 한 거야.

"확실히 누군가 부장님에게 살의를 가진 건 분명합니다. 부장님 조끼 좀 벗겨주시겠어요?"

송 대리가 부장의 구명조끼를 벗겨서 성진에게 가져다주었다. 성진은 조끼를 여기저기 만지작거리더니 고개를 끄덕이고 말했다.

"이건 자동 팽창 조끼입니다. 바다에 떨어질 때 머리부터 닿으면 백 퍼센트 확률로 팽창하죠. 엉덩이부터 닿으면 50퍼센트로 확률이 떨어지지만 조끼와 연결된 줄을 잡아당기면 수동으로 팽창할 수 있습니다. 하지만 아까 부장님이 줄을 당겨도 조끼는 팽창하지 않았어요. 여기 보면 조끼에 구멍이 뚫려 있습니다. 누가 미리 손을 써둔 겁니다."

"그러면 선장님이 범인이야? 하지만 그렇다면 구멍 뚫은 조끼를 어떻게 부장님이 가져가게 했지? 조끼는 무작위로 집어갔잖아."

권 팀장의 말에 부장이 휘적휘적 손을 저으며 힘겹게 말했다.

"선, 선장님은 내, 내 생명의 은인."

"하긴 그러네요. 조끼에 구멍을 뚫어서 죽이려고 했는데 굳이 바다에 뛰어들어서 다시 살릴 이유가 없죠."

권 팀장이 고개를 끄덕였다.

"선장님, 구명조끼는 평상시 어떻게 보관하나요?"

성진의 질문에 선장은 갑판 한쪽을 가리켰다.

"그냥 쌓아두고 있지. 마음먹으면 누구라도 손댈 수 있어."

"구명조끼 얘기는 잠시 접어두고 다들 부장님이 바다에 빠질 때 어디에서 무얼 하고 있었는지 말해보죠."

성진의 말에 권 팀장이 나서서 먼저 대답했다.

"그때 선장님이 돌고래 떼가 나타났다고 해서 나는 송 대리랑 둘이 바다를 보고 있었어. 그런데 아무리 찾아봐도 돌고래가 없더라고. 그때 반대편에서 악, 하는 소리와 풍덩, 하는 소리가 들려서 둘이 같이 가본 거야. 그랬더니 부장님이….”

“소리가 들렸을 때 두 분이 정말 같이 있었나요?”

성진의 질문에 권 팀장이 갑자기 송 대리의 손을 잡았다.

“물론. 그때 우리는 손을 꼭 잡고 있었거든.”

우아. 둘이 그렇고 그런 사이였다니. 나이 차가 열네 살은 나지 않나.

“아니, 권 팀장님. 그건 비밀로 하기로 했잖아요.”

“뭐 어때. 이참에 시원하게 밝히자고.”

“제가 퇴사하기 전부터 사귀었어요?”

“린아 씨 참 눈치 없네.”

권 팀장이 깔깔 웃었다. 이 둘이 부장의 갑질을 참으며 회사에서 버틴 비결은 바로 사랑의 힘이었다.

“범인은 이 대리밖에 없어.”

송 대리가 손바닥에 주먹을 내리쳤다.

“다른 사람들은 다 범행이 불가능해. 나와 권 팀장님은 서로가 증인이야. 비명이 들리고 우리 둘이 부장님에게 갈 때 김 대리는 분명 제자리에 있었어. 그 옆에는 선장님이 있었지.”

“맞습니다. 선장님과 함께 돌고래를 찾고 있었어요.”

“그러니까 남는 사람은 이 대리밖에 없어. 이 대리와는 거리도 멀었고 중간에 김 대리와 선장님 두 명이 가로막고 있어 보이지도 않았거든. 몰래 부장님을 밀치고 돌아온 거야.”

“아니에요. 저는 그전까지 선장님이 부탁한 라면을 끓이고 있었다고요. 그러다 반대편에서 권 팀장님 비명을 듣고 나서야 부장님한테 뛰어갔단 말이에요. 김 대리님은 제가 안 움직이고 계속 있었던 걸 봤죠?”

“잘 모르겠습니다. 돌고래가 어디 있는지 찾느라 정신이 팔려서요. 만약 그때 이 대리님이 범행을 저지르느라 잠시 자리를 비웠어도 알 수 없었을 겁니다.”

성진 씨, 어쩜 이럴 수가.

"생각해보니 이 대리가 현장에 가장 늦게 나타나지 않았나?"

송 대리가 손가락을 튕기며 말했다.

"범행 직후 들키지 않게 어딘가에서 모습을 감추고 있다가 뒤늦게 나타난 거지."

"어머!"

송 대리의 말에 권 팀장이 나를 경멸하는 듯한 눈빛으로 쳐다봤다.

"난 아니에요! 난 그냥 냄비를 고정하느라 시간이 걸렸을 뿐이라고요."

"린아 씨 정말 무섭다."

"이 대리, 그때 혼자 있던 사람은 이 대리뿐이야. 이 대리가 저질렀지?"

너무 억울해서 바다에 빠져 죽고 싶은 심정이다.

"잠시만요."

성진이 손을 번쩍 들었다.

"어쩌면 이 대리님 또한 범인이 아닐 수도 있습니다."

"린아 씨가 범인이 아니라고? 이유가 뭐야?"

권 팀장의 질문에 성진은 버너를 가리켰다.

"저겁니다. 기억을 떠올려보세요. 선장님이 돌고래 떼가 나타났다고 했을 때요. 그때부터 권 팀장님이 부장님을 발견하고 비명을 지르기 전까지 배는 쉴 새 없이 크게 휘청거렸습니다. 그 후엔 묘하게 파도가 잠잠해졌지만요. 한편 그때 이 대리님은 라면을 끓이고 있었습니다. 제 생각에, 그 정도로 배가 휘청거리면 버너 위에 얹은 냄비가 쓰러질 확률이 높습니다. 한번 실험해볼까요. 아까처럼 배가 크게 휘청거려야 할 텐데요."

성진은 버너 위에 물을 채운 냄비를 올려놓았다. 때마침 기가 막힌 타이밍에 거센 파도가 밀려와 배가 크게 휘청거렸다. 권 팀장은 맥없이 넘어졌고 나를 포함한 다른 사람들도 위태위태했다. 버너 위에 올려두었던 냄비는 갑판 바닥에 쓰러졌다. 냄비에 들어 있던 물도 상당수가 쏟아졌다. 아아, 하늘이 나를 돕는구나.

성진이 고개를 끄덕였다.

"보시다시피 냄비가 쓰러져 안의 내용물이 흘러나왔습니다. 만약 부장님이 바다에 빠지기 전에 이 대리님이 잠시라도 자리를 비웠다면, 냄비에 있던 라면이 쏟아졌을 겁니다. 하지만 보시다시피 갑판은 깨끗해요. 선장님이 돌고래 떼가 나타났다고 외쳤을 때부터 이 대리님은 계속 버너 위 냄비를 붙잡고 있었던 겁니다."

아아, 성진 씨 정말 고마워. 권 팀장과 송 대리는 마지못해 수긍하는 듯 표정이 좋지 않았다. 왜 안 좋은 건데.

"김 대리, 그러면 범인이 없잖아. 범인은 누구인 거야?"

"먼저 떠오르는 가능성은 권 팀장님과 송 대리님 두 분이 함께 부장님을 바다에 빠트린 후 거짓말을 하고 있을 가능성입니다."

"아니야!"

권 팀장이 욱하며 소리를 질렀다.

"김 대리, 우리가 왜 힘을 합쳐 부장님을 죽이려 하겠어?"

"그건 저도 마찬가지거든요."

"두 번째 가능성을 제시하겠습니다. 희박하지만 범인은 따로 있으며 지금 이 배 안에 숨어 있을 경우죠. 송 대리님, 혹시 모르니 저와 함께 선실 내부를 찾아보시죠."

둘은 수색을 위해 자리를 떴다가 5분도 지나지 않아 다시 모습을 드러냈다.

"아무도 없어."

"송 대리님 말이 맞습니다. 선실 내부의 침실, 화장실, 조타실, 조타실 바닥에 있는 기관실, 조타실 천장 위 구명보트를 보관한 천막 안까지 뒤져봤지만 아무도 없습니다."

"역시 범인은 이 대리…."

"제 말을 끝까지 듣고 판단해주시죠. 두 분께 묻겠습니다. 두 분은 돌고래를 보셨나요?"

성진의 말에 권 팀장과 송 대리 둘 다 고개를 저었다.

"아무리 찾아봐도 없던데. 돌고래 떼라고 해서 기대했더니."

"저도 마찬가지입니다. 눈 씻고 찾아봐도 없었어요. 그렇다는 것은."

성진이 선장을 바라보았다.

"선장님은 있지도 않은 돌고래 떼가 나타났다고 거짓말을 한 겁니다."

성진의 말에 모두가 선장을 쳐다보자 선장은 당황한 듯 뒤로 몇 걸음 물러섰다.

"선장님이 왜 그런 거짓말을 해?"

권 팀장의 물음에 송 대리가 맞장구를 치자 성진이 살며시 미소를 지었다.

"그건 우리 시선을 장 부장님 반대편 바다로 돌릴 필요가 있었기 때문이죠. 누군가가 부장님을 떠미는 걸 못 보게 하기 위해서요."

"선, 선장님은 내 생명의 은인…."

부장이 몸을 반쯤 일으키며 떨리는 목소리로 말했다. 부장의 말마따나 선장은 부장을 구하기 위해 주저하지 않고 바다에 뛰어들었다. 그런데 왜 그런 거짓말을.

"선장님, 정말이에요?"

내 물음에 선장은 얼굴이 하얗게 질린 채 어버버할 뿐이었다.

"그렇다면 뭐야, 그, 공범? 공범인 거야? 김 대리?"

"맞습니다. 선장님은 공범입니다. 진범은 따로 있어요."

"진범은 그렇다면 어디로 사라진 거죠? 하늘 위로 날아간 것도 아니고."

내 말에 성진이 호탕하게 웃었다.

"하하. 그런데 비슷합니다. 하늘이 아니면 땅이죠. 다만 여긴 땅이 아니라 바다입니다. 진범은 바닷속으로 숨었습니다. 부장님과 함께 바다로 떨어진 겁니다."

"뭐라고요?"

나도 모르게 언성을 높였다.

"우리가 이 배에 타기 전에 범인은 먼저 배 안 어딘가에 숨어 있었습니다. 아마 조타실 천장 위였을 겁니다. 구명보트를 덮은 천막 안에요. 그러고는 미리 약속한 대로 선장님이 돌고래 떼가 나타났다는 거짓 정보를 흘려 사람들의 시선을 돌렸습니다. 그때 범인이 부장님을 뒤에서 밀어 바다로 빠트리며 동시에 자신 또한 바다로 몸을 던졌습니다. 범인은 곧바로 잠수해서 모습을 감춘 뒤 부장님과 멀리 떨어질 때까지 헤엄을 쳤을 겁니다. 부장님이야 주변을 살필 겨를이 없었을 테고 우리 또한 부장님이 빠졌다는 사실에 정신이 팔려 바다를 제대로 살필 수 없었겠죠."

"범인은 부장님과 동반자살을 계획한 거야?"

"그럴 거라면 선장님의 도움 같은 건 필요 없죠."

"그래서 범인은 누구야?"

잠깐.

"아까 분명히 부장님이 그랬어요. '신입 대리가 낚시 좋아한다더니 이렇게 좋은 선장님을 소개해줬구먼'이라고요. 성수기 8월 민어잡이 배 타려면 3월에는 예약해야 한다고도 했어요. 그렇다면…."

김 대리가 고개를 끄덕였다.

"그렇습니다. 범인은 바로 최윤서 대리님입니다."

"으엑?"

권 팀장이 놀라 괴성을 질렀다.

"최윤서 대리님은 수영을 잘하고 부장님에게 원한도 있겠죠. 안성맞춤입니다."

"하지만 윤서는 허리를 다쳤다고 했는데."

"거짓말입니다."

"조끼는? 어떻게 구멍 뚫린 조끼를 부장님이 집어가게 할 수 있었지?"

권 팀장의 질문에 김 대리는 손가락을 까닥 흔들었다.

"간단합니다. 모든 조끼에 구멍을 뚫어놓으면 됩니다. 부장님이 어떤 조끼를 고르더라도 상관없도록 말이죠. 실제로 제 조끼에도 구멍이 뚫려 있습니다. 잠시 여러분 것도 확인해볼까요."

과연 김 대리의 말대로 모두의 조끼에 구멍이 뚫려 있었다. 섬뜩했다. 만약 부장 말고 다른 사람이 우연히 바다에 빠지면 어쩌려고.

"윤서는? 윤서는 지금 어디 있는 거야?"

내 말에 김 대리가 바다를 응시하더니 씩 웃고는 바다 위 어느 지점을 손으로 가리켰다.

"저기 있네요."

그가 가리킨 곳을 유심히 보던 나는 너무 놀란 나머지 비명을 지르며 그 자리에서 주저앉았다. 내가 살면서 본 장면 중에 가장 공포스러운 순간이었다. 그곳에는 윤서가 망연자실한 표정을 지은 채 바다 위에 둥둥 떠 있었다.

"흑흑흑."

배 위로 올라온 윤서가 한참을 울어댔다.

"장… 장덕범 부장… 개새끼가…. 흐흑."

갑자기 등장한 자신의 이름에 부장의 눈이 튀어나올 듯 커졌다.

윤서는 오열하며 모든 걸 털어놓았다. 부장이 자꾸 회사를 돈 벌려고 다니느냐고 말한다, 사회가 놀이터냐고 묻는다, 월급이 복지란다, 빨간 날 쉬는 건 대기업만 해당하니 쉬고 싶으면 연차를 써라, 신입이 한턱 쏴야지, 내가 아줌마도 아닌데 나보고 밥을 차리란다, 회사 뒷마당에 모과나무를 심으란다, 벽에 페인트를 칠하란다…. 쏟아지는 고발에 부장의 낯빛이 새하얘졌다. 윤서는 부장에게 엿을 먹이고 싶었단다. 죽일 마음은 없었고 놀라게 해주려고만 했다. 윤서가 소개한 선장은 바로 자신의 아빠였다. 아빠에게 하소연하니 불같이 화를 내며 기꺼이 돕겠다고 했단다.

선장이 누워 있는 부장 앞에 무릎을 꿇었다.

"잘못했습니다. 제발 경찰에는 신고하지 말아주십시오. 내 딸 괴롭힌 나쁜 놈이라는 생각이 들어서 그만. 그런데 설마 이런 짓까지 벌일 줄은 몰랐습니다. 조끼에 구멍을 뚫고 바다에 빠트릴 줄이야. 정말 죄송합니다."

욕을 할 거란 내 예상과 달리 부장의 얼굴은 완전 울상이었다.

"제가 잘못했습니다. 콜록. 따님에게. 너무 많은 잘못을. 앞으로는 그런 일이 없게. 콜록. 그보다도. 병원을 좀."

부장의 말에 선장이 재빨리 조타실로 뛰어갔다. 잠시 후 해양경찰이 도착해 부장을 실어갔다. 다행히 부장은 생명에 지장이 없었고 부장을 포함한 모두는 윤서가 부장을 밀었다는 사실을 숨겼다. 이번 기회에 병원에서 푹 쉬며 자신이 저지른 갑질과 만행을 반성 좀 하시길.

소란이 끝나고 파도가 가라앉자 긴장이 풀려 갑판에 주저앉았는데 성진이 다가왔다.

"회사 여름휴가는 끝나버린 것 같은데 이 대리님이 아까 말한 매운탕집 지금 가볼까요?"

어머. 오키나와의 해안가엔 남자친구랑 가게 될 거 같아.

김영민 중앙대 물리학과 졸업. 〈회색 장막 속의 용의〉로 2019년《계간 미스터리》여름호 신인상 수상. 이후 〈안전한 추락〉, 〈병중진담〉, 〈밀착과외〉, 〈임시 보호되었습니다〉, 〈불온한 손〉 등을 발표했다. 한국 본격 미스터리 작가클럽 회장. 유머가 담긴 본격 미스터리와 일상 미스터리를 좋아하고 쓴다.

불꽃놀이

박소해

*이 소설은 순수한 허구로 특정한 인물, 단체, 회사와 아무 관계가 없습니다.

1

새벽 6시. 아침노을에 침실 창 밑이 서서히 밝아졌다. 오윤후는 식은 땀을 흘리면서 잠에서 깼다. 온도계 눈금은 섭씨 38도. 벌써 푹푹 찌는 걸 보니 낮에 무척 더울 모양이다. 오늘 VVIP가 신혼여행을 올 예정이라 신경이 곤두섰나. 이런 중요한 날에 악몽을 꾸다니 기분이 찜찜했다.

윤후는 주름 하나 없는 검은 정장에 '총지배인 오윤후' 명찰을 달고 일렬로 선 직원들 앞에서 한참을 기다렸다. 순백의 리무진이 호텔 현관에 도착했다. 차에서 내린 이현주는 재벌가 딸답지 않게 소탈한 차림이었다. 두꺼운 안경을 쓴 학구적인 인상의 남편은 이현주 몇 걸음 뒤에서 캐리어를 끌었다. 말총머리를 하고 바지 정장을 입은 여자 비서가 신혼부부 곁을 보좌했다.

"고려호텔에 오신 걸 환영합니다. 운성교육 이현주 대표님과 정찬욱 박사님의 결혼을 진심으로 축하드립니다. 저는 총지배인 오윤후입니다."

윤후는 꽃다발을 이현주에게 안겼다.

"고맙습니다. 제가 하루 묵는 바람에 호텔에 민폐가 된 건 아닐까요."

이현주는 고개를 숙이며 인사했다. 상냥한 목소리였다.

"그럴 리가요. 최선을 다해 모시겠습니다. 하루 숙박이지만 허니문은 허니문이니까요."

"남편이 모레 출근이라 겨우 여유 낸 거니까 모쪼록 잘 부탁드려요."

윤후는 겸손한 그녀가 첫눈에 마음에 들었다. 스위트룸 전용 엘리베이터 안에서 신혼부부는 떨어져 있었다. 두 사람은 단 한 마디도 나누지 않았다. 윤후는 부부의 싸늘한 분위기가 의아했지만 호텔리어답게 일절 내색하지 않았다.

'제주로 오는 길에 싸웠나.'

고려호텔 최상층의 로열 스위트룸은 정·재계 인사, 유명 연예인, 스포츠 스타들이 묵을 때 쓰는 방으로, 방이라기보다는 거대한 펜트하우스다. 두 개의 침실, 바다가 보이는 큰 거실, 그랜드피아노가 있는 작은 거실, 바, 운동실, 회의실이 있고 층고가 아주 높다. 발코니에는 야외 자쿠지가 있어서 바다를 보며 노천욕을 즐길 수 있다.

윤후가 신혼부부 안내를 마친 후 비서가 이현주에게 다가와 내일 일정을 알려주고 나갔다. 정찬욱은 스위트룸에는 전혀 관심이 없다는 듯이 창가에서 팔짱을 낀 채 서귀포 바다만 내려다볼 뿐이었다. 갓 결혼한 사실이 믿어지지 않을 정도로 담담한 새 신부와 웃음기가 전혀 없는 새 신랑. 기묘한 조합이다.

재벌가의 막내딸과 월급쟁이 외과 의사라.

윤후는 이 결혼을 다룬 가십성 뉴스들을 떠올렸다. 운성그룹 장녀 이현영은 재벌가 아들과 정략결혼을 했고 당연히 차녀 이현주도 같은 순서를 밟을 거라고 모두 예상했는데… 뜻밖에도 중고등학교를 같이 다녔던 소꿉친구 정찬욱과 결혼한다고 발표하자 언론은 난리가 났다. 운성가 딸이 평범한 목사 아들과 결혼한다니 서로 엄청나게 사랑하는 사이임이 틀림없다고들 했다.

"정찬욱 씨 가만히 뜯어보면 키 크고 잘생긴 편 아닌가요? 명문대 출신에 해외 유명 의학 잡지에 여러 편의 연구논문을 게재한 촉망받는 외과 의사. 놓치기 아까운 신랑감이죠. 이제 처가댁 덕분에 개인병원 개원해도 되겠어요. 팔자 편 거죠."

연예 프로그램 게스트의 말이 떠올랐다. 저자가 남자 신데렐라? 윤후가 보기에 정찬욱은 온 세상 불행을 다 짊어진 듯한 표정을 짓고 있었다.

이현주가 물었다.

"총지배인님, 이 호텔에서 제일 유명한 행사가 불꽃놀이라면서요. 제대로 보려면 몇 시에 야외 수영장에 내려가야 하죠?"

"7시에 시작하니까 그전에 오시면 됩니다. 야외 수영장은 밤 9시 반까지 이용할 수 있습니다."

윤후가 신혼부부에게서 물러나 스위트룸 문을 닫으려 할 때 금속성의 날카로운 목소리가 귀에 날아들었다.

"이제 만족해?"

과묵했던 정찬욱이 처음으로 입을 열었다. 오싹할 정도로 차가운 음성이었다. 윤후는 문손잡이를 잡은 채로 동작을 멈췄다.

"아니, 아직. 이제 시작했을 뿐이야. 너도 알잖아."

이현주는 침착했다.

"현주야. 제발 생각을 바꿔. 결혼 취소라는 방법도 있고…."

정찬욱의 목소리가 애원조로 변했다.

"안 돼. 찬욱이 넌 벌써 그날을 잊었어?"

신혼부부는 나란히 창가에 섰다. 윤슬이 빛나는 청록색 바다 끝에 비구름이 몰려들고 있었다. 잠시 후 이현주가 정찬욱에게 다가가 볼에 키스했다. 바로 고개를 돌리며 새신랑은 분노를 표시했다. 신부는 개의치 않았다. 맑은 웃음소리가 로열 스위트룸에 울려 퍼졌다.

윤후는 살며시 문을 닫았다.

2

저녁 6시 반. 이현주는 아찔한 모습으로 야외 수영장에 나타났다. 해외에서 공수한 보기 드문 디자인의 밀짚모자를 쓰고 큰 선글라스로 얼굴을 가렸고 어지간히 날씬한 몸매가 아니면 소화하기 어려운 파격적인 스타일의 하얀 비키니를 입었다. 이 모든 세팅이 이현주의 단아한 얼굴과 여윈 몸매에 잘 어울렸다. 야외 수영장에 모인 사람들의 시선이 이현주에게 향했다.

"연예인인가?"

"진짜 예쁘다. 누구지?"

윤후는 투숙객 한 명이 일행에게 묻는 소리를 들었다. 피식 웃었다.

평소에 보수적으로 입는 여자가 비키니를 입을 때만큼은 과감해지는 경향이 있다. 윤후는 오랜 기간 호텔 서비스업에 종사한 덕분에 그 심리를 잘 안다. 허니문 때는 일상에서 억누르던 욕망이 폭발한다.

정찬욱은 여전히 꿔다 놓은 보릿자루 같은 불퉁스러운 표정으로 하와이안 셔츠를 입고 아내의 대나무 핸드백과 자신이 읽을 책을 양손에 든 채 아내 뒤를 강아지처럼 졸졸 따라왔다.

'평생 저 꼴이겠지.'

윤후는 경멸과 동정이라는 양가감정을 느끼며 카바나에 도착한 정찬욱을 지켜보았다. 잘난 처가에 휘둘리며 평생 그들의 개로 살아갈 운명을 받아들인 남자. 아까 엿들은 신혼부부의 대화는 충격이었다. 신랑이 결혼 취소란 말을 하다니.

개와 늑대의 시간이다.

해 질 녘이지만 대낮처럼 환했다. 무더위는 꺾였으나 습도는 여전히 높았다. 구름 낀 하늘에 격렬하게 타오르는 저녁노을이 수영장을 메운 투숙객들의 벌거벗은 육체에 내리쬐고 있었다.

'아름다운 사람들이 참 많아.'

윤후는 작열하는 태양 아래 전시된 몸뚱이들을 보며 새삼 감탄했다. 중노년이나 가족 단위 투숙객들은 변두리에 머물렀고 젊은 나이의 예쁘고 날씬한 여자들과 잘생기고 근육질인 남자들이 수영장 안팎을 활보하며 보란 듯이 몸을 드러내고 있었다.

이현주, 정찬욱 커플도 그 부류였다. 백옥 같은 피부에 깡마른 이현주와 병원 일에 시달렸기 때문인지 피부 빛이 조금 창백하지만 보기 좋게 근육질인 정찬욱도 잘 어울리는 한 쌍이었다. 신랑은 안경을 벗고 탄탄한 몸을 드러내자 전혀 다른 사람처럼 보였다. 마치 자신의 매력을 감추기 위해 두꺼운 안경을 끼고 다니는 클라크 켄트 같았다. 화려한 조명을 받은 그의 살갗은 무지갯빛으로 물들어 있었다.

'그럼, 정찬욱이 이현주의 슈퍼맨인가.'

하지만 더 이상 잡념에 빠질 여유가 없었다. 불꽃놀이를 차질 없이 진행해야 한다.

"총지배인님, 이제 시작할까요?"

불꽃놀이 담당이 묻자 윤후가 고개를 끄덕였다.

고려호텔의 불꽃놀이. 서귀포 중문 관광단지에서 가장 유명한 행사였다. 정확하게 7시 정각에 시작해서 7시 반에 끝날 때까지 30분 동안 하늘을 화려한 불꽃으로 수놓는다.

붉은 하늘에 첫 불꽃이 솟아올라 팡 하고 터졌다.

투숙객들이 환호하기 시작했다. 아직 남아 있는 태양을 서둘러 내쫓듯이 불꽃이 연달아 터졌다. 윤후의 시선은 VVIP인 이현주 부부를 찾아 헤맸다. 내일 저들이 체크아웃할 때까지 아무 일이 없어야 한다. 오늘 새벽에 꾼 악몽이 그저 꿈에 그치기를 윤후는 바라고 또 바랐다. 수영장 한가운데서 신혼부부를 찾아냈다. 밀짚모자를 눌러쓴 이현주는 튜브에 몸을 싣고 불꽃놀이를 구경하고 있었다. 정찬욱은 아내 곁에서 자유형에 몰두하고 있었다.

"찬욱 씨!"

이현주가 외치자 정찬욱이 물살을 가르며 다가갔다. 그녀가 정찬욱에게 귓속말로 속삭이자, 그는 수영장을 나와 셔츠를 걸치고 야외 바로 향했다. 바텐더에게 칵테일을 주문했다.

"마티니. 보드카 베이스로 진하게."

"한 잔만이요?"

"코카콜라 제로도 부탁합니다. 얼음 컵도."

휴대전화를 확인하던 정찬욱이 갑자기 놀란 표정을 짓더니 어딘가로 뛰어갔다. 윤후의 시선이 자연스럽게 그를 좇았다. 호텔 입구 앞에서 누군가와 이야기하고 있었다. 야자수 그늘에 가려져 상대방은 보이지 않았다. 상대방이 정찬욱의 손을 잡아끌었지만, 그는 손을 뿌리쳤다. 잠시 후 정찬욱은 바로 돌아와 의자에 주저앉았다. 멍하니 한 손에 턱을 괴더니 얼음에 재운 콜라를 마셨다. 야외조명 불빛에 물든 뺨에 물기가 보였다. 그는 울고 있었다.

'새신랑이 신혼여행을 와서 운다?'

정말 이상했다.

그때였다.

불꽃놀이 마무리 단계인 빅 퍼레이드가 시작되었다. 10분 동안 쉴 새 없이 폭죽이 터지는 구간인데 고려호텔 불꽃놀이의 절정이었다. 사람들의 환호성이 더 커졌다. 다양한 색과 모양의 불꽃이 하늘에 연달아 펼쳐졌다. 불꽃의 공세에 투숙객들의 흥분이 극에 달했다. 탄성, 휘파람 소리가 끊임없이 튀어나왔다. 휴대전화로 사진을 찍는 소리가 사방에서 들려왔다.

'허공에 피는 꽃 같지.'

실상은 화약에 바륨, 스트론튬, 칼슘 같은 금속을 적절히 조합해 발화시킨 것뿐인데. 처음 고려호텔에 묵는 투숙객들에게는 아주 특별한 감동이겠지만, 매일 보는 윤후는 감흥이 없었다.

하늘이 더 어두워졌다. 준비한 모든 폭죽이 터지고 환호성이 사라질 즈음 이질적인 소음이 야외 수영장을 찢었다. 칠판을 분필로 긁는 소음처럼 마음을 불안하게 만드는 소리였다.

"꺄아악!"

밀짚모자를 푹 눌러쓴 이현주 옆에서 한 여성 고객이 새된 비명을 지르고 있었다.

윤후는 고개를 수영장으로 돌렸다.

"어서… 가봐!"

윤후가 옆의 직원에게 말을 끝내기 전에 정찬욱이 옷을 입은 채 번개같이 빠른 속도로 수영장에 뛰어들었다. 직원들이 제지할 틈도 없었다.

정찬욱은 서둘러 튜브에서 이현주를 꺼냈다. 축 늘어진 채로 남편의 품에 안긴 아내는 미동이 없었다. 두 사람 주변에 붉은 원이 생겼다. 피. 피의 동그라미가 세력을 키우고 있었다. 서귀포 하늘을 불태우고 있는 노을이 수영장에 반사되어 붉은빛이 더 진해졌다. 창백하다 못해 납빛이 된 이현주의 안색을 보고 윤후는 바로 알아챘다.

새 신부는 죽었다. 모두의 시선이 새신랑에게 향했다.

"현주야, 네가 왜!"

정찬욱이 흐느껴 울면서 절규했다.

"이건 아니야! 이건…!"

몰려든 사람들이 웅성거렸다. 우는 여자들도 있었다. 윤후는 잠시 넋을 잃었지만, 곧 정신을 차렸다. 호텔 소유주 가족이 호텔에서 사망했을 때 프로토콜이 어떻게 되더라. 최고 책임자로서 이성을 잃을 여유 따윈 없었다. 만약 살인사건이라면…. 필사적으로 머리를 굴렸다. 부지배인에게 운성그룹 비서실에 즉시 알릴 것을 지시했다. 바로 호텔을 폐쇄하고 목격자를 비롯해 야외 수영장에 있던 투숙객은 모두 인적 사항을 적고 연회장에 모이게 했다. 보안요원들이 수영장을 지키게 조처했을 때 부지배인이 물었다.

“경찰은요? 총지배인님, 서귀포 경찰도 부를까요?”

“흠. 15분 후에 알려. 운성그룹 비서실이 대응할 시간을 먼저 줘야 할 거야.”

오랜 경험에서 나온 결정이었다.

윤후는 새벽에 꾼 악몽이 현실이 되었다는 게 실감 나지 않았다.

꿈속에서 윤후는 공중에 매달려 있는 알몸의 여자를 올려다봤다. 여자는 벽에 박힌 거대한 못에 목이 꿰뚫린 채 피를 흘리고 있었다. 그리고 그는 밑에서 입을 벌리고 여자의 피를 받아 마셨다. 피를 삼키며 입맛을 다시다가 잠에서 깼다.

3

좌승주 형사는 아까부터 어두컴컴한 밤하늘을 맴도는 헬기 소리가 귀에 거슬렸다. 주차장에 있는 과학수사대 차량과 경찰차를 계속 찍고 있었다.

“우씨. 영허당 우리도 찍히크라.”

양주혁 형사가 투덜거렸다.

“방송사 헬기죠? 운성그룹 막내딸이 죽었다니까.”

팀의 막내 이영민 형사가 헬기를 손가락질하며 말했다. 승주가 고개를 끄덕였다.

“혹시 기자들이 다가오면 일절 접촉하지 마.”

서귀포경찰서에 사건 신고가 들어오고 과학수사대에 이어 좌승주 형사, 양주혁 형사, 장가은 형사, 이영민 형사 네 명이 고려호텔 현관에 들어섰다. 호텔 로비는 절로 감탄을 자아낼 만큼 화려하고 드넓었다.

“어휴, 여 묵잰하믄 나 월급에서 대체 몇 분지 일을 써사는 거?”

주혁이 탄성을 질렀다.

"시끄러워요, 양 선배. 선배 월급으론 평생 못 묵을 거."

가은이 주혁에게 핀잔을 줬다.

"무사? 나도 고려호텔 다니는 궨당 있쪄. 친구 찬스 뒀당 뭐할거라? 직원가로 할인받앙 못 묵을 거도 없주게. 다음 달 결혼 7주년 기념일에 와이프랑 둘이서만 가크라."

"우리 지금 수사하러 온 거 알긴 알죠? 봐요. 좌 선배 표정이 안 좋잖아요."

승주는 두 사람의 실랑이에 빙긋 웃었다.

"괜찮아. 일단 총지배인을 만나야지. 피해자 남편 진술도 받고."

"저 양반? 딱 봐도 총지배인 닮네. 얼굴에 호텔리어랜 써 이쪄. 와씨, 진짜 미남이잖아."

주혁이 손가락질한 방향에서 머리부터 발끝까지 완벽하게 차려입은 남자가 걸어오고 있었다. 이런 종류의 미남은 태어날 때부터 슈트 차림이 아니었을까. 반면 승주는 후줄근한 검은색 윈드브레이커 차림이었다.

"수사 1팀장 좌승주 형사라고 합니다. 그리고 양주혁, 장가은, 이영민 형사입니다."

총지배인은 승주가 내민 명함을 받더니 차갑지만 우아한 태도로 말을 꺼냈다.

"총지배인 오윤후입니다. 바로 호텔은 폐쇄했고 야외 수영장에 있던 투숙객과 직원은 연회장에 모이게 했습니다."

"호텔의 신속한 협조에 진심으로 감사드립니다."

"모두 불만이 큽니다. 도시락과 커피를 제공했지만…. 시간을 너무 끌지 않으면 좋겠군요."

"그런데 사건은 7시 반경에 일어났는데, 신고는 8시더군요."

승주가 물어보자 윤후의 눈썹이 가볍게 꿈틀거렸다.

"흥분한 투숙객이 많았고 직원들도 당황해서 다소 시간이 걸린 점은 사과드리겠습니다."

"그 30분 동안 호텔을 빠져나갔거나 사건 현장을 건드린 사람은 없었겠지요?"

"네. 출입을 금했고 수영장 안에는 아무도 못 들어가게 했습니다."

"호텔 직원 누구도 언론과 인터뷰하지 못하도록 단속 부탁드리겠습니다. 방송사 헬기가 떠 있는 거 아시죠?"

승주가 손가락으로 통유리창 너머로 보이는 헬기 불빛을 가리켰다. 윤후는 미소를 지었다.

몇 분 먼저 도착한 과학수사대가 수영장 곳곳에서 증거를 수집하고 있었다. 이현주의 시신이 든 보디백을 이동 침대에 실어놓고 부검의 홍창익 교수가 승주 일행을 기다리고 있었다.

"좌 형사님. 오셨네요. 새신랑이 큰 충격을 받은 모양이더군요. 시신에서 떼어놓는 데 정말 애를 먹었습니다. 제복 경찰관 둘이 달라붙어서 겨우…. 하긴 이해는 갑니다. 결혼식 다음 날에 이런 일을 겪는다면 누구라도…."

"아까 문자 보내주셨죠. 추정되는 살인 무기가 송곳이라고요."

"네. 보시겠습니까?"

홍 교수가 보디백의 상단 지퍼를 내려 시신을 보여주었다. 라텍스 장갑을 낀 손가락으로 이현주의 목을 가리켰다. 창백한 목에 작고 붉은 구멍이 보였다.

"몸엔 전혀 상처가 없어요. 사인은 목에 난 자상으로 보여요. 송곳 같은 도구가 제일 유력한데 아직 범행 도구는 발견하지 못했고…. 부검해서 상처 깊이를 정확하게 측정하면 도구의 범위가 더 좁혀질 테죠."

"살인은 불꽃놀이 도중에 벌어졌겠지요?"

"간 온도를 확인하지 못해서 정확한 사망 추정 시각을 말씀드리긴 어렵지만 남편이나 주변 직원의 진술을 들으니 그런 것 같습니다. 10분 넘게 쉴 새 없이 불꽃이 터지는 빅 퍼레이드 구간 때 살인이 벌어진 것 같아요. 그 직전에는 아내가 살아 있었다고 하고."

"즉사했을 거라고 보십니까?"

"네. 범인은 전혀 망설이지 않고 경동맥을 한 번에 찔렀습니다. 피해자가 비명을 지르거나 고통을 느낄 새도 없었을 겁니다. 피가 분수처럼 뿜어져 나왔겠죠. 불꽃놀이 도중이라 목격자가 거의 없을지도 모릅니다. 범인은 틀림없이 예전에 고려호텔 불꽃놀이를 체험해본 자일 겁니다. 정확하게 퍼레이드 구간을 틈타 살인한 걸 보면."

"광장 밀실 사건 같네요."

승주가 중얼거리자 홍 교수의 눈빛이 반짝였다.

"밀실의 반대말입니까?"

"아직 밤이 되지 않은 시간대, 낮에서 밤으로 넘어가기 직전에 불꽃놀이가 벌어지는 와중에 사방으로 탁 트인 수영장 안에서 살인이 일어났습니다. 넓은 수영장 안팎으로 사람이 많았습니다. 남편은 바에 있었고 빅 퍼레이드 구간이라 사람들은 불꽃놀이에 홀려 있었죠. 불꽃놀이가 밀실의 조건을 형성한 셈이죠. 범인은 그사이 몰래 이현주에게 다가가 목을 찌르고 도망쳤습니다. 선글라스와 밀짚모자가 발각되기까지 시간을 벌어줬을 거고요."

"좌 형사님, CCTV는 요청했습니까?"

"네. 호텔 보안과에 가서 확인할 겁니다."

홍 교수가 보디백의 지퍼를 올렸다. 이현주의 얼굴이 보디백 안으로 사라졌다.

"피해자 휴대전화가 없어진 건 들으셨습니까? 과수대 요원이 찾아봤는데 핸드백 안에도 튜브 근처에도 없었습니다. 방수 휴대전화라고 하던데…. 전화를 걸어도 전원이 꺼져 있다고만 나옵니다."

"범인 짓이겠죠. 면식범이 아닐까요?"

"새 신부의 죽음이라. 하필 재벌가 막내딸이라니. 운성그룹은 곳곳에 연줄이 많으니까 위에서 내려오는 압력이 만만찮을 겁니다. 걱정이 앞서네요. 앞으로 어떻게 수사할 작정입니까?"

"똑같이."

승주가 담담하게 대답했다.

"모든 살해당한 피해자를 수사할 때와 똑같이 수사할 겁니다."

4

승주 일행은 호텔 보안관과 함께 보안실에서 수영장 CCTV를 확인했다. 누런 얼굴을 한 전직 제주 경찰 출신 박건형 보안관은 이번 사건으로 혹시 해고라도 당할까 봐 안절부절못했다. 네 형사는 불꽃놀이를 찍은 영상을 빨리 보기로 훑었는데 투숙객이 워낙 많은 데다 저녁이라 화질이 좋지 못해서 알아보기가 힘들었다. 가은이 말했다.

"좌 선배, 아무래도 저랑 이 형사가 붙어서 샅샅이 파고들어야 할 것 같은데요."

"오케이. 그리고 연회장에 모인 투숙객들 휴대전화 동영상을 제공받아."

"제가 연회장에 가서 투숙객 동영상 받아올게요."

영민이 말했다.

"그럼 두 사람이 CCTV와 투숙객 동영상을 체크하고 나와 양 형사가 참고인과 투숙객 진술을 받지. 장 형사는 이현주가 살해당하기 직전과 직후 화면을 집중적으로 조사해서 핵심 용의자를 특정할 수 있는지 살펴보고 나한테 전화로 알려줘."

승주와 주혁은 연회장 입구에서 총지배인 오윤후를 다시 만났다.

"피해자 남편 정찬욱 씨를 만날 수 있을까요…. 아무래도 핵심 참고인이라."

"정찬욱 씨는 지금 상태가 좋지 않아서 나중에 뵙는 게 좋겠습니다. 혼자 계실 수 있게 10층에 따로 방을 마련해드렸습니다. 스위트룸엔 더 이상 못 있겠다고 하셔서요."

"이해합니다. 그럼 이현주의 사망을 확인한 투숙객, 여성 탈의실 직원, 그리고 카바나 담당 직원을 만나게 해주십시오. 아, 비서분과 총지배인님도 진술을 부탁드리겠습니다."

승주가 요구하자 윤후는 고개를 끄덕였다.

"비서는 아까 소식을 듣고 혼절했습니다. 호텔 의무실에서 수액을 맞는 중입니다."

그때 부지배인이 당황한 표정으로 달려와 윤후에게 귓속말했다. 승주는 그의 고요한 얼굴에 스친 동요를 놓치지 않았다. 새로운 상황인가.

"운성그룹 이태건 회장님께서 탄 헬기가 곧 호텔에 도착한다고 합니다. 이만 실례하겠습니다."

"서울에서 제주까지 헬기로 한 시간 이상이 걸리는데 벌써 도착한다는 걸 보니."

승주가 윤후를 똑바로 응시하면서 말했다.

"경찰보다 운성그룹에 먼저 이현주 씨 사망 소식이 전해진 게 아닐까 우려되는군요."

윤후는 난처하다는 듯이 가벼운 웃음을 흘렸다.

"그럴 리가요. 운성그룹 비서실이 유능한 셈 치시죠."

"회장님은 피해자의 유족인 만큼 중요한 참고인입니다. 저도 같이 가겠습니다."

"음, 이 회장님이 예측 불가능한 분이라 뵙지 않는 편이 나을 텐데요."

"헬기 착륙장이 어디죠?"

승주는 바로 말을 잘랐다. 주혁이 주눅 든 표정으로 승주에게 속삭였다.

"선배, 저 총지배인 말이 맞는 거 닮아. 선불리 우리가 나섰당 서귀포 경찰서영 제주지방경찰청에서 강력하게 항의 들어오면 어쩔거라. 운성은 재벌가쥬."

"지금 그런 거 가릴 계제? 사건만 보크라, 사건만."

승주는 주혁에게 톡 쏘아붙였다.

두 형사는 총지배인, 부지배인과 함께 엘리베이터를 타고 호텔 옥상의 헬기 착륙장으로 향했다. 부지배인이 윤후에게 다시 귓속말했다. 윤후가 헛기침했다.

"잠시 10층에 멈췄다 가겠습니다. 정찬욱 씨도 장인어른 마중을 간다고 합니다."

10층에서 키가 큰 남자가 엘리베이터에 탔다. 입고 있는 하와이안 셔츠와 수영복은 온통 피투성이였다. 옷을 갈아입을 생각도 못한 듯 완전히 넋이 나간 얼굴이었다. 정찬욱은 마치 현장의 참혹함을 증언하는 살아 있는 증거 같았다.

"정찬욱 씨. 좌승주 형사입니다. 삼가 고인의 명복을 빕니다."

승주가 명함을 내밀자 찬욱은 말없이 받았다. 잠긴 목소리로 중얼거렸다.

"정찬욱입니다."

"힘드시겠지만 몇 가지 여쭤봐도 되겠습니까? 아, 그리고 입고 있는 옷은 전부 과학수사대에 증거로 제출해야 합니다."

"…."

정찬욱은 한 손을 이마에 짚으며 대답을 피했다. 주혁이 승주를 팔꿈치로 찔렀다.

"선배, 나중에. 나중에."

밤 9시가 넘은 시각. 구름이 잔뜩 낀 어두컴컴한 북쪽 하늘에서 거센 돌풍이 불어오면서 헬기가 작게 보이기 시작했다. 헬기는 정북 방향에서 호텔에 접근하고 있었다. 승주의 곱슬머리가 바람에 마구 나부꼈다.

주혁은 거센 바람에 쌍욕을 하며 얼굴을 두 손으로 가렸다.

운성그룹 마크가 박힌 남색 헬기가 착륙장에 내려섰다. 날개가 회전을 마쳤을 무렵 덩치 큰 남자가 제일 먼저 내렸다. 운성그룹 회장 이태건이었다. 맨손으로 대한민국 10대 그룹을 일군 사나이. 승주는 그를 보면서 슈베르트의 가곡 〈마왕〉이 생각났다. 거한이었다. 큰 몸집이 흰 양복 때문에 더 커 보였다. 새치 하나 없이 검게 염색한 머리에 잘 익은 와인처럼 붉게 그을린 얼굴은 찔러도 피 한 방울 안 나올 것처럼 단단해 보였다.

승주가 앞으로 나섰다. 흰옷을 입은 이태건과 검은 옷을 입은 승주가 대치하는 형국이었다. 이태건이 승주를 노려봤다. 무겁고 탁한 목소리가 헬기 착륙장에 울렸다.

"넌, 경찰인가?"

승주는 묵묵히 고개를 끄덕였다. 명함을 건네려 했지만 이태건은 승주를 그대로 지나치면서 비서에게 지시를 내렸다.

"경찰 볼 일 없게 하라고 했잖아."

고개를 든 태건은 "저건 뭐지?" 하고 정찬욱을 향해 성난 소리를 냈다.

"장인어른."

정찬욱이 깍듯이 90도로 고개를 숙였다.

"왜 기어 나왔어. 이 버러지가."

태건이 정찬욱에게 다가가 멱살을 잡았다.

"현주가 네놈 아니면 평생 결혼하지 않겠다고 졸라서 할 수 없이 승낙했더니 하루아침에 내 딸이 비명횡사하게 만들어?"

"장인어른. 죄, 죄송합니다."

정찬욱은 순순히 멱살을 잡힌 채 중얼거렸다.

바로 주먹이 날아갔다. 정찬욱은 비명 한 번 지르지 않고 그대로 바닥에 쓰러졌다. 안경이 날아가 바닥에 굴렀고 입술이 터져 피가 흘렀다. 태건이 한 번 더 주먹을 휘두르려고 했지만, 승주의 손이 더 빨랐다. 승주는 태건의 손목을 단단히 붙들었다.

"이태건 회장님! 경고합니다. 현장에서 폭행으로 체포되실 수 있습니다. 지금 이 자리에 경찰이 와 있다는 걸 잊진 않으셨겠죠."

태건이 불쾌한 표정을 지었다. 비서가 태건에게 귓속말했다. 태건이 정찬욱에게서 시선을 돌려 날카롭게 승주를 응시했다.

"하아… 당신 이름이 뭐야. 직책과 계급은?"

"서귀포경찰서 수사 1팀 좌승주 팀장입니다. 계급은 경위입니다. 다시 폭행하지 않겠다고 약속하면 손을 풀어드리겠습니다."

태건은 마지못해 고개를 끄덕였고 승주는 손을 뗐다.

"최 비서. 내가 경위 따위의 말을 들어야 하는 거야? 그리고 저 버러지한테도 비서 한 명 붙여. 변호사 올 때까지 입 처닫고 있으라고 해."

태건이 거칠게 내뱉었다.

"조처하겠습니다."

최 비서라고 불린 중년 남자가 말했다. 그가 고갯짓하자 비서 한 명이 정찬욱 곁으로 갔다.

태건은 정찬욱을 외면하고 비서진과 경호원들 한 무리를 이끌고 가버렸다. 그때까지 눈에 띄지 않았던 한 여자가 바닥에 떨어진 안경을 줍더니 정찬욱에게 다가갔다. 승주는 놀랐다. TV 뉴스와 기사로 많이 접했던 얼굴이었다. 운성기획 대표이자 운성그룹 전무 이현영. 죽은 이현주의 이복언니. 자매는 친엄마가 달라서인지 얼굴도 완전히 달랐다. 이현영은 눈에 확 띄는 화려한 타입의 미인이었다.

"제부, 미안해요. 여기 안경."

"죄송합니다. 처형. 제, 제가 면목이 없습니다. 제가 현주를 지켜주지 못했어요."

정찬욱은 안경을 받아 쓰더니 주저앉은 채 끅끅 울기 시작했다. 이현영이 정찬욱의 어깨를 감싸 안았다.

"아빠가 현주를 끔찍하게 사랑했던 거 잘 아시잖아요. 지금은 아빠가 너무 슬프고 화가 나서 저러시는 거니 이해해줘요. 운성교육 대표 자리가 갑자기 공석이 됐으니 주식 문제도 복잡해졌고요. 제부도 알다시피 우린 사생활이고 뭐고 회사가 최우선이어야 하잖아요. 심지어 제부는 현주랑 벌써 혼인신고도 했다면서? 시간이 지나면 아빠가 찬욱 씨를 사위로 대우해주실 거예요. 그러니 세월이 약이다 생각하고 조금만 더 참아요. 전 이만 가볼게요. 변호사 없이는 경찰과 말 섞지 말고. 우린 나중에 다시 이야기해요."

"네…."

오열하던 정찬욱이 간신히 대답했다.

이현영은 손톱이 잘 정리된 단정한 손으로 정찬욱의 머리를 마치 강아지처럼 쓰다듬더니 하이힐을 또각거리며 사라졌다. 승주는 위화감을 느꼈다. 이복언니는 동생의 죽음에 눈물을 비치기는커녕 명복을 비는 말 따윈 단 한마디도 하지 않았다.

승주가 정찬욱에게 가까이 다가가 어깨에 손을 올렸다. 주혁이 걱정스레 승주를 쳐다봤다.

"정찬욱 씨. 상황이 최악인 건 알지만 참고인 진술을 더 미루지 않는 게 좋겠습니다."

바로 비서가 승주를 제지했다.

"정찬욱 씨는 운성일가의 일원입니다. 운성 측 변호사가 도착하기 전에는 경찰에게 일체 진술을 거부합니다. 묵비권을 행사하겠습니다."

바닥에 앉은 정찬욱으로부터 낮은 목소리가 들렸다.

"비서분이 저 대신 말씀해주실 필요는 없습니다. 전 상관없습니다. 변호사 없이 제 의지로 만나겠습니다."

정찬욱이 천천히 고개를 들었다. 눈빛에 분노가 일렁이고 있었다.

"그리고 운성 측 변호사는 거부합니다."

그가 일어서더니 비서를 향해 싸늘한 미소를 보냈다.

"아내가 죽었으니 저는 더 이상 운성 일가가 아닙니다."

노을이 질 때부터 보이던 비구름이 제 일을 하기 시작했다. 소나기가 퍼부었다. 헬기 착륙장에 들이친 폭우에 승주와 주혁은 호텔 안으로 피했다. 정찬욱은 한참이나 쏟아지는 비를 맞다가 느릿느릿 들어왔다. 그 때 번개가 쳤고 정찬욱의 얼굴이 역광을 받아 빛났다. 금이 간 안경을 쓴 얼굴이 부어올랐고 온몸이 비에 젖어 초라했지만 눈빛만큼은 형형했다.

지렁이도 밟으면 꿈틀하는 법이지. 승주는 속으로 생각했다.

5

연회장 옆에 총지배인이 취조실로 쓰라고 작은 방을 마련해주었다. 보라색 비로드 융단이 깔린 방 안에 고풍스러운 4인용 탁자와 의자 네 개가 놓여 있었다. 승주가 주혁에게 부탁해 호텔 선물 가게에서 구매한 티셔츠, 반바지 그리고 속옷을 건네자 찬욱은 말없이 받았다. 그가 옷을 벗자 벌거벗은 몸 곳곳에 아직 아내의 핏자국이 선명했다. 손목에는 숫자 문신이 있었다. 승주는 물티슈와 수건을 건넸다. 찬욱은 잠시 멈칫거렸지만 뒤돌아서서 피를 닦고 옷을 입었다. 승주는 찬욱의 옷을 비닐 랩 안에 넣어 제복 경찰관에게 건넸다.

"아까 폭행 말입니다, 고소하시겠습니까?"

"장인어른을요?"

찬욱은 엉망이 된 얼굴로 갑자기 웃었다.

"하하, 형사님. 웃어서 죄송합니다. 제 돈으로 고용한 변호사로는 운성그룹 변호사를 못 이깁니다. 고소할 생각은 전혀 없습니다."

"아내분께 적이 있었습니까? 스토커나 회사에서 갈등을 겪었던 사람

같은….”

“자신의 핏줄이 최고의 적이었죠.”

“무슨 뜻입니까?”

“운성가의 딸로 살아가는 삶은 힘겨웠습니다. 전 현주의 오래된 친구입니다. 현주는 늘 평범한 삶을 원했습니다. 그게 저를 결혼 상대로 선택했던 이유죠. 이 결혼은 비록 하루 만에 끝났지만….”

“아내분이 살해당할 때 바에 있었다고 들었습니다.”

“정말 후회합니다. 칵테일을 부탁했을 때 거절했다면 현주는 아직 제 곁에 있을지도….”

찬욱의 목소리가 잦아들었다.

“정찬욱 씨. 인생은 가정법으로 살 수 없습니다. 지나간 일은 되돌릴 수 없습니다. 지금 우리가 할 수 있는 일은, 어떻게 해서라도 이현주 씨를 죽인 범인을 잡는 것뿐입니다. 정말 괴롭겠지만 아내분이 죽기 전의 상황을 다시 말씀해주시겠습니까?”

“아내가 마티니를 부탁했어요. 바에 가서 주문하고 생각할 것이 있어서 시간을 지체했습니다.”

“생각…이라…?”

“결혼으로 인해 많은 것이 변했죠.”

찬욱은 담담하게 말했다.

“이것저것 생각하며 콜라를 마시고 있었는데 비명이 들렸어요. 불길한 예감이 들어서 봤더니 현주 옆에서 누군가가 비명을 지르고 있었죠. 주변에 피가 보였어요. 바로 물에 뛰어들었습니다. 제가 튜브에서 꺼냈을 땐 이미 죽어 있었어요. 아시다시피 전 의사입니다. 호흡과 맥박을 확인하자마자 바로 알았습니다. 인공호흡도 의미 없는 상황이었습니다.”

“알겠습니다. 이건 카바나에서 수거한 이현주 씨의 유품인데요.”

승주가 여러 가지 물건을 탁자 위에 펼쳐 보였다.

“이 중에 혹시 특이한 건 없습니까?”

찬욱은 고통스러운 표정으로 증거품들을 내려다보았다.

화장품, 스냅사진, 큰 메모 패드, 볼펜, 애거사 크리스티의 소설《비뚤어진 집》.

"그런데 이상한 점이 있습니다. 이 스냅사진은 귀퉁이가 찢겨나갔네요."

3년 전 9월 13일 날짜가 찍힌 사진 속에서 정찬욱, 이현주 그리고 누군가가 어깨동무하고 있었는데 사진 귀퉁이 위쪽이 잘려 나가 세 번째 인물이 누군지 알 수 없었다.

"늘 가지고 다닐 정도라면 소중한 사진 같은데 이 인물이 누군지 아십니까?"

"글쎄요. 기억이 안 나네요…. 아시다시피 외과 의사는 정신없이 바쁩니다."

"큰 메모 패드는 왜 필요했을까요? 수영할 사람이."

"제가 어떻게 알겠습니까. 갑자기 손 편지라도 쓸 일이 있었나 보죠."

찬욱은 기어들어가는 목소리로 말했다.

"잘 알겠습니다. 오늘은 여기까지만 하겠습니다. 당분간 숙소에서 벗어나지 마세요."

찬욱은 힘없이 취조실 밖으로 나갔다.

두 번째 참고인은 총지배인이었다. 윤후는 초조한 기색이었다.

"숙박 예약을 누가 했습니까?"

승주가 물었다.

"이현주 대표의 여비서가 했습니다."

"로열 스위트룸이라 비용이 상당했을 텐데요."

"아, 고려호텔이 2년 전에 운성그룹 소유가 된 건 아시죠? 운성그룹에서 비용처리를 했을 겁니다. 직원 할인을 받았다고 해도… 일반인이 묵을 수 있는 가격은 아니긴 하죠."

"1박에 얼마이길래?"

주혁이 호기심이 가득한 표정으로 끼어들었다. 윤후는 미소를 짓더니 작은 목소리로 숫자 몇 개를 말했다. 주혁의 안색이 싹 변했다. 평생 가도 묵을 마음을 먹기 어려운 가격이었다.

"2년 전에 운성그룹이 고려호텔을 샀을 때 문제가 많았던 걸로 압니다."

승주가 말을 꺼냈다. 윤후의 얼굴이 딱딱하게 굳어졌다.

"호텔 측에서 지나치게 비굴한 조건으로 넘겼다고 하더군요. 그때 오윤후 총지배인님은 남았지만 아끼던 직원들은 다 해고해야 했다죠?"

"설마… 저를 용의자로 보시는 겁니까? 운성가 따님을 어떻게 한다고 해서 제가 내보낸 직원들을 고용할 수 있는 건 아니잖습니까?"

"그렇게 들렸다면 죄송합니다. 사실 가장 궁금한 건 총지배인님의 개인적인 생각입니다."

"개인적인 생각이요?"

"체크인하던 무렵의 신혼부부를 지켜보셨잖아요. 어떤 부부였습니까? 이현주 씨와 정찬욱 씨는."

"…."

"비밀은 보장하겠습니다. 혹시 직장 일에 불리하게 작용할까 봐 걱정하시는 거라면."

"감사합니다. 그렇다면 말씀드리겠습니다."

윤후가 가볍게 한숨을 쉬더니 입을 열었다.

"그동안 수많은 신혼부부를 만났습니다. 하지만 저런 신혼부부는 처음 봤습니다."

윤후가 딱 잘라 말했다.

"저 결혼은 거짓입니다."

승주는 호기심을 보이며 몸을 앞으로 숙였다.

윤후의 목소리가 작아졌다.

"부부의 대화를 어쩌다 엿듣게 됐습니다. 정찬욱 씨는 화가 잔뜩 나 있었습니다. 그리고 이현주 씨한테 아직 늦지 않았다, 결혼을 취소하자고 이야기하더군요. 이현주 씨가 안 된다고 거절하면서 이제 겨우 시작일 뿐이다, 벌써 그날을 잊었냐고 추궁하더군요. 저는 그 부부가…."

윤후가 말을 이었다.

"뭔가 불순한 목적으로 계약결혼을 한 거라고 믿습니다. '그날'은 계약결혼을 하기로 결정한 날을 말하는 게 아닐까요?"

"그런 추측도 가능하지요."

"한 가지 더 보태자면 전 미신을 믿는 사람은 아닌데… 오늘 제 꿈자리는 정말 사나웠습니다."

"꿈이요?"

"악몽… 아니 이젠 예지몽이라고 해야 할까요? 꿈에서 거대한 못에 목이 꿰뚫린 채 죽은 여자를 봤습니다."

윤후가 목을 쓰다듬으며 침울한 표정을 지었다.

승주와 주혁은 호텔 의무실로 향했다. 비서 김담희는 의무실 침대에 누워서 수액을 맞고 있었다. 겁에 질린 토끼 같은 모습이었다. 해리 포터 스타일의 크고 둥근 안경도 너무 울어서 새빨개진 눈을 가려주진 못했다. 그녀는 조급한 목소리로 더듬거리며 말을 쏟아냈다.

"그, 그러니까 대표님은 정, 정말 좋은 상사였어요. 제, 제가 비록 취직한 지 며칠 안 됐지만요. 아, 아직도 믿기지 않아요. 취직한 지 며칠 되지도 않았는데 이런 일이…. 아, 이 이야기는 방금 했던가요. 대표님이 다음 날까지 쉬어도 된다고 하셔서… 부지배인님이 연락을 주시기 전까진 까맣게 몰랐어요. 대표님이 돌아가신 사실을…."

"하나만 묻겠습니다. 담희 씨가 보기에 이현주 씨와 정찬욱 씨는 어떤 커플이었습니까?"

"어, 어, 그게, 전 고용된 지 일주일밖에 되지 않아서…."

"더 객관적으로 볼 수 있겠네요. 오래 안 사이가 아니니까요."

"음…. 어, 저, 전 정찬욱 씨가 되게 멋진 분 같았어요. 상, 상냥하고 대표님하고 사이도 좋고… 저한테도 늘 친절하셨고요."

"그러면 대표님은 어떤 여자친구였나요?"

담희는 곤혹스러운 표정을 지었다. 승주가 친절한 어조로 말했다.

"여기서 한 이야기는 전부 비밀을 지켜드릴 겁니다."

비서의 눈에 물기가 어렸다.

"사실 저는 정찬욱 씨 같은 남자친구와 결혼한다면 어, 어, 제 목, 목숨이라도 바칠 수 있을 거 같아요. 의사지, 착하지, 똑똑하지, 키 크고 잘생겼지. 하아."

"듣고 있습니다."

승주가 용기를 주듯이 고개를 끄덕였다. 망설이는 표정을 짓던 담희가 겨우 내뱉었다.

"정, 정말 말해도 되나. 대, 대표님은 바, 바람을 피우고 계셨어요."

"어떻게 알았습니까?"

"모, 모를 수가 없었어요. 그 남자가 직접 대표님을 데리러 왔으니까요. 벤, 벤츠를 몰고 와서 대표님과 호텔로 가던데요. 세, 세상에 결혼식 전날에요! 대, 대표님도 참 대단하신 게 그 직전에 약혼자 정찬욱 씨와 세상 다정하게 통화도 했다니까요. 배, 배우 빰치는 연기 실력이죠."

담희가 처음으로 더듬지 않고 말을 내뱉었다.

"전 정찬욱 씨가 정말로 불쌍해요."

의무실에서 나온 두 형사는 이현주의 시신을 처음 발견한 투숙객, 여성 탈의실 여직원, 그리고 카바나 담당 직원의 진술을 받았지만 크게 건

질 건 없었다. 세 명의 진술을 종합하면 이랬다. 이현주는 그날 혼자 여성 탈의실에 가서 비키니로 갈아입었고, 간단하게 샤워하고 카바나로 가서 드러누워 애거사 크리스티의 추리소설 《비뚤어진 집》을 읽었다. 불꽃놀이 빅 퍼레이드 구간이 끝나고 수영을 다시 시작하려던 여성 투숙객은 이현주가 아무 미동이 없는 게 이상했다. 가까이 다가가 보니… 이현주의 목에서 피가 흘러나오고 있었다.

밤 11시, 주혁이 연달아 하품했고 승주는 의자에 앉아 생각에 잠겼다.

"좌 선배!"

가은과 영민이 취조실로 뛰어 들어왔다. 손에는 출력한 종이가 100여 장 있었다.

"퍼레이드 구간 때 찍힌 CCTV 화면과 투숙객한테 받은 동영상을 컷별로 출력해봤어요."

네 형사는 취조실 벽에 출력한 종이를 시간 순서대로 배열했다. 승주는 아주 느린 애니메이션을 돌려본다고 상상하면서 퍼레이드가 벌어질 때 이현주 주변의 상황을 머릿속으로 그려봤다. 이현주는 퍼레이드 시작부터 끝까지 튜브 안에 있었고 그 앞을 지나다니는 사람이 계속 달라졌다.

"혹시 뾰족한 무엇인가를 들고 있는 사람이 있는지 살펴봐."

승주가 말하자 주혁이 보탰다.

"아니면 뾰족하게 만들어지는 것도 포함."

송곳은 아니지만 이현주 근처에서 도구를 들고 있는 사람이 딱 세 명 있었다.

몸이나 얼굴은 식별할 수 없어서 성별 또한 확실치 않았다. 한 명은 비치발리볼을 들고 있었다. 다른 한 명은 아이스커피를 빨대로 마시고 있었다. 마지막 한 명은 휴대전화를 들고 불꽃놀이를 찍느라 바빴다. 결론이 쉽게 하나로 모아졌다.

주혁이 신음을 뱉었다.

"빨대여싱게! 금속 빨대. 끝을 날카롭게 갈믄 송곳이랑 거진 비슷해실 거라."

6

범행도구가 특정되자 연회실에 갇혔던 투숙객들은 모두 자신의 방으로 돌아갈 수 있었다. 범인이 특정되지 않아서 투숙객이 호텔 밖으로 나가는 것은 하루 더 금지되었다.

자정이 넘자 총지배인의 배려로 네 형사는 객실 두 개를 제공받았다. 장가은 형사가 방 하나를 독차지하고 나머지 방 하나에 세 명의 남자 형사가 몰려 잤다. 주혁과 영민이 코를 고는 탓도 있지만, 승주는 잠을 이룰 수 없었다. 바닥에 누워 잠든 영민을 침대에 올려주고, 승주는 방바닥에 똑바로 누웠다. 천장을 쳐다보다가 눈을 좀 붙이고 나니 벌써 새벽이었다.

네 형사는 과학수사대와 함께 수영장의 모든 재활용 쓰레기를 검사했다. 금속 빨대는 나올 기미가 없었다. 그런데 승주 일행이 재활용 쓰레기와 사투를 벌이고 있을 때 청천벽력 같은 소식이 전해졌다.

"네? 광수대요?"

승주는 자신의 귀를 의심했다. 휴대전화 건너편에서 현택기 반장이 힘없이 말했다.

"미안해. 내가 너한테 사과를 하는 건 참 드문 일이지."

"반장님, 이게 저한테 미안하다고 말하면 끝날 일입니까? 저랑 팀원들이 이틀째 호텔에 갇혀서 수사하고 있는데요. 저는 그렇다 치더라도 팀원들을 이해시킬 수 있는 일입니까?"

"아, 난들 모르겄냐. 운성을 건드려서 좋을 게 없다니까. 이태건 회장이 밤새 힘깨나 쓰는 윗사람들을 구워삶은 모양이야. 제주 광역수사대를 불러서 수사하라고 한 것 같아."

"관할권을 무시하게 두실 겁니까? 서귀포시 사건은 서귀포 경찰 관할이지 않습니까."

"서장님과 청장님이 난리치는데 난들 어쩌겠냐. 광수대 친구들이 이따가 오면 적당히 협조해줘. 고 대장이 가겠지. 자료와 수사 결과는 넘기고 니넨 그만 서로 들어와."

"싫습니다."

"하여간, 돌부처 고집하고는. 10시쯤이면 들이닥칠 거야. 그런 줄로 알고 있어."

아침에 호텔에서 제공한 직원 식당 밥은 맛있었지만, 승주 일행은 깨작깨작 먹고 있었다.

"이건 정말 말이 안 되지 않습니까?"

가은이 분통을 터트리며 말했다. 어제 내내 CCTV를 조사하느라 양쪽 눈에 실핏줄이 터져 있었다.

"재주는 우리가 넘고, 범인은 광수대 애들이 잡게 생견."

주혁도 한숨을 쉬었다. 범행도구가 특정된 상태에서 수사를 넘기면 공은 광수대가 독차지할지도 모른다.

"말할수록 우울해지니까 우선 밥이나 먹자."

승주가 팀원들을 달랬다.

"방법이 없을까요, 방법이."

동영상을 보느라 눈이 충혈된 막내 영민이 고개를 푹 숙이고 힘없이 중얼거렸다.

"일단 광수대 사람들이 오면 그때 생각해보자."

승주가 말을 하자, 바로 옆에서 밝은 목소리가 들렸다.

"뭔 생각허맨? 지금 왔져."

승주를 내려다보며 능글맞은 웃음을 띠고 있는 사람은 제주지방경찰청 광역수사대 대장 고석철 경감이었다. 승주와는 여러 번 같이 공조한 적이 있었다.

"누괴 담당인가 하당보난 좌갈공명이언? 잘 부탁하게. 지금껏 조사한 건 다 넘기고이?"

"고 대장님. 안녕하십니까? 경 안 해도 팀원들신디 협조 당부하고 이신 참이우다."

"그래. 니들 팀장 말 잘 들으라. 이틀 동안 집도 못 가고 힘들어신디 돌아가믄 좋지 안 해어? 좌 팀장은 밥 먹엉 나오라. 나는 저기 해녀정원에 강 이시크메."

고 경감이 직원 식당 밖으로 사라지자 팀원들은 분통을 터트렸다.

"팀장님, 들으셨죠? 깐족깐족 우리 깔보며 말하는 저 말본새."

가은이 몸을 부르르 떨었다.

"안 그래도 저 고 경감님 별명이 너구리인데, 교활하고 능글맞기 짝이 없다니까요. 어휴, 저 고구리 영감!"

승주는 웃음이 터질 뻔했지만 참았다.

"장 형사의 개인적인 생각은 잘 들었어. 지금 중요한 건 수사야. 그리고 우리 넷에 광수대가 붙으면 수사가 더 잘될 수도 있어. 일단 공동수사를 하는 방향으로 이야기해볼게."

고려호텔 야외 수영장 뒤쪽으로는 해녀정원이라는 잘 조성된 산책로가 있었다. 산책로는 바닷가 주상절리 절벽과 전망대로 이어지는데 고려호텔 투숙객들이 불꽃놀이 다음으로 꼽는 볼거리였다. 어젯밤 소나기가 내린 탓인지 정원은 안개에 감싸여 있었다. 승주는 짙은 안개가 마치 현재 수사 상황을 상징하는 듯했다. 해녀정원에 서 있는 키 작은 고 대장의 뒷모습은 어딘가 쓸쓸해 보였다. 승주의 발걸음 소리를 듣고 그가 뒤를 돌아보지 않고 말했다.

"말 꺼낼 필요 없다. 공동수사하자, 이거지?"

"네, 대장님."

"솔직히 난 상관 없져. 윗대가리들이 문제주. 멀쩡하게 잘 일하고 있는 관할서 수사팀 제끼고 갑자기 우리신디 허랜 하난 짜증 남쪄. 경해도 명령은 명령이난."

승주는 안도의 한숨을 쉬었다.

"고맙수다. 팀원들신디 여기서 물러나랜 하믄 중간에 똥 끊은 느낌일 거우다. 나를 두고두고 원망할 거고예."

"좋은 팀장, 좋은 팀원들이여. 좌갈공명. 이녁이 완전 잘하고 있댄 들었져. 광수대엔 들어올 마음 어시냐? 벌써 세 번째 물어보는 거 닮은디. 나가 유비도 아니고 삼고초려허게 하지 말라. 큰물에서 놀 때 되지 않아 시냐. 아니믄 서울로 진출하는 건."

승주는 부드럽게 웃으면서 고개를 저었다.

"나한텐 시골 형사가 맞수다."

"근디 공동수사 나는 오케이했어도 니네 반장이영 서장신디는 어떵 말할 거라."

"건 걱정 맙서."

승주가 바로 휴대전화를 들었다.

"현 반장님."

"어. 광수대 들어왔어? 고 대장 만났어?"

"네, 실은 그 건 관련해서 말인데요. 오늘부터 며칠 동안 수사 1팀 전원 휴가입니다. 그렇게 처리 부탁드립니다. 이만 끊습니다."

"뭐? 야? 야!"

현 반장이 당황해서 외치는 사이에 승주는 전화를 끊었다.

"개인 시간에 개인적인 볼일 보는 것 가졍 뭐랜은 못할 거우다."

고 대장이 <u>호호호</u> 웃었다.

이태건 회장은 승주 일행을 수사선에서 제외하려고 수를 썼지만 실패한 셈이었다. 광역수사대의 합류는 오히려 전화위복이 되었다. 인력이 늘어나니 수사에 속도가 붙었다. 고구리, 아니 고석철 대장의 오랜 경험에서 축적된 수사 노하우도 큰 도움이 되었다. 수영장에서 나온 쓰레기에서는 금속 빨대를 찾지 못했지만, 고 대장이 뒤져보자고 제안한 주차장 쓰레기통에서 끝이 날카롭게 갈린 금속 빨대를 찾아냈다. 빨대는 바로 과학수사대로 넘어갔다. 빨대에서 뭉개진 지문, 혈액, 그리고 타액이 발견되자 형사들은 사건을 해결할 수 있다는 희망에 들떴다.

호텔에 머무르도록 강요받았던 수영장 이용객들은 지문과 타액 채취 후 풀려났다. 체크아웃을 미루고 있던 사람들은 서둘러 호텔을 떠났고, 아직 숙박 일정이 남은 사람들은 다시 휴가를 즐기기 시작했다. 수사 1팀의 노력으로 첫날은 언론의 접근을 막았지만 이틀째부터는 언론에 보도가 되기 시작했다. 물론 운성그룹 비서실을 통해 철저하게 통제된 기사였다.

"경사 다음 날 운성그룹에 일어난 비극. 이현주 운성교육 대표가 신혼여행 온 제주 호텔 수영장에서 사고사."

전체 논조는 '사고사'에 방점이 찍혀 있었다.

승주는 더 이상 회장 일가와 접촉하지 않았다. 그들은 이현주와 정찬욱이 예약했던 로열 스위트룸에 머무는 모양이었다. 시신 확인 절차 때 승주는 찬욱을 직접 차에 태워 부검실로 데려갔다. 찬욱은 안치실 앞에서 긴장한 기색이 역력했다.

"얼굴을 확인하시고 배우자 이현주 씨가 맞는지 아닌지 말씀하시면 됩니다."

승주가 설명하자 찬욱은 굳어진 얼굴로 고개를 끄덕였다. 천을 들어 올린 그는 잠시 숨을 멈추고 가만히 서 있었다. 잠시 후 입을 열었다.

"아내가 맞습니다. 죄송하지만… 한 가지 부탁드려도 되겠습니까?"

"네. 말씀하세요."

"저는 외과의이기도 합니다. 몸을 확인해봐도 되겠습니까?"

"그렇게 하십시오."

그는 먼저 손목을 살짝 들더니 만져보았다. 환부를 살펴보는 의사의 치밀한 시선이었다. 승주는 그의 얼굴이 서서히 창백해지는 걸 보았다.

"기다려주셔서 고맙습니다. 확인 끝났습니다."

찬욱은 걸음을 떼다가 크게 휘청거렸다. 승주가 황급히 그의 몸을 부축했다.

"막상 끝나니까 긴장이 풀리네요."

찬욱이 힘없이 변명했다. 그는 택시로 호텔로 돌아가겠다며 먼저 가버렸다. 승주는 옆방에 있는 홍창익 교수에게 들렀다.

"형사님. 보내준 빨대와 상처를 대조해봤는데 금속 빨대가 범행도구 맞아요. 그리고 빨대에서 나온 혈액과 타액도 DNA 검사 내보냈어요. 지문은 너무 뭉개져서 못 쓰고."

"네. DNA 검사는 최대한 서둘러달라고 국과수에 부탁해주세요."

승주는 휴대전화를 열어 주혁에게 전화했다.

"어, 선배."

"정찬욱 씨 미행 붙이라. 게고 휴대전화 카카오톡 내역 죄 뽑아봐."

승주는 연이어 말했다.

"아, 총지배인신디 뭐 하나만 확인 부탁해주고. 헬기에 대한 거라."

7

이틀 후 이태건 회장 일행이 서울로 돌아간다는 소식이 들렸다. 헬기가 벌써 도착했고 곧 출발한다고 했다. 승주는 고 대장과 함께 헬기 착륙장으로 이동했다. 헬기에 시동이 걸려서 날개가 돌아가고 있었다. 이태건 회장 곁에는 큰딸과 비서진이 있었다.

고 대장이 먼저 이태건 회장에게 인사를 건넸다.

"이 회장님, 급히 전해드릴 소식이 있습니다."

"…시간이 없으니 빨리 말씀하시죠."

태건이 짧게 답했다.

"핵심 참고인들이 꼭 아셔야 할 일이 있습니다. DNA 1차 결과가 나왔습니다."

이번엔 승주가 말했다.

태건이 승주를 노려봤다.

"서귀포 경찰은 빠지고, 광수대 대장님만 말씀하시죠."

"예. 잠시 시간을 내주셔야겠습니다. 협조를 부탁드립니다."

고 대장이 차분한 어조로 말했다.

"헬기 조종사한테 엔진을 멈추라고 하시죠."

승주가 말했다.

승주는 이 화려한 로열 스위트룸이 취조실이 될 줄 누가 예상했을까 생각했다. 수사 1팀, 광역수사대 대장과 팀원들, 이태건, 이현영, 정찬욱, 총지배인이 넓은 거실 소파에 흩어져 앉아 있었다.

"저놈은 왜 불렀어?"

태건은 사위를 향해 삿대질했다. 정찬욱은 차분한 표정으로 앉아 있었다.

"이현주 씨 배우자로서 누가 범인인지 알 필요가 있으니까요."

승주가 대답했다.

"금속 빨대 타액에서 이태건 회장님 가계의 인물로 추정되는 DNA가 나왔습니다."

고 대장이 말했다.

"이태건 회장님 가게에, 성별은 여성입니다. 이현영 대표님, 지난 일요일 저녁의 알리바이를 말씀해주세요."

승주가 이어서 말했다.

"말도 안 돼요. 저는 일요일 저녁에 제주도에 있지도 않았어요. 현주가 죽었다는 소식을 듣고 아빠와 함께 서울에서 헬기를 타고 온 거라고요."

현영이 차갑게 내뱉었다.

승주가 말했다.

"운성그룹 헬기 운행 기록을 살펴봤습니다. 두 분 다 토요일 저녁에 제주에 도착해서 그 뒤로 쭉 제주도에 머물렀던데요. 서귀포 중문단지 가까운 곳에 운성그룹 별장이 따로 있다고 들었습니다. 자가용으로 왕복 40분도 안 되는 거리더군요. 회장님과 이현영 대표님은 그날 서울에서 온 게 아니었습니다. 서귀포 별장에서 헬기를 타고 온 거였죠?"

"그, 그건…."

"그날 헬기 방향이 이상했습니다. 보통 서울에서 바로 올 경우 한라산 때문에 비스듬하게 오는데 마치 북쪽에서 직진해서 오는 것처럼 보였습니다. 일부러 선회하지 않는 한 그런 각도가 나오기가 쉽지 않죠."

승주가 말했다.

"이현영 대표님이 선회해서 북쪽에서 온 것처럼 보이게 하라고 지시했죠. 조종사가 이미 진술을 마쳤습니다."

"우린 아무 잘못 없어요. 단지 하루 먼저 제주도에 도착해 있었다는 게 알려지지 않길 바랐어요. 그리고 형사님, 제가 굳이 가족인 여동생을 죽일 이유가 없잖아요?"

이현영이 날카롭게 소리쳤다.

"글쎄요. 그 점은 직접 여동생한테 설명해보는 게 어떻겠습니까?"

"네?"

승주가 고갯짓을 하자 순경이 스위트룸 문을 열었다. 김담희가 쭈뼛

거리며 들어왔다.

"김담희 비서님. 아니, 이현주 씨."

승주가 차분하게 말했다.

"여기 계신 가족들에게 진실을 알려주시겠습니까?"

8

정적이 흘렀다.

"당신 진술을 들으면서 이상하다는 생각이 들었습니다. 자기 상사는 바람둥이라고 공격하고, 정찬욱 씨에 대해서는 칭찬을 아끼지 않은 점…."

승주가 말했다.

"정찬욱 씨에 대해서는 진심을 말하고 있다는 생각이 들었습니다. 바로 김담희 씨가 이현주 씨 본인이었으니까요. 안경을 쓰고 말더듬이를 흉내냈지만 말입니다."

태건이 담희, 아니 현주에게 달려들어 포옹했다. 감격한 듯이 눈물을 흘리고 있었다.

"내 딸! 현주야, 네가 살아 있었구나!"

"저리 가세요."

현주는 진저리를 치며 그의 품에서 빠져나왔다. 찬욱의 곁으로 가 옆에 앉았다. 두 사람은 손을 꼭 잡았다.

"현주야! 현주야!"

태건이 부르짖었다.

"조금만 더 견디면 될 줄 알았는데, 결국 들켰네요."

현주는 씁쓸한 표정을 지었다.

"시체는 그럼 누구…."

현영이 당황한 어조로 말했다.

"죽은 사람은 바로 이현주 대표의 비서 김담희 씨였죠."

승주가 말했다.

"오늘 부검의에게 1차 결과를 듣고 바로 알았습니다. 시신의 DNA와 스위트룸에서 나온 이현주 씨 머리카락의 DNA가 일치하지 않았습니다. 이상한 일이죠. 저는 곰곰이 생각해봤습니다."

그는 고개를 숙이고 있는 현주를 향해 말했다. 그녀는 슬픈 표정이었다.

"시체는 이현주가 아니구나. 그러면 누굴까. 이현주와 비슷한 몸매에 또래인 젊은 여성. 바로 김담희 비서밖에 없었죠."

찬욱이 고개를 들어 뭔가 말하려다가 입을 다물었다.

"정찬욱 씨에게 메모 패드에 대해 묻자 '손 편지를 쓰려고 했나 보죠'라고 대답했죠. 나중에 이상하단 생각이 들었습니다. 꼭 집어서 손 편지라. 그건 처음부터 손 편지를 쓸 계획을 알았기 때문이 아니었을까요? 저는 생각을 더 좁혀봤습니다. 손 글씨로 쓰는 편지라. 혹시 유서는 아니었을까. 이메일이나 문자 유서는 가짜 유서인 게 들통 나는 경우가 많죠. 하지만 친필로 쓴 손 편지라면 유서로서 신뢰성을 획득하기가 수월하죠."

현주는 초조한 표정을 지었다.

"어떤 동기인지는 모르겠지만 이현주 씨는 정찬욱 씨와 계약결혼을 한 다음 날 가짜 자살을 해서 세상에서 사라지기로 결심했습니다. 제 추측으로는 호텔 정원에 이어진 주상절리 절벽에서 떨어져 죽은 것처럼 위장하고 감쪽같이 사라지려 했다고 봅니다. 하지만 이현주 씨는 남편 정찬욱 씨가 중간에 마음이 약해질까 봐 염려했습니다. 정찬욱 씨가 계속 결혼을 취소하자고 주장했기 때문입니다. 아마 평생 실종 상태로 살아가야 할 이현주 씨를 걱정했겠죠."

승주는 계속 말했다.

"그래서 이현주 씨는 계획을 수정했습니다. 정찬욱 씨에게는 말하지 않고 불꽃놀이 도중에 위장 자살을 하기로 계획을 바꾼 겁니다. 잠시 김담희 씨에게 자신의 대역을 시키고, 그사이에 자신은 자살을 준비하려고 했죠. 일부러 대담한 디자인의 비키니와 모자를 고른 건 일종의 트릭이었습니다. 의상이 워낙 튀니 사람들이 두 명의 다른 여자를 한 여자로 생각하기가 쉬웠겠죠. 김담희 씨는 이현주 씨와 똑같은 수영복과 밀짚모자와 선글라스를 착용하고 근처에 대기했습니다. 아마 큰 옷으로 덮고 있었겠죠. 이현주 씨는 정찬욱 씨에게 칵테일을 부탁해서 마지막 순간까지 본인임을 확인시켰습니다. 불꽃놀이 빅 퍼레이드가 시작되자마자 두 사람은 서로 바꿔치기를 합니다."

찬욱이 고개를 절레절레 흔들었다.

"김담희 씨는 수영장에서 이현주 씨인 척하고 버티다가 비키니 위에 큰 옷을 걸치고 다시 본인이 되어 방으로 돌아가면 그뿐이었거든요. 그 사이에 이현주 씨는 절벽 앞에 유서와 모자와 짐을 남기고 투신자살을 한 것처럼 꾸밀 계획이었습니다. 이미 도피 자금을 어느 정도 모아놨겠죠. 그런데 이렇게 급작스럽게 변경된 계획은 또 하나의 급작스러운 사건 때문에 실패하고 맙니다. 바로 김담희의 죽음."

승주가 찬욱과 현주를 바라보았다.

"각자 다른 이유로 정찬욱 씨와 이현주 씨는 당황했습니다. 정찬욱 씨는 절벽에서 위장 자살을 하기로 했던 아내가 불꽃놀이 도중에 살해당한 것에 놀랐고, 이현주 씨는 대역 김담희 씨가 갑자기 살해당해서 놀랐죠. 하지만 정찬욱 씨는 계속 속으로 의심하고 있었을 겁니다. 시신 확인 절차를 밟을 때 그는 유심히 시신의 손목을 확인하더군요. 0913. 이 숫자 문신을 찾았던 거죠? 지난번에 찬욱 씨가 옷을 갈아입을 때 봤습니다. 찬욱 씨 손목에도 0913이란 문신이 있더군요."

승주가 사진을 보여주었다. 투숙객 누군가가 찍은 동영상 정지 화면에서 이현주의 손목을 확대한 사진이었다. 0913이란 숫자가 크게 보였다.

"이 사진을 보고 나서야 시신 확인 때 왜 당신이 충격을 받았는지 알았습니다. 그날에야 당신은 뒤늦게 깨달은 거였죠. 시신은 김담희였습니다. 손목에도 숫자 문신이 없었고요."

"맹세코 그전엔 현주가 정말로 죽었다고 생각하고 있었습니다."

찬욱이 말했다.

"당신이 안치실에 다녀온 후 김담희 씨와 카카오톡을 주고받은 내용을 확인했습니다. '9월 13일 일정을 확인해줄 수 있습니까?' 이렇게 보냈더군요. 김담희가 아내 이현주가 맞는지 떠봤던 거죠? 이현주는 이렇게 답장을 보냈죠. '9월 13일요. 아주 중요한 일정이 있습니다. 곧 연락드리겠습니다.' 그때 당신은 김담희가 이현주라는 걸 확신했지요. 바로 시내로 가서 대포폰 두 대를 구입하고 한 대를 몰래 현주 씨에게 주었습니다. 그 뒤론 그 대포폰으로 소통했겠죠."

승주가 두 사람을 보며 말했다.

"여기서 묻고 싶습니다. 왜 소꿉친구 두 사람은 거짓으로 결혼하고, 위장 자살을 계획한 거죠? 두 사람에게 9월 13일은 어떤 의미가 있는 날입니까? 왜 두 사람 다 손목에 그 숫자를 새긴 거죠?"

가만히 있던 찬욱이 고개를 들었다. 눈빛이 이글거렸다.

"우린 소꿉친구 같은 게 아니었습니다. 우린… 더러운 속옷을 공유하는 사이였습니다."

현주가 찬욱을 바라봤다. 두 사람은 마치 다정한 남매 같았다.

"찬욱아, 예전 우리 일을 여기서 말해도 될까? 그럼 네 비밀이 공개될 텐데."

찬욱이 입술을 깨물고 말없이 고개를 끄덕이자 현주가 눈을 감았다. 얼굴에 눈물이 흘렀다.

"제가 다 말할게요."

그녀는 젖은 얼굴로 중얼거렸다.

"백상아리가 바다표범을 어떻게 잡아먹는지 아세요? 톱이빨로 살점을 크게 물어뜯어 무력하게 만들죠. 피를 흘리고 기운이 빠져서 더 이상 반항하지 않으면 야금야금 나머지를 먹어치워요. 저와 찬욱이는 어린 시절 힘없는 바다표범이었어요. 그리고 저기 저 작자!"

현주의 손가락이 태건을 가리켰다.

"저 작자야말로 백상아리였죠. 그리고 찬욱이의 아버지도."

이야기는 10여 년 전으로 거슬러 올라갔다.

9

그날도 우린 찬욱이 방 침대에서 교복 차림으로 누워서 서로를 끌어안고 있었어요. 오해하지는 마세요. 우린 한 번도 같이 잔 적이 없었어요. 그건 지금도 마찬가지예요. 우리가 서로를 안았던 건 삶이 너무 고통스러웠기 때문이었어요.

"쉬…."

저는 찬욱이의 볼에 제 볼을 비비며 말했어요. 찬욱이는 계속 흐느끼고 있었어요. 제 뺨이 곧 그 애의 눈물로 축축해졌어요.

"네 아빠, 죽여버릴까?"

전 울고 있는 그 아이를 꼭 품에 안고 말했어요. 그 아이는 고개를 저었어요.

"패트리샤 하이스미스의《열차 안의 낯선 자들》을 읽었어. 우리 교환살인을 할까? 넌 내 아빠를 죽여줘. 난 네 아빠를 죽일게. 우리의 동기는 완벽하게 다르고 알리바이도 확실하니까 경찰이 우릴 잡지 못할 거야."

"안 들킬 자신 있어?"

찬욱이는 말하다가 신음을 냈죠. 어제 아버지에게 맞은 등이 아파서.

"보여줘."

"안 돼. 제발…."

"보게 해줘."

찬욱이는 떨리는 손으로 천천히 조끼를 벗고 셔츠 단추를 풀었어요. 그 애의 몸을 뒤집고 저는 봤어요. 등 전체에 붉은 피멍이 아로새겨져 있었죠. 그 아이는 저에게 상처를 보여주고 완전히 무너져서 계속 울었어요.

저는 너무 슬펐어요.

전날 찬욱이는 목사인 아버지에게 혁대로 수십 대를 맞았어요. 왜 맞았냐고요? 교회 형에게 친절하게 웃어줬다는 이유였어요. 남자를 유혹하려 했다고. 죄를 지었다고 맞았어요. 전 연고를 가져와서 등의 상처에 발라주었어요. 어떻게 자기 아들에게 그렇게 할 수 있을까요. 단지 아들이 남자를 사랑한다는 이유만으로.

찬욱이는 고등학교 때 전교 1, 2등을 하는 모범생이었어요. 아주 어려서부터 그 애는 자신이 남자를 좋아한다는 걸 알았어요. 하지만 보수적인 목사 가정에서 자랐기 때문에 자신을 억누르며 살았죠. 찬욱이는 고등학교 2학년 때 정말 좋아하는 선배가 생겼어요. 반년 남짓 행복한 시간을 보냈어요. 침대에서 선배와 뒹굴고 있는 걸 아버지에게 들키기 전까지는요. 그 뒤로 지옥 같은 시간이 펼쳐졌어요. 찬욱이는 기독교 단체에서 운영하는 이성애 전환 캠프에 강제로 보내졌어요. 거의 일주일 넘게 갇힌 채로 자신의 죄악에 대해 반성하는 시간을 가져야 했죠. 그 뒤로 동성과의 접촉이 완전히 차단됐죠. 정말 웃긴 일이었어요. 학교 수업이 끝나면 바로 귀가해야 했고 학원도 동호회도 친구들과 노는 것도 금지됐어요. 너무 답답했던 찬욱이는 목사 아버지에게 가서 "모든 남자에게 반하는 건 아니에요. 저도 취향이 있어요"라고 말했다가 흠씬 얻어맞고 며칠 동안 걷지도 못했어요.

하지만 찬욱이는 자신보다 제가 더 불쌍하다고 했어요. 그 애는 진심으로 나를 동정했죠. 최소한 그 애는 저처럼 친아빠와 잘 필요는 없었으니까요. 그래요. 그 일은 제 엄마가 돌아가시고 바로 시작됐어요. 후처를 너무 사랑했던 아버지는… 엄마를 닮았던 저를 대용품으로 삼았어요.

이태건. 모든 사람을 자신의 소유로 만들어야 직성이 풀리는 사람. 저는 조금 머리가 큰 이후로는 계속 아버지라는 백상아리에게 물어뜯기면서 어린 시절을 보내야 했어요.

저는 오직 찬욱이한테서만, 그 애의 방에서만 안식을 얻을 수 있었어요. 찬욱이는 내 몸이 아니라 내 영혼을 원했으니까요. 저는 그 아이의 품에서, 그 아이는 저의 품에서 쉴 수 있었어요.

그리고 양가 부모님은 우리의 교제를 전폭적으로 환영했어요. 우리에겐 다행이었죠.

찬욱이 아빠 교회가 재정이 어려워지면서 저는 아빠한테 찬욱이네 교회를 도와달라고 했어요. 대신 찬욱이를 제 공부 친구로 붙여달라고 했죠.

찬욱이 아빠 처지에서는 손해 볼 게 없는 제안이었어요. 어마어마한 금액의 십일조를 내주는 재벌가 딸과 자기 아들이 친하게 지낸다니 앞으로 떨어질 떡고물이 많을 것으로 생각했겠죠. 아들이 남자와 뒹구느니 재벌가 딸하고 뒹구는 게 낫다고 생각했을까요? 글쎄요. 그것까진 모르겠어요. 찬욱의 방을 걸어 잠그고 우리 둘이 무엇을 하든 찬욱이 엄마는 상관하지 않았어요.

아빠로서도 제가 찬욱이랑 친한 건 여러모로 편리했어요. 제가 고등학교를 졸업하면 미국으로 MBA 유학을 보내려고 했으니 찬욱이처럼 공부를 잘하는 아이가 옆에 붙어 있으면 제 성적이 잘 나올 것으로 생각했겠죠.

우리는 단짝처럼 붙어 다니면서 고등학교 시절을 살아남았어요. 저에겐 엄마가 남긴 유산이 좀 있었어요. 찬욱이가 의대에 붙자 그 돈을 털어서 무사히 의대를 졸업하게, 친부모로부터 탈출하게 도와줬어요.

대학에 가면서 헤어졌던 우리가 다시 만나게 된 건 제가 유학을 마치고 돌아온 뒤였어요. 미국에서 보냈던 몇 년은 저에게 산소 호흡기 같은 시간이었어요.

하지만 귀국하자마자 모든 것이 다시 예전처럼 돌아갔어요. 제가 아빠한테 성병을 옮게 되자 찬욱이는 화를 내며 울었어요. 저는 심한 거식증에 걸렸고 정신과 상담을 받아야 했어요. 찬욱이는 저를 설득했어요. 더 이상 참지 말자고 하더군요. 언론에 모든 것을 폭로하자고 했어요. 저는 겁쟁이였어요. 아빠가 얼마나 무서운 사람인지 알았기 때문에 참자고 했어요. 그때 찬욱이 말을 들었어야 했는데.

계속해서 성병에 시달렸고 그 종착역은 자궁경부암이었죠. 30대 초반에 자궁을 잃었습니다. 모든 투병 과정을 함께하고 적절한 수술과 치료를 받게 도와준 건 찬욱이었어요. 그제야 정신을 차렸어요. 이대로는 평생 아빠 손아귀에서 벗어날 수 없겠구나. 무슨 수를 써야겠구나.

찬욱이가 무엇이든 돕겠다고 했어요.

"이젠 내가 너를 도울 차례야."

찬욱이가 말했어요.

"우리… 복수하자."

저는 찬욱이에게 말했어요.

"우선 결혼하자. 내가 너와 결혼하는 것만으로도 아빠는 심기가 아주 불편할 거야. 그 생각만 해도 짜릿해. 그리고…."

"그리고?"

"신혼여행지에서 내가 투신자살을 하는 거지. 아, 걱정하지 마. 죽은 척하고 사라지기만 할 거니까. 아빠 말을 고분고분 잘 듣고 있으면 여기저기 투자할 기회가 생겨. 도피 자금은 그렇게 만들면 돼. 그 뒤에 난 남미 같은 데 가서 영원히 자유롭게 사는 거야."

찬욱이는 계획에 찬성하지 않았지만 저는 강경했어요. 찬욱이는 제가 영원히 사라져야 한다는 건 너무 가혹하다고 말했어요. 잘못은 아버지가 했는데 왜 네가 낯선 나라에서 평생을 살아야 하냐고.

하지만 전 밀어붙였어요. 이태건에게서 벗어날 수 있는 방법은 가짜로 죽는 길밖에 없다고 생각했어요. 정말 더 이상 견딜 수가 없었어요. 대신 모든 진실을 폭로하는 유서를 남기고, 그 유서를 언론에 뿌리는 건 남편이 될 찬욱이가 맡기로 했죠.

아빠는 찬욱이와 결혼한다고 하니 엄청나게 반대했죠.

"어차피 난 자궁을 잃은 몸이고, 이런 날 받아줄 남자는 찬욱이 같은 옛 친구밖에 없어요."

이렇게 말하자 결국 허락해줬어요. 죄책감? 물론 그런 것 따윈 아빠한테 없었어요. 정략결혼으로 팔아먹기엔 제가 결함이 있는 몸이었을 뿐.

담희는 미국 유학 시절에 알게 된 친구예요. 한국 가족이나 지인들은 전혀 모르는 친구죠. 이 위장 자살 프로젝트를 위해 일주일 전에 고용한 비서인 척한 거죠.

저, 찬욱이, 담희 이렇게 우리 셋이 위장 자살 공모를 한 그날이 바로 3년 전 9월 13일이었어요. 그리고 기념으로 그 스냅사진을 찍은 거예요. 다음 날 저와 찬욱이는 문신 숍에 가서 왼쪽 손목에 '0913'이란 숫자를 새겼어요. 그날의 맹세를 잊지 않기 위해.

형사님. 저는 불꽃놀이가 벌어질 때 언니가 담희를 죽이는 순간을 똑똑히 목격했습니다. 담희가 대역 역할을 잘하고 있나 궁금해서 뒤에서 촬영하다가 언니가 담희를 찌르는 순간을 고스란히 찍었어요. 아주 잘 담겼어요. 금속 빨대로 담희 목을 찌르는 그 순간이.

언니는 바로 잠수해서 수영장 밖으로 빠져나갔어요. 급히 마른 평상

복을 걸치더니 주차장 쪽으로 사라지더군요. 호텔 사람들이 상황을 눈치채기 전에 그렇게 유유자적하게 별장으로 도망쳤을 거예요.

저는 황급히 카바나로 가서 스냅사진에서 담희의 얼굴이 나온 부분을 찢어버렸어요. 담희로 위장하려면 그 수밖에 없었어요. 정체를 들키지 않으려고 대표님이 돌아가신 충격으로 기절했다고 둘러대면서 의무실로 피했어요.

형사님, 공소시효, 아직 유효한가요? 친족 성폭행으로 제 아빠를 고발하고 싶습니다.

이 모든 소동이 지나가고 나서야 용기가 나네요.

저를 도와주려고 했던 용감했던 친구 담희에게 평생 속죄하며 살고 싶습니다.

그리고 찬욱이 넌… 이미 날 위해 많은 걸 희생했어. 이제부터는 네가 원하는 대로 살아.

10

현주의 이야기가 끝나자 로열 스위트룸에는 침묵이 감돌았다. 태건은 허망한 표정을 지으며 털썩 주저앉았고 현영은 고개를 숙였다.

승주는 차분하게 말을 시작했다.

"이제야 두 분의 동기가 이해가 갑니다. 그런데 한 가지 아직도 궁금한 점이 있습니다."

그는 이번에는 찬욱을 응시했다.

"DNA 검사 결과가 나오면 어차피 시신이 김담희 씨라는 게 바로 밝혀집니다. 시신 확인 때 정찬욱 씨는 왜 저에게 거짓말을 했나요? 의사니까 잘 알았을 텐데."

찬욱은 대답하지 않았다. 그의 시선은 거실 벽시계로 향했다.

승주가 말했다.

"뭔가 기다리고 있군요. 일부러 시간을 끌었나요. 정찬욱 씨. 도대체 무슨 꿍꿍이죠?"

찬욱이 입을 열었다.

"최 비서님. TV를 틀어보시겠습니까?"

"뭐, 뭐?"

태건이 눈을 크게 떴고, 최 비서가 황급히 스위트룸의 TV를 틀었다. 뉴스 화면에 고려호텔 로비가 나왔다. 많은 기자가 포진해 있었고 '이현주 대표 남편 정찬욱 씨 2시에 긴급 기자회견'이란 자막이 아래에 계속 지나갔다.

승주가 빙긋 웃었다.

"이거 당했습니다. 찬욱 씨한테 제대로 뒤통수를 맞았군요."

"장인어른. 선택하시죠. 큰딸입니까, 아니면 장인어른입니까? 현주와 저는 계속 의논했습니다. 처형의 살인죄는 명백합니다. 빨대에 남아 있는 DNA 증거, 현주가 현장을 찍은 동영상 증거도 있고요. 장인어른이 지은 죄를 절대로 용서할 수 없지만 조건부로 덮기로 했습니다. 단 충분한 보상이 따라야 할 겁니다."

낮은 목소리로 말하던 찬욱이 승주를 쳐다봤다.

"형사님, 이 자리에서 친족 성폭력 사실을 알게 되셨는데 수사하실 겁니까?"

"원칙적으로는 수사하는 게 맞지만, 일단 저희는 김담희 씨 살인사건을 수사하고 있는 중입니다."

승주가 대답하자 찬욱의 시선은 다시 태건에게 향했다.

"장인어른, 세 가지 조건이 있습니다. 만약 이 조건을 거부한다면 저는 내려가서 기자회견을 통해 모든 것을 폭로하겠습니다. 현주는 장인어른의 성폭행 증거와 처형의 살인 동영상을 동시에 넘길 거고요. 처형과 장인어른 두 분이 같이 감옥에 가게 될 겁니다. 운성의 미래를 생각한다면 회장님이 건재하신 편이 낫겠죠?"

"조, 조건이 뭔가?"

태건이 떨리는 음성으로 물었다.

"첫 번째, 운성 이름으로 성폭행 피해자를 위한 복지재단과 보호시설을 건립할 것. 두 번째, 현주에게 언니의 운성기획 대표 자리를 넘기고 기업 승계권을 줄 것. 그리고 가장 중요한 건 마지막 세 번째 조건입니다. 현주로부터 영원히 손을 떼고 완전한 자유를 줄 것."

태건은 입을 다물었다.

"기자회견은 10분 뒤입니다."

찬욱이 말했다. 그는 현주의 손을 강하게 잡았다. 두 사람은 비장한 표정으로 서로를 마주 보았다.

"이 세 가지 조건을 들어주지 않으면 기자회견장에서 모든 것을 폭로할 겁니다. 현주와 둘이 손을 잡고 나가서요."

태건이 말했다.

"그렇게 하지. 최 비서, 변호사한테 전화 연결해."

갑자기 현영이 태건에게 달려들며 부르짖었다.

"아빠! 잘 생각하세요. 날 버리면 재미없을 줄 아세요. 내가 싫증났다며 현주에게 갈 때부터 이 꼴 날 줄 알았어요!"

"무슨 소리를 하는 거야. 여기 경찰이 있어."

"부인하실 건가요? 현주 전에는 저도 건드렸잖아요. 그러다 현주가 자라면서 아빠의 총애가 저 애한테 향했죠. 현주와 달리 전 아빠를 진심으로 사랑해요. 근데 왜 몰라주세요? 제가 걔 사무실을 도청했다가 위장 자살 계획을 알게 돼서 어떻게든 막아보려고 한 것뿐이에요. 전 순전히 아빠와 회사를 위해서 그런 거였다고요!"

"조용히 해!"

태건이 현영의 뺨을 후려쳤다. 현영이 소파에 쓰러졌다.

"이현영 대표님. 김담희 씨 살인 혐의로 체포합니다."

고 대장이 현영을 일으켜 세우고 손목을 뒤로 돌려 수갑을 채웠다.

기자회견은 취소되었다. 현영이 여경에 이끌려 경찰차에 올라탔다. 언론은 기자회견이 취소된 대신에 이현영 대표가 체포되었다는 속보를 전하느라 바빴다. 이현주 대표의 생존 소식도 두 번째 속보로 전해졌다.

승주 일행은 호텔에서 나흘간의 체류를 마치고 서로 복귀하기로 했다. 신나는 표정으로 주혁, 가은, 영민이 주차장으로 걸어갔다.

"선배, 우린 먼저 주차장에 가볼게, 예?"

주혁이 외치자 승주는 고개를 끄덕였다. 승주는 찬욱에게 잠시 산책할 것을 제안했다. 두 사람은 해녀정원 산책로를 걸었다.

"결국은 성공했군요. 당신들이 정말 원했던 건 자유였으니까요. 현주 씨에게 완전한 자유를 안겨주고 승계권까지. 정말 대담하고 영리한 계획이었습니다."

승주가 말했다.

"담희 씨가 살해되어서…. 절반의 성공인 셈이죠. 아참, 현주와 저는 이혼하기로 했습니다. 혼인신고한 게 후회가 됩니다. 이혼 과정이 좀 복잡해질 것 같아요."

찬욱은 쓸쓸한 미소를 지었다.

"처음부터 결혼하지 말았어야 했는데…. 억울하게 희생당한 담희 씨를 생각하면 정말 괴롭습니다."

"일본 속담에 한 문이 닫히면 다른 문이 열린다고 했습니다."

승주가 찬욱에게 말했다.

"글쎄요. 지금은 긍정적인 생각이 들지 않습니다."

"그렇군요. 실은 산책을 오자고 한 이유가 있습니다. 지금 찬욱 씨를 기다리는 사람이 있습니다."

승주가 바닷가 전망대 쪽을 가리켰다. 찬욱이 멀리 서 있는 남자의 얼굴을 확인하고 놀란 표정을 지었다.

"형사님이 저 사람을 어떻게…."

"그날, 바에서 울었던 이유는 전 남자친구를 만났기 때문이었죠? 신혼여행을 쫓아온 전 남친을 만나고 괴로워서. 총지배인한테 들었습니다. 저분이 아직 체크아웃을 안 했더군요. 계속 당신을 기다린 것 같습니다."

찬욱은 보라색 수국이 핀 화단을 지나 전망대 방향으로 미친 듯이 뛰어갔다. 남자가 찬욱에게 손을 내밀었고 찬욱은 그 손을 잡았다. 두 사람은 대화를 시작했다. 벤치에 앉은 연인을 보고 승주는 뒤돌아서서 호텔 쪽으로 걸었다. 한때 승주에게도 간절하게 사랑했던 사람이 있었다. 하늘에서 폭죽 소리가 났다. 살인사건으로 중단됐던 불꽃놀이를 다시 시작한 모양이었다. 곧 다음 불꽃이 하늘로 솟아올라 펑 하고 터졌다. 승주는 생각했다.

우리는 모두 저마다의 불꽃놀이를 한다. 누군가는 사랑을 쏘아 올리고 누군가는 욕망을 쏘아 올린다. 이현주와 정찬욱이 쏘아 올린 복수의 불꽃은 이제 다 타버렸다. 인생도 어쩌면 저런 것이 아닐까. 불꽃처럼 타올라 덧없이 사라지는 것. 그러니 불타오를 땐 기왕이면 제대로 불타오르는 것이 좋다. 남김없이 사라지는 편이 좋다.

휴대전화 알림음이 들렸다. 발신인 이름을 보고 승주의 입가에 절로 미소가 떠올랐다.

'형사 아저씨, 퇴근하고 뭐 해요?'

홍이서가 보낸 문자였다. 승주는 손가락을 놀려 답신을 보내기 시작했다.

노을 속으로 불꽃이 계속 솟아올랐다.

박소해 이야기 세계 여행자. 한국추리작가협회 정회원. 추미스, 호러, 판타지, 역사, 로맨스, SF 등 장르의 경계를 넘나드는 몽상가. 선과 악을 넘어 인간의 본성을 깊숙이 다루고자 한다. 시각화에 강한 이야기꾼이란 소리를 듣는다. 한국의 셜리 잭슨이 되고 싶다.

KIND OF BLUE

정혁용

'죽일 생각은 없었다. 분명 그랬다. 순간적인 분노였을 뿐이다. 갑자기 정전. 어떻게 대기실로 돌아왔는지는 기억나지 않는다. 정말이지 죽일 생각은 없었다. 아니, 이제 와 후회하는 것일 뿐 어쩌면 죽일 생각이었는지도 모르겠다. 녀석의 말을 듣는 순간 발밑이 꺼지고 세상이 흐물거리며 무너지는 것 같았다. 시야의 모든 것이 사라지고 심장만이 타올랐다. 그때까지도 죽일 생각은 없었다. 테이블 위에 놓인 과도를 보기 전까지는. 그 이후의 기억은 연결되지 않는다. 녀석의 등에 칼을 꽂던 기억만이 선명하다. 정말이지 죽일 생각은 없었다.'

마일수가 거실에서 배회하며 그런 생각을 하고 있을 때 인터폰이 울렸다.

"일광경찰서 수사 9과 우지성 경정이라고 합니다. 잠시 말씀 좀 나눌 수 있을까요?"

회색 양복을 입은 40대 중반의 남자가 경찰신분증을 화면에 붙이고 서 있었다. 평균 키에 인상이 좋은 남자로 감청색의 고급 맞춤 양복에 행커치프를 꽂고 있었다. 반백의 머리라 어쩌면 보기보다 나이가 더 많을 것도 같았다.

"방금 조사를 받고 왔습니다만?"

'심문이 남았다면 아직도 조사실에 있었을 것이고, 증거가 확실했다면 구속수사를 했을 것이다.' 마일수는 그렇게 생각했으나 긴장을 늦추지 않았다.

"아, 알고 있습니다. 전 그저 선생님께 개인적으로 궁금한 점 몇 가지만 여쭈어보러 왔을 뿐입니다. 실례가 안 된다면 잠시 시간을 내주실 수 있을까요?"

웃는 얼굴에 편안한 인상이었지만 눈빛은 건조했다. 마일수는 인터폰으로 출입문을 열었다. 거실에 들어선 남자는 경찰신분증을 꺼냈다. 의심스러우면 다시 한번 확인해보라는 뜻 같았다.

'경정? 수사 9과?'

마일수가 미간을 약간 찌푸렸다. 집중해서 생각할 때 나오는 버릇이었다. 그런 마일수의 생각을 눈치챘는지 우 경정이 입을 열었다.

"참, 마해송 경감님의 아드님이시더군요. 광수대에서도 범인 검거로 유명하신 분이었죠. 유능한 경찰이셨어요."

형사가 맞다는 듯, 조직에 속한 사람만이 알 법한 얘길 했다.

마일수는 20대 초반에 집을 나온 후 거의 연락을 끊고 살았고, 사망한 지 10년도 전이라 더 이상 아버지 얘기는 듣고 싶지 않았다. 하지만 경찰 조직에 대해서라면 어릴 때부터 봐왔으니 어느 정도는 안다.

"수사 1, 2과는 들어봤지만 조사과? 그것도 9과가 있다는 건 금시초문이군요. 더구나 살인사건이라면 형사과에서 담당하지 않나요?"

"역시 경찰 자제분답게 잘 아시는군요."

"게다가 계급이 경정? 경감까지라면 이해됩니다만 경정은 관리자이지 실무자가 아닐 텐데요? 요즘은 경정도 수사합니까?"

"여기 경찰서는 여러 가지 사정이 있어서요."

"아무튼 형사라면 2인 1조일 텐데 혼자시고요?"

"그것도 사정이 좀 있어서요."

마일수는 고개를 갸웃했다.

"조직에서 밀려났습니까?"

말을 조심해야 한다고 생각했지만 어쩐지 이 남자의 태도와 말투를 보고 있자니 평소처럼 툭, 내뱉는 말투가 나왔다.

"이런, 이런. 선생님의 연주만큼이나 말씀도 바로 가슴에 와닿는데요. 명색이 9과 과장인데 팀원이 없습니다. 오려는 사람도 없고요. 그래서 혼자랍니다."

"나가라는 얘기 아닙니까?"

"에이, 설마요. 그래도 과를 배정받았는데 그건 아니겠지요. 지하층 맨 끝 방에 달랑 책상 하나만 있지만요."

"그게 나가라는 얘기지 않습니까?"

"그렇다면 사무실을 줄 게 아니라 사표를 쓰라고 했겠지요."

"그걸 못해서 눈치를 준 것 같은데요?"

"글쎄요. 그거야 윗분들 사정이지요. 제 관심 밖이기도 하고요."

정말이지 관심 밖이라는 표정이었다.

"궁금한 게 있으시다고요?"

마일수는 이상한 사람이라고 생각했지만 더 이상 캐묻지 않았다. 심신이 지쳐 있어 빨리 본론으로 들어가 얘기를 마친 후 돌려보낼 심산이었다.

"아, 이건 선생님 초기 앨범이군요."

우 경정은 마일수의 말을 무시한 채 진열장에 놓인 음반을 하나 집어 들었다.

"밤의 길. LP판이군요. 83년에 내신 음반이지요? 데뷔 앨범이고요?"

'한국에서 재즈는 마이너 중에서도 마이너 장르다. 그런데 나의 데뷔 앨범까지 알고 있다? 재즈광인가?'

"예, 맞습니다. 스물세 살 때였죠."

"처음 들었을 때 매우 충격적이었습니다. '우리나라에도 이런 트럼펫 연주자가 있구나!' 하고요. 한국의 마일스 데이비스라는 별명이 괜히 붙은 게 아니다 싶었습니다. 특히 3번 트랙, 밤의 소리에서는 은은하게 울리는 드럼과 트럼펫의 조화가 일품이었지요. 기가 막힌 잼 연주였어요."

"보통 1번 밤의 길을 좋아하는데 경정님은 색다르군요. 저 개인적으로도 3번이 더 마음에 들긴 합니다만."

말은 그렇게 했지만 마일수의 속마음은 '귀찮다'였다. 재즈광 중에는 마치 자신이 연주가보다 더 많이 아는 것처럼 구는 인간들이 있다. 이 곡이 어떠니 저 곡이 어떠니 하며 전문가라도 되는 양 행세하는 것이다. 비평가도 염두에 두지 않는 마일수에게 이런 팬들은 성가시기만 할 뿐이었다.

"물어보실 건 뭔가요?"

그래서 화제를 돌렸다.

"오, 쿨오브퀸 앨범도 있군요. 이번에 돌아가신 장하기 선생님께서 세션으로 처음 참가한 앨범이지요?"

우 경정은 상대의 말은 안중에도 없다는 듯 자기 말만 했다. 마일수는 신경질이 났지만, 진정시키며 대답했다.

"잘 아시는군요."

"제가 간혹 재즈를 듣는 게 취미라서요. 쑥스럽지만 선생님의 앨범은 모두 가지고 있답니다."

우 경정이 자신이 좋아하는 스타를 마주한 팬의 표정으로 마일수를 바라보았다. 평소의 마일수라면 조금 귀찮기는 해도 감사의 표현을 했겠지만 막 조사를 마치고 온 터라 신경이 예민해져서 짜증을 감추는 것만으로도 힘에 부쳐 대답하지 않았다. 무엇보다 자신이 죽인 장하기의 이름이 나오자 긴장감이 올라왔다.

"아마 이때 장하기 선생님 나이가 열아홉 살이었죠? 아주 어린 나이였는데 세션에 참가했군요."

우 경정이 놀랍다는 얼굴로 물었다.

"예술에는 두 가지밖에 없죠. 있거나 없거나. 나이는 아무 상관 없어요."

마일수가 소파에 털썩 주저앉으며 말했다. 아무래도 이 경찰이 고이 갈 것 같지 않아서였다. 단단히 방어벽을 쌓아 올려야 할 것 같았다.

"마일스 데이비스의 말이군요. 예술은 천재들이 피를 흘리며 노는 놀이터라더니 그 말이 맞는가 봅니다. 저야 문외한이니 잘 모르지만 말입니다."

말은 모른다고 하는데 어째 잘 안다는 뉘앙스가 느껴졌다.

"겸손이 지나치시군요. 잘 아시는 것 같은데요?"

마일수가 비아냥거렸다.

"아, 그런가요? 선생님께 그런 말씀을 듣다니 영광입니다."

정말 영광이라는 표정이라, 상대의 의도를 알면서도 무시하는 두꺼운 낯짝인지, 아니면 사람 말을 곧이곧대로 믿는 바보인지 헛갈렸다.

"장하기 선생님은 마 선생님의 제자였죠? 고려예술대 재직 시절이었다고 알고 있습니다만."

계속 장하기의 이름이 나오자 마일수는 더욱 긴장했지만 그만큼 더 신중함을 유지하려고 노력했다. 단서를 잡힐 말은 하지 않아야 했다. 평소 다혈질의 그라면 생각보다 말이 먼저 나왔겠지만, 상황이 상황인지라 머릿속으로 한 번 되뇐 다음 말했다.

"예."

살해된 장하기에 대해 이제부터 본격적으로 심문할 의도인 것 같았다. 마일수는 경찰서에서도 그랬듯 단답형의 대답과 부인, 필요에 따라 묵비권을 행사할 생각이었다.

"장 선생님의 피아노 연주는 정말 경이로웠습니다. 글렌 굴드가 재즈 피아노를 쳤다면 나올 것 같은 그런 연주였죠. 천재는 천재가 알아본다고 했던가요? 마 선생 같은 분이 아니셨다면 장 선생님이 일찍부터 두각을 나타낼 기회가 없었을지도 모르지요. 정말이지 선생님의 안목에 절로 감탄이 나옵니다."

우 경정은 앨범의 리듬을 상상하며 혼자 즐기는지 눈을 지그시 감고 아주 옅은 허밍으로 리듬을 따라 했다. 계속 범행과는 상관없는 음악 얘기만 나오자 마일수는 어떤 태도로 상대해야 할지 난감했다.

'날 조사하러 온 것이 아닌가? 왜 계속 음악 얘기만 하는 거지? 신경을 다른 곳으로 돌려 허를 찌를 셈인가?'

마일수는 이런저런 경우의 수를 생각했다.

"제가 아니더라도 두각을 나타낼 학생이었습니다."

마일수가 퉁명스럽게 대답했다.

"예. 그랬을 겁니다."

우 경정이 당연하다는 듯이 대답하자 마일수는 기분이 상했다. 얼굴에 대고 다른 사람을 칭찬하다니. 듣고 있으면 은근히 기분 나쁠 수 있는 말을 태연스럽게 하는 작자였다. 딱히 꼬집어 말할 수는 없는데 어딘가 사람의 부아를 돋우는 불쾌함을 가지고 있었다.

"하지만 선생님의 안목이 없었다면 그만큼 데뷔 시기도 늦어졌을 테지요. 어쩌면 데뷔도 못한 채 사라졌을지도 모르고요. 많은 이름 없는 천재들이 그랬듯이 말입니다. 천재란 보통 사람들에게 쉽게 받아들여지지 않는 법이니까요. 그러니 천재를 알아보는 천재의 안목, 선생님의 그런 안목이 있어 저희 같은 대중이 장하기 선생님의 연주를 들을 수 있는 행운을 누리게 된 것이지요."

상대의 얼굴을 똑바로 응시한 채 진지한 표정으로 말을 하니, 진심인 것은 같은데 딱히 고맙지는 않은, 이상한 말투를 가진 남자라는 생각이 들었다. 대화하고 있자면 어딘가 불편하고 불쾌한데, 그렇다고 딱 꼬집어 지적할 수는 없는 화법이었다.

"음악 얘기는 됐습니다. 이제 제발 본론만 얘기하고 돌아가주셨으면 좋겠군요."

마일수의 말에 가시가 돋쳤다.

"아, 죄송합니다. 워낙 선생님의 음악을 좋아해서 엉뚱한 말씀만 드렸군요."

하지만 우 경정의 표정은 죄송하다기보단 그렇게 말하니 예의상 사과한다는 표정이라 불쾌감만 더했다.

"이번이 선생님 데뷔 40주년 기념 공연이지요? 오늘 산리아트홀에서 마지막 리허설을 하셨고요?"

"그랬지요."

"내일이 공연인데 하필 오늘 이런 불상사가 생겨서 상심이 크시겠습니다."

우 경정이 걱정된다는 얼굴로 물었다.

"이봐요, 사람이 죽었어요. 지금 공연 걱정을 하고 있을 때입니까?"

마일수가 버럭 소리를 질렀다.

"아, 그렇군요. 전 예술가분들은 예술을 가장 우선시하는 부류라 그런 걱정을 하지 않을까 짐작했습니다. 하지만 역시 예술가도 이런 때는 우리 같은 평범한 사람들과 다르지 않군요."

상대는 화를 내는데 본인은 너무나 태연자약한 얼굴이라 오히려 마일수가 벙찐 기분이 되었다. 이 인간이야말로 보통의 사람들과는 반응이 너무 달랐다.

"장하기 선생님의 알코올 문제는 알고 계셨지요?"

느닷없이 화제가 바뀌어 마일수는 잠시 무슨 말인가 생각해야 했다.

"물론 알고 있었습니다."

마일수가 고개를 끄덕이며 대답했다.

"선생님의 데뷔 30주년 기념 공연 때 장하기 선생님의 주사 때문에 첫 공연은 중지되었지요? 환불 후에 다음 공연부터는 빠졌고요?"

"10년 전 일입니다. 그게 오늘 일과 무슨 상관이 있습니까?"

사건과 관련 없는 우 경정의 질문에 마일수는 다시 화가 끓어올라 언성을 높였다.

"있을 수도 있고 없을 수도 있겠지요. 전 경찰이지 신이 아니니까요. 하지만 제 머릿속에서 퍼즐 몇 가지가 맞지 않아서요. 이것저것 여쭤보며 맞춰가는 게 경찰의 일이랍니다. 연주가 선생님의 일이듯, 질문이 저희 일이니 양해를 부탁드립니다."

역시, 불쾌한 남자였다. 나지막한 톤으로 정중하게 얘기하는데 듣고 있는 사람은 전혀 양해하고 싶은 기분이 들지 않는 묘한 화법을 가진 남자라는 생각밖에 들지 않았다.

"양해를 안 해주면 어쩔 생각입니까?"

마일수는 그 말투에 신경질이 나서 심술을 부렸다.

"아, 뭐 그렇다면 양해를 못 받은 채로 그냥 질문을 해야겠지요."

딱히, 대수로운 일도 아니라는 듯 우 경정이 대답했다.

"알코올 문제가 있는데도 장하기 선생님과 이번에 협연을 계획하신 이유가 있나요?"

우 경정의 태도에 마일수는 입이 떡 벌어졌다. 말귀를 못 알아먹는 사람은 아닌 것 같은데 희한하게 자기 불리한 것만 못 알아먹는 척한다고 할까. 아니, 묘하게 자기 편한 쪽으로 상대를 유도한다고 할까. 당하는 사람은 알면서도 홧김에 그리 끌려간다고 할까, 알면서도 끌려가는 자신에게 화가 난다고 할까. 그렇다고 확실하게 상대의 잘못을 꼬집을 수는 없으니 화가 나면서도 화내는 이유를 설명할 수 없어 화를 내는 당사자만 바보가 되는 꼴이라고 할까. 아무튼 그런 생각이 들어 마일수는 바로 대답하지 못했다.

"선생님?"

우 경정의 대답을 기다리는 듯한 호칭을 듣자 마일수는 감정에 빠져 있던 정신이 조금 돌아왔다.

"끊었다고 했습니다. 이제는 안 마신다고."

"선생님은 그 말을 믿으셨고요?"

"끊었다니 끊은 거겠지, 의심해서 뭘 합니까?"

"다시 사고를 칠 수도 있었지 않습니까?"

"그럴 수도 있었겠지요."

"장하기 선생님과의 협연은 그 정도의 위험을 감수하실 정도였다는 건가요?"

우 경정의 말에 마일수는 긴 한숨을 쉰 후 대답했다.

"재즈에는 장르가 꽤 많지요?"

당신도 알지 않느냐는 눈빛이었다.

"감상용으로 나눈다면 스윙, 비밥, 쿨, 프로그레시브, 하드 밥, 퓨전 등이 있겠지요."

마일수가 고개를 끄덕였다.

"그런 방식으로도 나눌 수 있겠지요. 하기는 그 모든 장르를 다 잘했어요. 겨우 서른의 나이에 말입니다."

이번에는 우 경정이 고개를 끄덕였다.

"선생님은 쿨 재즈 한 장르만 40년을 파셨고요?"

"제대로 팠는지는 모르겠습니다. 하지만 전 이 장르가 좋았습니다. 파도 파도 끝이 없고 말이지요."

"속도가 아니라 깊이인가요?"

우 경정의 말에 마일수가 희미하게 웃었다.

"마일스의 말이군요."

"아 그런가요? 어쩐지 뭔가 있어 보이는 말이라는 생각이 들더라니."

자기 말이 아니라는 것이 무척이나 아쉽다는 듯 우 경정이 대답했다.

"서른에 이미 재즈의 모든 장르를 잘 연주했다…, 장하기 선생님은 속도에 있어서는 천재였다는 말씀 같습니다."

"확실히 천재였지요."

대답하는 순간 장하기와의 만남 전부가 주마등처럼 마일수의 뇌리를 스쳤다.

"그렇다면 깊이는 어땠나요? 그러니까 선생님께서 보기에 말입니다."

마일수는 잠시 생각에 잠겼다.

"하기와 인도 음식점에 간 적이 있습니다. 식사를 마치고 나오는데 갑자기 하기가 묻더군요. 어땠냐고요. 음식이 괜찮았다고 대답했죠. 그러자 이렇게 말하더군요. 아니요, 음악이 어땠냐고요?"

"인도 음식점에 가셨으니 인도 음악 말씀인가요?"

"예. 5년쯤 전의 이야기군요. 그때 이미 하기는 장르 구분을 넘어 음악 자체로 가고 있었어요. 깊이요? 그게 깊이가 없다면 가능한 일일까요?"

마일수가 우 경정의 얼굴을 보며 반문했다.

"나는 뮤지션이 아니다."

우 경정이 혼잣말처럼 대답했다.

"무슨 뜻입니까?"

"키스 자렛의 말이지요. 나는 뮤지션이 아니다. 음악이라는 한계를 뛰어넘어 삶 자체를 음악으로 추구할 뿐이라는 의미라고 생각합니다. 선생님의 말씀을 듣고 있자니 장하기 선생님은 이미 그런 경지를 추구하고 있지 않았나 싶습니다."

마일수가 그 말에 고개를 끄덕였다.

"3년 전에 발표한 하기의 앨범을 들어보셨습니까? 리듬 앨범 말입니다."

"예. 거의 팔리질 않았지요? 하긴 무조음無調音에 리듬을 벗어난 곡들이었으니 당연한 결과일지도 모르겠습니다. 저 같은 범인이 듣기에는 도무지 알 수가 없더군요."

또 시작이라고 마일수는 생각했다. 도무지 알 수가 없다는 사람이 음반에 대한 이해는 정확해서 어떤 의도로 말을 하는지 감을 잡을 수가 없었다.

"하기는 리듬 자체도 하나의 틀로 생각했습니다. 그 틀 자체를 깨는 것을 목표로 했지요."

"성공했다고 보시나요?"

"성공이요? 판매량으로 보면 대실패였지요. 하지만 같은 연주가로서? 아마 저 같은 인간은 평생을 연주해도 그 수준까지는 가지 못할 겁니다."

마일수가 쓴웃음을 지으며 말했다.

"선생님께서는 장하기 선생님을 굉장히 높게 평가하시는군요."

우 경정이 미소를 띠며 말했다.

"그만한 평가를 받아도 될 뮤지션이니까요."

마일수의 말에 우 경정은 고개를 끄덕이고 잠시 침묵한 뒤 물었다.

"그렇다면 장하기 선생님은 마일수 선생님을 어떻게 평가했을까요?"

순간 마일수의 얼굴이 조금 일그러졌다.

"아, 실례되는 질문이었다면 죄송합니다. 제자가 스승을 평가한다니 있을 수 없는 일이겠지요. 특히나 한국에서는 말입니다."

역시, 죄송한 얼굴은 아니었다. 당신이 대답하지 않아도 충분히 알겠다는 표정이었다. 마일수는 역정이 일었다.

"도대체 당신은 무슨 생각으로 이런 쓸데없는 질문만 하는 거요. 하기가 날 어떻게 평가하든 내가 신경이나 쓸 것 같소? 내가 음악에 파묻혀 산 세월이 얼마인데. 사건과 관련 없는 얘기만 할 생각이라면 이만 돌아가요."

마일수가 소파를 박차고 일어나며 소리를 질렀다. 하지만 우 경정은 표정의 변화도 미동도 없었다.

"그렇군요. 전혀 신경 쓰지 않으셨군요. 제가 머리가 나빠서, 조금 신경을 쓰신 건 아닐까 싶은 우둔한 질문이 떠올라서 여쭤본 겁니다. 역시 선생님과 같은 경지에 오르신 분들은 타인에 대해 신경을 쓰지 않으시는군요. 자신만의 예술세계를 추구하는 것만도 온 정신을 집중해도 모자랄 테니까요. 대가의 경지라는 것은 감히 범인이 짐작할 수 있는 세계가 아닌 듯싶습니다."

우 경정이 스스로 납득한 듯 고개를 끄덕이며 막상 자신의 말은 무시하자 마일수는 폭발하고 말았다.

"당장 내 집에서 나가요. 당장."

마일수가 손가락으로 문 쪽을 가리키며 말했다.

"아, 선생님께서 나가라면 나가야겠지요. 이거 참, 선생님과 말씀을 나눌 영광도 누리고 참 좋은 시간이었습니다."

마일수의 태도에 아무런 반응도 없이 우 경정은 깍듯이 인사를 하곤 문 쪽으로 돌아섰다.

"아, 그런데 범인이 밝혀졌다는 것은 아십니까?"

몇 걸음 걷던 우 경정이 다시 마일수 쪽으로 돌아서며 물었다. 순간, 마일수는 정신이 번쩍 들었다. 이 인간과 얘기하다 보니 살인에 대해서는 까맣게 잊고 있었다는 사실이 떠올랐다. 이 인간이 경찰이라는 사실마저 말이다.

"그게 무슨 뜻입니까? 내가 살인범이라 이겁니까?"

"예? 살인범이라니요?"

무슨 황당한 얘기냐는 듯 우 경정이 눈을 크게 뜨며 물었다.

"당신 말이 그렇지 않습니까? 마치 내가 살인범이라는 듯이 말이오."

"저는 범인이 밝혀졌다고 했을 뿐입니다."

우 경정이 유들유들한 표정으로 마일수를 보며 말했다.

"지금 나를 앞에 두고 얘기를 하고 있지 않습니까? 그 얘기가 그 얘기 아닙니까? 나를 떠보는 거요, 뭐요?"

마일수는 경찰만 아니라면 주먹으로 한 대 갈겨주고 싶었다.

"생각이야 선생님 자유입니다만 그런 의도는 아니었습니다."

"그럼 무슨 의도란 말이요?"

"사실을 전달한 것뿐이지요. 범인이 밝혀졌다는 사실 말입니다. 다만 동기를 모르겠다는 거지요."

마일수의 심장이 급작스레 뛰기 시작했다.

"범인이 누구요?"

"궁금하십니까?"

"아는 거요, 모르는 거요? 지금 나하고 장난치자는 거요? 제자가 살해

당했는데 범인이 누군지 알고 싶은 게 당연한 거 아니요. 도대체 왜 그런 일을 당했는지 알고 싶지 않겠냐고?"

마일수의 외침 탓에 우 경정의 얼굴에 침이 튀었다. 우 경정은 행커치프를 꺼내 천천히 닦은 후 태연한 얼굴로 말했다.

"역시 선생님도 그게 궁금하시군요. 누가 그랬을까? 왜 그랬을까? 저도 그게 궁금했습니다. 누가, 왜 그랬을까? 누구인지는 알겠는데 왜 그랬는지를 도무지 알 수 없더란 말이지요."

우 경정의 말에 마일수는 식은땀이 흘렀다.

'어떤 이유인지 모르겠지만 이미 이놈은 내가 범인이라는 걸 알고 있는 것 같다. 증거도 확보했을까? 아니 그럴 리가 없다. 대기실에서 누구나 쓰던 과도였으니 내 지문만 있는 것은 아니다. 그러니 범인이 누구라고 확정지을 수는 없다. CCTV도 없었고 내가 하기의 대기실로 들어가는 걸 본 사람도 없다. 정전을 틈타 내 대기실로 돌아왔으니 그 역시 볼 수 있던 사람은 없다. 10분간의 정전. 그 시간이라면 다른 대기실에 있던 사람들도 하기를 죽일 수 있었다. 내 대기실에 있던 과도를 훔쳐서. 대기실의 과도가 있는지 없는지 누가 유심히 보고 있을 것인가? 누구나 범인일 수 있는 상황이다. 그러니 유도신문에만 넘어가지 않는다면 범행을 숨길 수도 있다. 계획된 살인은 아니었다. 하지만 우연들이 겹쳐서 미궁에 빠진 사건이 되었다. 아무래도 이놈은 확실한 증거도 없이 나를 떠보려는 게 분명하다. 여기에 넘어가면 안 된다.'

마일수는 호흡을 가다듬었다.

"정말이지 당신이라는 사람은 상대를 질려버리게 하는 뭔가가 있군요. 그래서 도대체 살인범은 누구란 말입니까?"

다시 소파에 앉으며 마일수가 물었다. 계속 서 있다가는 미세하게 후들거리는 다리가 눈에 띌 것 같았다.

"혹시 이승경 매니저를 잘 아십니까? 장하기 선생님 매니저 말입니다. 처음부터 같이 일해온 두 분이니 마 선생님께서도 면식은 있으시겠지요?"

"살인범이 누구냐고 묻지 않았습니까? 갑자기 그 얘기는 또 왜 나오는 겁니까?"

마일수가 소파 팔걸이를 내려치며 말했다.

"아, 물론 사건과 관련이 있어서지요. 이승경 매니저를 잘 아십니까?"

마일수는 체념의 한숨을 쉬었다.

"개인적인 친분은 없습니다만 봐온 세월이 있으니 안다면 안다고 할 수 있겠지요. 그 친구가 범인입니까? 하지만 그 친구는 그럴 위인이 못 됩니다. 하기와 데뷔 때부터 지금까지 일하던 친구예요. 성실하기로 소문난 친구지요. 하기가 알코올 중독으로 망가져서 재활원을 들락거릴 때도 옆을 지키던 친구란 말이오."

말은 그렇게 했지만 자신이 용의선상에서 제외된 것인가 싶어 안도감이 밀려왔다. 아예 범인도 다른 사람을 지목하고 있었다. 이승경이 범인이 아니라는 것을 마일수는 알고 있었지만 그렇다고 자신이 범인이라고 자백할 수도 없는 노릇이었다.

"이번 사건은 많은 우연이 겹쳤습니다. 모르셨겠지만 제가 지금 휴가 중입니다. 마침 선생님 공연에 아는 스태프가 있어 리허설을 관람할 수 있었지요. 그런데 또 마침 살인사건이 일어났지 뭡니까? 보통 같으면 이런 공연장에서 현장을 보존하는 게 쉽지 않은데 사건 소식을 듣자마자 바로 달려가서 통제를 할 수 있었지요. 대기실 소파에 엎어져 누워 있는 장하기 선생님, 바닥에 떨어진 피 묻은 칼, 아, 이건 누가 봐도 살인사건이지요. 덕분에 과학수사대와 함께 법의관도 바로 올 수 있었습니다. 현장 조사가 끝남과 동시에 바로 부검을 할 수 있었고요. 그런데 처음 제가 현장에 도착해 통제할 때 아주 재밌는 것을 발견했지 뭡니까?"

우 경정이 궁금하지 않냐는 얼굴로 마일수를 바라보았다.

"뭡니까?"

마일수가 마지못해 물었다.

"이승경 매니저와 대기실 출입문에서 딱 마주친 거지요. 그는 제일 먼저 대기실 거울 밑의 서랍 쪽으로 시선을 두더군요."

"예?"

마일수가 이해가 안 된다는 표정으로 물었다.

"그렇습니다. 살인이 일어났다면 시신이 어딨는지 찾는 게 사람의 본능일 겁니다. 정말 죽은 건지 아닌지 자신이 들은 얘기를 눈으로 확인하려고 할 테니까요. 하지만 그는 제일 먼저 서랍 쪽을 보았습니다."

"이상한데요?"

마일수가 고개를 갸웃거렸다.

"예. 이상하지요. 감식반이 서랍을 조사할 때 보니 소주병이 나오더군요. 375밀리리터 페트병이었습니다."

"술은 끊었다고 했는데?"

마일수는 뒷말을 잇지 않았다. 실망과 분노, 배신의 감정들이 밀려와 서였다.

"형사가 사건을 맡으면 제일 먼저 하는 일이 피해자의 인적 사항과 탐문, 그리고 동선 파악입니다. 그날 장하기 선생님의 동선을 파악하니 리허설이 있기 전 공연장 건너에 있는. 편의점에 가셨더군요. 거기서 술을 샀습니다. 그리고 도로를 건너오려다 교통사고가 났지요. 운전자의 과실은 아니었습니다. 무단횡단이었고 장하기 선생님이 갑자기 뛰어들었으니까요. 아마 딴생각을 하고 있었던 모양입니다. 사고를 낸 운전자 김상수 씨는 바로 달려가 조치하고 구급차를 부르려고 했습니다. 하지만 어쩐 일인지 장하기 선생님은 괜찮다며 부리나케 도로를 건너셨다더군요. 아무래도 걱정된 김상수 씨는 112에 신고하고 파출소에서 출동한 경찰들에게 상황도 설명했답니다. 하지만 장하기 선생님의 신원은 파악하지 못했지요. 그럴 수밖에 없는 것이 신분증을 확인한 것도 아니니까요."

"사고가 났는데도 왜 그냥 갔을까요?"

마일수는 이해가 되지 않았다.

“술을 샀으니까요. 그 사실을 숨겨야 했겠지요. 사고를 수습하다 보면 누군가의 귀에 들어갈 테고 결국 선생님께서도 알게 될 테니까요.”

“매니저가 술을 사온 사실을 알고 있었던 거군요.”

“그렇지요. 대기실에서 술병을 본 겁니다.”

“그래서 술병부터 치우려고 했다? 고인의 명예를 위해?”

“그렇게 생각할 수도 있겠지요. 하지만 그렇더라도 보통의 사람들은 시신부터 먼저 찾는 법입니다. 그 후에 고인의 명예를 챙겨야 한다는 생각이 떠오르는 게 정상이죠. 하지만 서랍에 가장 먼저 눈이 간다? 우선순위가 이상하죠? 이 경우는 한 가지밖에 없습니다. 이미 죽었다는 것을 확신하는 경우죠.”

마일수는 우 경정의 말이 무슨 의미인지 알 수가 없어 한참을 생각하다 비로소 무언가를 깨달은 듯 물었다.

“그렇다면 그 술병에 뭐가 있었단 말입니까?”

마일수의 말에 우 경정이 손뼉을 탁, 치며 대답했다.

“역시 선생님이시군요. 천재분이라 생각의 관점이 남다르십니다. 예. GHB, 일명 물뽕이 검출되었습니다.”

우 경정의 말에 마일수는 머리가 복잡해졌다.

“하지만 승경이가 왜?”

“빚 때문이었습니다.”

“빚이요?”

“장하기 선생님은 계약위반으로 꽤 많은 빚을 졌더군요. 매니지먼트 대표인 이승경 씨도 같은 상태였고요. 당연하다면 당연한 얘기지요. 참, 2010년에 발표한 장하기 선생님의 앨범 〈kind of blue〉가 히트하고 있다는 사실을 아십니까? 동명의 한국 드라마가 넷플릭스를 통해 전 세계에 알려지면서 수록된 선생님의 곡에 대한 반응도 뜨겁습니다. 덕분에 대형 공연기획사와 계약을 맺어 이번에 콘서트를 열 모양이었던가 봅니다. 장하기 선생님도 계약에 동의했고요. 하지만 어찌 된 일인지 갑자기 안 하시겠다고 한 모양입니다. 이승경 매니저가 아무리 설득하고 읍소해도 통하지 않았나 봐요. 파산을 눈앞에 둔 상황이었죠."

마일수가 고개를 끄덕였다.

"승경이에게 많은 빚을 지게 한 게 하기입니다. 항상 그런 식으로 마음대로 행동해서 그 뒤치다꺼리를 하느라 생긴 거죠. 이번 공연만 제대로 성사되면 다 제자리로 돌아올 거라며 기뻐하던데 결국 하기가 또 내팽개쳤군요. 승경이가 그런 마음을 먹은 것도 이해는 갑니다. 은혜를 원수로 갚는 게 하기의 못된 버릇이기는 했죠."

마일수는 한숨을 쉬었다.

"이승경 매니저의 처지에서 계약을 지키지 않아도 되는 방법은 하나밖에 없었습니다. 장하기 선생님의 자연사. GHB는 24시간 정도면 체내에서 완전히 사라지고 사인은 심장마비처럼 보이니까요. 대기실에서 알코올 중독자가 돌연사한 채 발견되었다? 옆에는 술병도 있고? 검시관이 사체의 외양만으로는 자연사로 넘어갈 확률이 높습니다. 하지만 유감스럽게도 바닥에 피 묻은 칼이 놓여 있었지요. 법의관이 사건 현장에 바로 투입될 수 있었던 겁니다. 어쩌면 자연사로 판명될 수 있었던 일이 부검으로 바로 밝혀진 것이지요."

마일수의 머릿속이 혼란스러워졌다. '내가 칼로 찌르지 않았어도 소주에 들어 있던 약물 때문에 죽었을 것이다. 내가 찌른 탓에 오히려 살인을 만천하에 광고하게 되었다.'

"그럼 하기는 칼에 찔려 죽은 게 아니란 말입니까?"

"약에 죽은 게 아니라는 건 판명되었습니다."

"그건 또 무슨 소리입니까?"

"체내에서 GHB가 검출되지 않았어요."

마일수는 우 경정의 말을 한참 생각했다.

"술을 마시지 않았다는 말인가요?"

"그렇지요."

"술까지 사놓고?"

"예. 마시지 않았습니다. 그랬다면 체내에서 검출되었겠지요."

우 경정이 마일수를 지긋이 보며 말했다. 마일수는 서서히 몸이 옥죄여 들어오는 것을 느꼈다.

"약을 먹은 게 아니라면, 승경이가 기다리지 못해 칼로 찔렀다는 겁니까?"

마일수는 본인조차 이해하지 못할 질문을 던졌다.

"글쎄요. 그건 아닌 것 같습니다. 그랬다면 죽인 후 바로 술병을 들고 나왔으면 되었겠지요. 공연장이 시끄러워지자 장하기 선생님이 술을 마시고 죽은 줄 지레짐작했던 겁니다. 그래서 술병부터 치울 생각이었던 것이지요. 그러니까 이승경 매니저는 칼로 찌른 범인이 아닙니다."

마일수는 등에 한 줄기 식은땀이 흐르는 게 느껴졌다.

"그래서 내가 찔렀다는 말이오?"

"이번 사건은 우연이 많이 겹쳤습니다."

우 경정은 마일수의 대답은 안중에 없다는 듯 말을 이었다.

"저는 정전이 일어났던 10분 사이에 장하기 선생님이 칼에 찔렸다고 생각합니다. 조명팀의 막내가 메인 전원의 선을 잘못 건드렸던 거지요. 게다가 전날, 한라산의 록 공연이 마지막 날이었죠. 쫑파티를 하면서 대기실 전체가 쓰레기장이 되었다더군요. 청소하시는 분들의 고생이 이만저만이 아니었던 것 같습니다. 천장과 복도 벽까지 빠짐없이 닦아야 했다니까요."

우 경정은 잠시 말을 멈춘 후 희미하게 웃었다.

"덕분에 감식반이 지문을 뜨기가 아주 수월했습니다. 선명한 지문들을 얻을 수 있었지요."

"칼에 묻은 지문이라면 내 것이 있는 게 당연하지 않습니까? 우리는 공연 전에 다 같이 모여 과일도 깎아 먹고 얘기도 하니까요."

"예. 맞습니다. 선생님의 지문뿐 아니라 다른 연주가분들의 지문도 많았지요. 다만 제가 말씀드리는 건 칼에 묻은 게 아니라 벽에 묻은 지문입니다."

"벽이요?"

마일수는 우 경장의 말이 무슨 뜻인지 선뜻 이해되지 않았다.

"벽이야 사람들이 기댈 때도 있으니 지문이 남을 수 있는 것 아닙니까?"

"그렇지요. 선생님 말씀이 맞습니다. 하지만 이번에는 지문의 형태가 묘했습니다. 범인이 칼로 찔렀는데 갑자기 정전되었다, 빨리 현장을 벗어나야 하는데 출입문이 보이지 않는다, 선생님께서는 어떻게 하시겠습니까?"

마일수는 장하기의 등에 칼을 꽂던 때가 생각났다. 갑작스러운 정전. 정신이 번쩍 들었다. '내가 지금 무슨 일을 벌인 거지? 정신이 돌아온 나는 어떻게 했던가? 벽을 더듬거리며 문을 찾고 다시 넘어지지 않게 통로 벽을 더듬으며 대기실로 돌아왔다.'

우 경정이 마일수의 생각을 눈치챘는지 말을 이었다.

"예. 딱 선생님의 눈높이로 장하기 선생님의 대기실 벽과 통로를 따라 선생님의 지문이 이어져 있었습니다. 벽을 더듬으며 문고리를 찾고, 넘어지지 않기 위해 복도 벽을 더듬으며 선생님의 대기실로 가느라 지문이 마치 동선처럼 이어져 있었으니까요. 그래서 저는 정전 때 범행이 일어났다고 생각했습니다."

마일수는 발밑이 새하얘지는 기분이 들었다. 칼의 지문만 생각했지, 그렇게 흔적을 남겼으리라고는 생각도 하지 못했다. '공연장 어디건 지문은 천지로 묻을 수 있다. 하필 전날 대기실을 깨끗이 청소한 탓에 내 지문을 추적할 수 있었단 말인가?' 마일수의 가드가 일순 무너졌다.

"선생님?"

우 경정이 이제 그만 자백하는 것이 어떠냐는 뉘앙스로 마일수를 불렀다. 한동안 넋을 놓고 있던 마일수는 힘없는 목소리로 얘기를 시작했다.

"첫 번째로 화가 난 것은 하기의 뒷모습이었습니다. 검은 비닐봉지 위로 튀어나온 병을 보았지요. 술병이 분명했습니다. 10년 전의 악몽이 떠올랐죠. 다시 기회를 주었건만 이렇게 쉽게 나를 배신하나 싶었습니다. 리허설을 하는 동안에도 분노가 가라앉지 않았습니다. 더 화가 나는 건 하기의 연주가 기가 막히게 좋다는 것이었어요. 분명 술을 마셨을 텐데도 말입니다. 폭발한 건 대기실로 돌아와서였습니다. 옆방에서 승경이와 다투는 소리가 들리더군요. 서로 언성이 높아서 정확하게 다 들을 수는 없었습니다만 이 한마디만은 똑똑히 들렸습니다. '더 이상 이런 쓰레기 같은 건 연주하고 싶지 않단 말이야'라고요. 그랬던 거지요. 그놈은 저의 음악을 쓰레기라고 줄곧 생각하고 있었던 겁니다. 그런 주제에 먹고살 길이 없으니 태연자약하게 술을 끊었다며 공연에 끼워달라고 부탁했던 겁니다. 녀석의 재능을 아끼는 내 마음을 이용하고 쓰레기 취급을 했을 뿐이지요."

마일수는 양손으로 얼굴을 한 번 감싸 쥐었다 풀었다.

"눈을 떴을 때 이미 과도를 손에 쥐고 있었고 하기가 대기실 소파에 누워 있는 것이 보였습니다. 잘도 자고 있더군요. 그 모습에 더 화가 났습니다. 그대로 등을 찌르는 순간 정전이 되더군요. 그제야 제정신이 돌아왔습니다. 내가 지금 뭘 한 거지 싶었습니다. 정말이지 제가 뭘 한 거죠?"

마일수가 우 경정을 바라보았다.

"내가 살인을 저지르다니. 예, 제가 살인범입니다. 당신 말이 맞아요."

자포자기한 목소리로 마일수가 말했다.

"살인범이라니요?"

우 경정이 이해가 안 된다는 표정으로 말했다.

"전 선생님을 살인범이라고 한 적이 없습니다. 범인이 밝혀졌다고만 했지요. 칼로 찌른 범인 말입니다."

우 경정의 말에 마일수는 입만 벌리고 있을 수밖에 없었다. '도대체 이건 또 무슨 소리란 말인가?' 마일수의 반응에 개의치 않고 우 경정이 말을 이었다.

"부검하려다 보니 머리 오른쪽 부분, 오른쪽 어깨 외측, 그리고 오른쪽 허리 부근에 검붉은 타박상이 있었습니다. 특히 오른쪽 허리 타박상은 부위가 상당히 컸지요. 무대나 대기실에서 넘어진 정도로 생길 멍이 아니었습니다. 법의관은 이렇게 생각했다더군요. '실내에서 허리를 이렇게 세게 부딪칠 일이 있을까?' 복부를 메스로 절개한 순간, 복강 아래쪽의 골반강에 대량의 출혈이 보였습니다. 다음으로 가슴을 열자 좌우의 폐가 모두 새하얗게 변해 있었고요. 원래 폐, 심장, 간과 같은 장기는 모두 붉은색이지요? 장기가 새하얗게 변했다는 것은 혈액이 흘러들어오지 못했다는 것을 의미합니다. 사건 현장을 처음 봤을 때 의문이 하나 있었는데 칼에 찔린 것치고는 피가 너무 없다는 거였어요. 보통 칼로 살해당하면 어떤 식으로든 피가 튀게 됩니다. 비산 모양으로 찌른 상황도 어느 정도 유추할 수 있습니다. 하지만 칼끝에 묻은 약간의 피가 전부였지요. 등에 칼을 맞았는데도 왜 기이할 정도로 출혈이 없었을까? 부검 내용을 보면 이해가 됩니다. 터진 혈관에서 쏟아진 대량의 혈액이 몸 안에 고여 있었던 겁니다. 골반강에 퍼져 있던 혈액이 그 증거지요. 골반강을 자세히 조사하니 골반을 구성하는 뼈가 부러진 흔적을 찾았습니다."

마일수는 도대체 무슨 말인지 모르겠다는 표정이었으나 우 경정은 말을 이었다.

"장하기 선생님은 술을 사러 편의점에 갔습니다. 그때 교통사고가 있었다고 말씀드렸지요? 오른쪽 허리 타박에 의한 골반 골절에 따른 출혈성 쇼크. 이것이 장하기 선생님의 최종 사망 원인이었습니다."

"그런데도 리허설에 참여했단 말입니까?"

"그때는 금이 간 정도였겠지요. 그렇다고는 해도 상당히 고통스러웠을 겁니다. 하지만 꾹 참고 리허설을 마친 거지요. 어쩌면 그때부터 골절로 번졌을 수도 있고요. 연주하다 보면 몸을 계속 움직이니까요. 몸의 피가 복강 쪽으로 계속 새고 있었을 겁니다."

마일수는 리허설을 마치고 대기실로 가던 하기의 뒷모습이 생각났다. 벽에 손을 짚은 채 겨우 다리를 움직이던 모습을. 술에 취한 것이라는 생각에 분노만 올라왔었다.

"전체 사건의 경과는 이렇습니다. 장하기 선생님은 편의점 앞에서 발생한 교통사고로 리허설을 마치고 대기실에서 숨을 거두었습니다. 그 사실을 모른 이승경 매니저는 술에 약을 탔고, 선생님께서는 장하기 선생님의 사체를 칼로 찌른 겁니다."

마일수는 우 경정의 말에 비로소 모든 사실이 이해되었다.

"그럼 내가 죽인 게 아니란 말입니까?"

"예. 선생님의 죄는 살인이 아니라 시체 훼손이겠지요. 최대 7년의 형이지만 사후 종범으로 유기나 은닉, 훼손이 아니니 변호사만 잘 만난다면 집행유예도 가능하겠지요."

마일수는 살인범이 아니라는 사실에 가슴에 얹혀 있던 돌이 치워진 느낌이었다.

"그렇다면 당신이 여기까지 찾아온 이유는 뭡니까? 그런 죄목이라면 경찰서에서 이미 밝힐 수 있었을 텐데요?"

"그거야 선생님이 중요한 대목에선 모두 묵비권을 행사하셨으니까요. 제가 신문에 참여하지 못하기도 했고요. 무엇보다 살인범이 아닌 시체훼손범을 잡는 건 형사 입장에서 크게 메리트가 없는 일이지요. 마침 관내에서 다른 살인사건도 발생해서 우선순위가 밀린 탓도 있지요."

"하지만 당신은 이 일이 더 중요했다?"

"제가 궁금한 건 잘 못 참는 성격이라서요. 말씀드리지 않았습니까? 범인은 알겠는데 이유를 모르겠더라고요. 그래서 선생님을 만나 뵈러

온 겁니다."

"이제는 안다는 말입니까?"

"글쎄요. 인간의 마음이란 복합적인 것이니까요. 여러 감정들이 한순간에 떠올랐다가 어느 한 감정이 더 표출될 뿐이지요. 그걸 그 사람의 본심이라고 판단하기는 어렵겠지요. 하지만 그때 표출된 감정이 무엇이었는지는 대충 짐작할 수 있겠지요."

마일수는 칼을 들었던 그때의 감정이 무엇이었는지 생각해보았다.

"질투라고 생각하는 겁니까?"

얼굴은 우 경정을 보고 있었지만 어쩌면 자신에게 묻는 말인지도 모른다고 생각했다.

"글쎄요. 다만 선생님께서는 이렇게 말씀하셨습니다. 하기가 날 어떻게 평가하든 신경이나 쓸 것 같소, 라고요. 그때 선생님은 상당히 격앙된 말투로 얘기하셨습니다. 정말 신경 쓰지 않는다면 담담한 목소리였겠지요. 그게 장하기 선생님의 재능에 대한 질투인지 아닌지는 모르겠습니다."

우 경정은 싱긋이 웃으며 마일수를 바라보았다.

"참, 선생님이 들으셨다는 그 얘기 말입니다만, 그러니까 장하기 선생님이 이승경 매니저에게 했다는 '더 이상 이런 쓰레기 같은 건 연주하고 싶지 않단 말이야'라는 말 말입니다. 이승경 매니저에게 들으니 그건 〈kind of blue〉 공연에 관한 것이었습니다. 예전에 자신이 만든 곡들은 수준이 낮아서 연주하고 싶지 않다고요. 그게 장하기 선생님이 공연을 취소한 이유였습니다. 계약은 돈 때문에 하셨겠지만, 도저히 뮤지션으로서의 자존심에는 맞지 않았나 봅니다. 선생님의 곡에 관한 얘기가 아니었어요."

마일수는 머리를 한 대 얻어맞은 기분이었다.

"선생님의 공연에 참가하려고 했을 때 장하기 선생님은 이승경 씨에게 이렇게 얘기했다는군요. 선생님의 음악은 나 같은 방랑자와는 깊이가 다르다고요."

그 말을 듣자 마일수의 가슴에 다른 돌이 얹혀 세게 짓누르는 것 같았다. 우 경정은 이제 할 말을 다 했다는 듯 문가 쪽으로 돌아서서 걸어가더니 문득 무언가 생각났는지 마일수를 돌아보며 말했다.

"참, 저 같으면, 장하기의 대기실에 갔는데 바닥에 피 묻은 칼이 떨어져 있고 상황을 보니 죽은 듯해서 놀라서 나오려는데 마침 정전이 되었다. 벽을 더듬어 겨우 나의 대기실로 올 수 있었다. 상황을 알리지 않은 것은 내가 살인범으로 몰릴까 두려워서였다, 라고 진술하겠습니다. 어쩌면 시체훼손죄도 피할 수 있을지 모르지요."

마일수는 그 말에 놀라 물었다.

"이미 제가 다 고백하지 않았습니까?"

"제가 미란다 원칙을 고지했던가요?"

우 경정이 무슨 바보 같은 말이냐는 듯한 표정으로 물었다. 마일수가 고개를 저었다.

"고지하지 않은 대화는 법적 효력이 없다는 것도 아시겠군요."

마일수는 우 경정의 행동이 의아했다.

"제게 이러는 이유가 뭡니까?"

우 경정이 거실 문을 열며 대답했다.

"처음에 말씀드렸을 텐데요? 전 그저 선생님께 개인적으로 궁금한 점 몇 가지만 여쭈어보러 왔을 뿐이라고요. 선생님의 앨범을 다 가지고 있기도 하고요."

우 경정이 별일 아니라는 듯 대답을 하고는 밖을 나가며 문을 닫았다.

정혁용 2009년 《계간 미스터리》 겨울호 〈죽은 자들을 위한 기도〉로 데뷔. 〈한겨레〉에 칼럼과 '신들은 목마르다' 연재. 2020년 장편소설 《침입자들》, 2021년 《파괴자들》을 펴냈다.

머나먼 기억

류성희

오빠로부터 걸려온 전화를 받은 건 결혼 후에는 결혼 전과는 다른 사랑이 필요할지도 모른다는 뜬금없는 생각을 막 하던 참이었다. 아니 어쩌면 사랑해도 이혼할 수 있을까, 따위의 생각을 하던 중이었는지도 모르겠다. 아니다, 요즘 내 머릿속 사진을 찍는다면 뇌 대신 헝클어지고 엉클어진 실뭉치 같은 게 찍힐지도 모른다는 터무니없는 생각을 하고 있었는지도.

"병원에서 전화가 왔다."

두어 달 만의 통화였지만 오빠는 그동안 어떻게 지냈느냐는 안부 같은 건 없었다.

"어머니가 어제 외박을 나가셨는데 아직 안 들어오셨다고 한다. 오늘 12시까지 들어오기로 하고 나가셨다 한다."

오빠는 엄마를 어머니라고 불렀다. 일곱 살 그 어린것한테 누가 가르쳐주지도 않았을 텐데 어머니라고 부르더라. 오빠를 낳아준 생모가 병으로 죽고 다음 해에 새엄마로 들어온 자신을 그렇게 불렀다며 엄마는 오빠가 서울대학에 합격했을 때도, 사법고시에 합격했을 때도, 그리고 변호사 사무실을 개업했을 때도 똑같이 말했다. 오빠의 영민함보다는 끝내 자신과 거리를 두는 서운함을 에두른 엄마식 표현이었을 것이다.

"이모한테 전화해볼게요."

이모는 종종 요양병원에 있는 엄마를 집으로 데려가 며칠씩 같이 지내곤 했었다.

"나도 그런 줄 알았는데 방금 어머니가 전화하셨다."

그리고 잠깐, 아주 잠깐 오빠가 망설였다. 뭐든 정확한 오빠로선 드문 일이었다.

"지금 Y시에 계신다고 한다. 전남편을 만나고 오겠다고 하셨다. 사나흘 걸릴 테니 걱정하지 말라는 말도 하셨다."

Y시라니? 그리고 전남편이라니? 머릿속 실뭉치가 더 헝클어졌다.

"그 말만 하고 끊으셨다. 그러고는 전화를 안 받으신다."

엄마는 두 달 전 치매 초기 진단을 받았다. 갑자기 현관문을 어떻게 열어야 할지 생각이 안 난 엄마는 그길로 병원에 찾아가 검사를 받고 치매 초기라는 진단을 받자 그동안 알아봐뒀던 요양병원에 스스로 입원했다. 그런 다음 우리 삼 남매에게 통고했다. 엄마다웠다.

아무리 초기라 해도 치매는 치매였다. 그런 분이 전남편을 만나겠다며 그 먼 길을 가서, 그것도 사나흘씩이나 있겠다니. 벌써 하루가 지났다. 그나저나 보호자 없이는 외출도 외박도 허락되지 않는 요양병원에 엄마는 어떻게 외박을 허락받았을까?

"딱히 신고는 안 했다. 전화 목소리 느낌으론 괜찮으신 것 같더라. 네가 내려가 봐라. 어머니 만나면 전화해라."

오빠는 내가 묻고 싶은 말을 먼저 했다. 일곱 살 때부터 새엄마를 어머니라고 부른 오빠다웠다. 오빠가 괜찮은 것 같다고 느낀 이유는 엄마가 흔히 치매 초기에 보이는 행동을 우리 앞에서는 한 번도 보인 적이 없어서일 게다. 나도 엄마가 정말 치매 맞아? 하고 있었으니까. 그나저나 오빠는 내가 Y시란 데를 가면 엄마를 만날 수 있다고 생각하는 걸까? 나는 태어나서 지금까지 Y시에 가본 적이 없을 뿐만 아니라 엄마의 전남편이 Y시에 산다는 것도 방금 알았다. 아니, 엄마의 '전남편'이란 말도 처음 들었다. 물론 엄마가 아빠를 만나기 전에 결혼했었다는 사실은 알고 있었다. 그것도 오빠가 어머니라고 부르는 것 때문에. 엄마, 오빠는 엄마를 왜 어머니라고 불러? 그때 엄마는 이렇게 말했다. 엄마가 아빠를 만나기 전에 결혼했었어. 근데 그 남자하고는 얼마 못 살고 헤어졌어. 그 후에 아빠랑 재혼해서 너랑 네 동생 성재를 낳았단다. 초등학교 1학년 어린 딸에게 솔직하다고 해야 할까, 직설적이라고 해야 할까. 아무튼 엄마는 그렇게 말했고 그때 나는 결혼이니 재혼이니 하는 말보다 엄마 입에서 나온 '그 남자'라는 단어가 참으로 생경했던 기억이 지금까지도 또렷하다. 그래서였을까, 이후 나는 그것에 대해 엄마에게 묻지 않았다. 재혼 가정에, 배가 다른 형제들이었지만 큰 소리 한번 나지 않았고 그럭저럭 우리는 잘살았다고 생각했다. 그만하면 아빠도 엄마도 무던하다고.

그랬었다, 엄마보다 먼저 치매에 걸린 아빠의 그런 행동을 보기 전까지는.

엄마는 요양병원 측에는 큰아들이 지금 데리러 오는 중인데 외박 절차를 먼저 받아두는 거라고 거짓말까지 했다고 한다.

병원에 거짓말까지 하고 엄마가 전남편을 만나러 Y시에 갔다는 말을 들은 이모는 한참 동안 아무 말이 없었다. 나는 왠지 이모의 침묵에서 걱정보다는 서늘함이 느껴졌다.

"거기가 어디라고… 너네 엄마 치매가 맞긴 맞는갑다."

이모가 말하는 '거기가 어디'가 Y시를 말하는 건지, 전남편을 말하는 건지 알 수 없지만 어쨌든 나는 전남편이 어디 사는지 아느냐고 물었다. 엄마를 찾으려면 거기서부터 시작해야 했다.

"죽었다."

다시, 서늘해졌다.

이모는 당신과 같이 가자며 집으로 데리러 오라고 했다.

"아니에요, 이모. 저 혼자 다녀올게요. 엄마가 가실 만한 곳만 말씀해 주세요. 엄마 찾으면 곧장 전화 드릴게요."

그래야 할 것 같았다. 이모의 짧은 침묵이, 전해오는 서늘함이 엄마를 혼자 만나야 할 것 같았다. 그리고 솔직히 누군가와 같이 움직여야 한다는 것이 지금의 내 상태로선 자신도 없었다. 이모는 잠시 침묵 끝에 Y시에 가면 정해식 집으로 가라고 했다. Y시 사람들한테 물어보면 다 알 거라면서. 그때 그 동네에서 엄마가 살았었다고. 갔으면 그리 갔을 거라고 했다. 정해식이 누구인지, Y시 사람들이 왜 그 사람을 다 아는지 모르겠지만 나는 일단 알겠다고 했다. 엄마를 만나면 아무것도 묻지 말고 그냥 모시고 오라는 말을 몇 번이나 다짐 받은 뒤에야 이모는 전화를 끊었다. 그나저나 엄마는 왜 죽은 전남편을 찾아갔을까? 혹시 치매 때문에 전남편이 죽었다는 사실을 잊어버린 것은 아닐까.

*

차를 가지고 갈까 하다가 안 그래도 헝클어진 머릿속으로 운전하다가 자칫 도로라도 잘못 타면 복잡해질 것 같아 고속버스를 탔다. 서울에서 Y시까지는 4시간 10분이 걸린다고 했다. 가는 동안에도 계속 엄마에게 전화를 해봤지만 받지 않았다. 이모에게 엄마가 어디에 있을 거라는 말을 들어서일까, 아니면 엄마 전화 목소리가 괜찮은 것 같다는 오빠 말 때문일까, 이상하게 엄마가 걱정되지 않았다. 가는 길에 정해식이란 이름을 검색해봤다. 연관 검색어로 정해식 정원이 떴다. 뜻밖이었다. 블로그 몇 개를 읽어보니 기업가였던 정해식이란 사람의 개인 정원으로 큐레이터까지 있다는 글들이 사진과 함께 올라와 있었다.

정원을 찍은 그 어느 사진에도 꽃은 없었다. 대신 수형이 잘 잡힌 나무들과 석탑과 이끼와 돌과 연못이 있었다. 꽃이 없는 정원이라니. 나무와 이끼와 돌만 있는 고요하고 정적인. 정적인 것이 주는 어쩐지 은밀하고도 내밀한 기운 같은 것이 느껴지는. 엄마도 이 정원을 와봤을까. 이 동네에 살았으니 당연히 와봤겠지. 40년 전 엄마는 이 정원에 누구와 왔을까. 전남편과 왔을까. 엄마는 '그 남자'와 왜 얼마 못 살고 헤어졌을까. 그러다 문득 엄마와 전남편 사이에 아이는 없었을까? 하는 생각이 들었다. 엄마의 아이. 그 말은 엄마의 전남편이라는 말만큼이나 낯설었다. 혹 이모의 짧은 침묵이 그것과 관계있는 건 아닐까. 엄마에게 아무것도 묻지 말라던 신신당부도. 의문이 꼬리에 꼬리를 물었지만, 그 어느 것 하나 나는 아는 것이 없었다.

어쩌면 나는 엄마를 반만 알고 있는지도 모른다. 내가 알고 있는 엄마와 내 엄마가 되기 이전의 엄마. 하긴 한 인간과 평생을 같이 살지 않는 한 그 사람에 대해 다 알지 못하는 것은 당연한 일인지도 모른다. 아니 평생을 같이 살았다 한들.

엄마의 치매 병명은 알츠하이머였다. 엄마의 병명이 알츠하이머란 말을 의사에게 들었을 때 동생과 나는 안도의 한숨을 쉬었다. 치매도 증상에 따라 여러 병명이 있다는 것을 안 건 엄마보다 먼저 치매를 앓기 시작한 아빠 때문이었다. 아빠의 병명은 전두측두엽 치매라고 했다. 뇌의 전두엽이나 측두엽이 퇴화하면서 나타나는 치매로 특징은 성격이 변하는 것이라고 했다. 가령 젊잖던 사람이 충동적으로 변하거나 공격적으로 변한다고 했다. 그 과정에서 심각한 망상과 환시와 환청을 겪는다고 했다.

아빠의 첫 환시는 '당신 누구쇼?'였다. 우리는 보이지 않고 아빠에게만 보이는 그 누구. 처음에는 그런 아빠가 무서웠다. 환시 증세라는 것은 알고 있었지만 아무도 없는 허공을 보며 '당신 누구쇼?'라고 하는 아빠를 보면 솔직히 등골이 오싹했다. 그래서인지 아빠가 귀신을 보는 것 같다는 동생의 말이 전혀 황당하게만은 들리지 않았다. 아빠의 눈에만 보이는 그 누구가 남자인지 여자인지, 나이가 몇 살쯤 되는지 우리는 알 수 없었다. 다만 아빠의 억양과 눈빛에서 남자일 것 같다는 추측만 할 따름이었다. 아빠의 그런 모습에 조금 익숙해질 즈음 아빠의 긴장을 늦추려 일부러 장난스럽게 물어본 적이 있다. 아빠, 아빠가 보는 사람 여자야? 이뻐? 아빠는 입을 꾹 다물고 아무도 없는 허공만 쏘아볼 뿐이었다. 그 눈빛은… 뭐랄까… 경멸했다가 두려워했다가 마침내는 공포의 눈빛으로 변했다. 그때 난 아빠가 내 질문을 못 알아듣는 것이 아니라 회피한다는 느낌을 받았다. 아빠의 눈에만 보이는 그 사람이 누구라고 생각했길래 경멸하고 두려워하고 공포를 느꼈을까.

어느 날부터인가 아빠는 '당신 누구쇼?'에서 '당신들 누구쇼?'로 바뀌었다. 이제 한 명이 아니라 적어도 두 명 이상이 아빠 앞에 등장한 것이다. 아빠는 TV를 보다가도, 밥을 먹다가도 '당신들 누구쇼?'라고 했다. 한번은 현관문을 열고 누구냐고 묻는 바람에 엄마는 정말로 누가 오는 줄 알았다고 했다. 당시 오빠와 나는 결혼으로, 남동생은 직장 때문에 독립해 따로 살고 있어서 그 큰집에는 엄마와 아빠 둘이서만 살고 있었다.

치매가 더 심해지기 전에 아빠를 요양병원에 모셔야 하지 않겠냐고 우리 자식들이 조심스럽게 논의하던 때였다. 어느 날 집에 가보니 큰오빠가 썼던 방에 커다란 자물쇠가 걸려 있었다. 저건 뭐냐고, 왜 저런 자물쇠를 걸어두었냐고 엄마에게 물었지만 엄마는 신경 쓰지 말라면서 자리를 피했다. 방 안에 무엇이 있길래 저리도 꽁꽁 자물쇠를 채워두었을까 궁금한 나는 엄마를 설득해 기어코 문을 열게 했다. 그리고 방 안에 있던 것을 보는 순간 왜 그랬을까. 등줄기로 쫘악 섬뜩한 한기가. 큰오빠의 책상 위에 놓여 있는 커다란 액자 속에 든 여자의 사진. 액자 속의 여자를 보는 순간 한 번도 본 적 없는 그 여자가 누군지 단번에 알 것 같았다. 그 여자는 오빠의 생모, 그러니까 아빠의 첫 번째 아내였다. 분노도 아니고 그렇다고 애틋함도 아닌 어떻게 느껴야 할지 모를 감정이 나도 모르게 치밀어 올랐다. 그런 나를 봤을까. 엄마가 지나가듯 말했다. 너네 아빠가 오빠 방에 두자고 하더라. 문은 왜 꽁꽁 잠가뒀어? 그것도 너네 아빠가 그러자고 하더라. 엄마의 대답은 표정만큼이나 덤덤했다. 덤덤한 엄마 표정을 보자 화가 치밀어 올랐다. 결국 아빠 마음속에 들어 있는 사람은 자물쇠까지 꽁꽁 채울 만큼 소중한 저 사람이지 않냐고, 저 사람보다 아빠하고 두 배 세 배 오래 산 엄마는 억울하지도 않냐고 소리치는 나에게, 그냥 둬라. 그게 뭐라고. 첫정이 무서운 사람도 있지. 엄만 그러고 말았다.

그때 엄마는 알고 있었을까? 아빠에게 보이는 그 누군가가 누구였는지를. 왜 그 사진을 자물쇠까지 채운 방에 두었는지를? 아마 알았다 해도 그때는 한 인간의 공포가, 질투심이, 그렇게까지 적나라하게 비열하고 독해질지는 몰랐겠지.

알츠하이머의 증세는 최근 기억부터 지워지는 거라고 했다. 나는 부디 엄마가 가장 최근 기억부터, 제발 전두엽과 측두엽 신경세포의 퇴화로 인한 치매라는 병을 빌미로 인간의 끝을, 인간이 인간이라는 존엄을 벗어버리면 어디까지 갈 수 있는지를 보여줬던 아빠를 깡그리 잊기를 바랐다.

문득 어쩌면 엄마는 내가 알고 있는 것보다 병이 더 깊어졌는지도 모르겠다는 생각이 들었다. 그러자 마음이 급해졌다. 갑자기 전남편을 찾아가는 엄마. 40여 년을 함께 산 남편은 이미 지워버렸는지도. Y시에 도착하려면 아직 한 시간이나 남았다. 순간 허기가 느껴졌다. 아까 휴게소에서 호두과자를 사 먹었어야 했어. 언젠가 TV에서 독일에서 온 젊은이

들이 휴게소에서 호두과자를 맛있게 먹는 모습을 보고 휴게소에 들를 기회가 있으면 꼭 사 먹어야지 했는데 정작 들렀을 때는 까맣게 잊고 말았다. 잊은 것은 그것뿐만이 아니었다. 남편에게 전화… 지금이라도 해야 할까. 아니, 버스 안에서 통화를 하면 안 되니까 문자를 남겨야겠지. 엄마 때문에 Y시에 가요… 엄마가 Y시에 계신대요… 일이 있어 Y시에 가요… 그러나 나는 전화도 문자도 하지 않았다. 그리고 내가 쓴 문자는 모두 간다는 말만 있지 온다는 말이 없었다는 것을 문자를 모두 지우고 나서야 깨달았다.

*

버스에서 내리니 4월이지만 아직은 쌀쌀한 밤기운과 함께 짠 내가 훅 밀려왔다. 사실 Y시가 가까워진다는 것을 이미 냄새로 알 수 있었다. 그것은 바다 냄새라기보다는 짠 내였다. 싱싱한 생선보다는 짭짤한 젓갈에 가까운. 새우젓보다는 갈치속젓 같은. 장시간의 버스 여행으로 인한 메스꺼움과 허기가 섞여 더 그렇게 느껴졌는지도 모르겠다. 다시 호두과자 생각이 났다. 집에 갈 때… 집에 돌아갈 때… 무심코 떠오른. 코끝이 찡해왔다.

“손님, 이곳에 안 사시죠?”

정해식 정원으로 가달라는 내 말에 택시 기사가 되물었다. 어떻게 알았느냐고 물으려다가 말았다. 속은 메슥거리고 허기졌지만, 막상 버스에서 내리니 마음이 급해져 택시부터 탔었다. 먼저 엄마를 찾아야만 했다. 엄마는 여전히 전화를 받지 않았고 그동안 이모 전화만 두 번 왔을 뿐 오빠한테서도 남편한테서도 전화는 없었다.

"여기 사람들은 정원이란 말을 안 붙이거든요, 하하하."

기사가 큰 소리로 웃었다. 내가 아무 말이 없자 머쓱해서 그랬을 것이다. 당신은 당신 감정만 중요한 사람이지. 다른 사람 감정 따위엔 신경도 안 쓰지. 외박하고 들어왔을 때도 멀뚱히 바라만 보는 내게 남편이 했던 말이다. 내가 그랬던가… 오늘 같은 경우를 보면 남편 말이 맞는지도 모르겠다.

정해식 정원은 도로에서 벗어나 막다른 골목에 있었다. 집 앞에 내린 나는 갑자기 방향을 잃은 사람처럼 우두커니 서 있었다. 아무리 초기라지만 치매에 걸린 일흔아홉 살 엄마가 전남편을 만나겠다며 나선 지 하루가 지나도록 적극적으로 찾을 생각도 신고할 생각도 없이 40년 전 전남편과 살았다던 곳에 오다니. 그것도 이미 죽어버린. 오빠는 무책임했고 나는 무모했다. 지금 엄마는 어디서 무엇을 하고 있을까.

"정혜야, 네가 왜 여기 있니?"

뒤에서 들리는 익숙한 목소리. 돌아보니 정말 거짓말처럼 엄마가 서 있었다. 순간 왜 그랬을까, 누군가 머리카락이라도 잡아챈 것처럼 쭈뼛섰다.

"여기는 어떻게 알고 왔니?"

엄마는 내 결혼 전 상견례 때 입었던 보라색 투피스를 입고 있었다. 보라색 옷은 처음 입어봤는데 의외로 잘 어울린다며 엄마가 좋아했던 옷이다. 요양병원에 들어갈 때 저 옷을 챙겼는지도 몰랐었다.

"저녁 식사는 하셨어요?"

지금 이런 질문이 맞는가. 그렇게 병원을 나가버리면 어떻게 하느냐, 어젯밤엔 대체 어디서 잤느냐, 갑자기 전남편을 만나러 간다니 무슨 말이냐, 전남편이 죽었다는데 알고는 있느냐. 물어볼 말이 많았는데 나도 모르게 엉뚱한 말이 튀어나왔다.

"그게 있으려나…."

"뭐 드시고 싶은 거 있어요?"

"산낙지. 그게 먹고 싶구나."

산낙지? 엄마는 평소 남의 살 먹기 싫다며 고기는 물론 생선도 안 먹었다. 그런데 익힌 것도 아닌 산낙지라니. 그야말로 엄마 맞아?였다.

*

절단된 다리가 아직도 송충이처럼 꿈틀대는 낙지를 엄마는 오래전부터 먹어왔던 아주 익숙한 음식이라는 듯 맛있게 먹었다. 내게는 먹어보라는 말도 없었다. 날 닮아서 날음식만 먹었다 하면 배에 탈이 나는 거야. 아빠와 오빠가 회를 맛있게 먹는 모습을 보고 한 점 집어먹었다가 밤새 화장실을 들락거리면 엄만 그렇게 말하곤 했었다. 그때의 엄마는 자신이 산낙지를 저렇게 맛있게 먹었던 기억을 까맣게 잊었던 걸까. 아니면… 잊은 척했던 걸까.

지금도 잊히지 않는 여름날이 있다. 일곱 살 무렵으로 기억한다. 엄마와 단둘이 이모 집에 갔었다. 그 당시 이모 집 꽃밭에는 붉은 칸나가 피어 있었고 철 대문 위로는 덩굴장미가 올라가고 있었다. 그날은 더운 여름날이었고 아마도 이모 집까지 가느라 더위에 지쳤을 어린 나는 시원한 마루에서 잠이 들었다. 얼마나 잤는지 잠결에 엄마 목소리가 들렸다.

"그래서, 넌 아직도 내가 일부러 그랬다는 거냐?"

평소의 엄마답지 않게 앙칼졌다. 아니 독했다.

"일부러 그랬다는 것이 아니라, 언니가 왜 모른 척했는지…."

이모는 끝까지 말할 수 없었다. 엄마가 잠든 날 다짜고짜 업고 나섰기 때문이다.

"나쁜 년. 못된 년."

엄마는 자꾸 나쁜 년과 못된 년을 반복했다. 엄마 등에 업혀 집에 가는 동안 이모 집에 두고 온 신발이 떠올랐지만 나는 엄마에게 말하지 못했다. 왠지 어린 마음에도 그래야 할 것 같아서였다.

"가자, 다 먹었으면."

산낙지 탕탕이 한 접시를 말끔하게 비운 엄마가 벌떡 일어서더니 가자고 했다. 난 된장국과 밑반찬만으로 밥 한 공기를 다 먹기도 전이었지만 두말없이 일어섰다. 지금부터는 엄마가 가자는 대로 가고, 하자는 대로 해보자고 마음먹었기 때문이다.

"바다 말고 산이 보이는 쪽으로 부탁드립니다."

택시 기사에게 명확한 어조로 Y시에 있는 호텔로 가자고 했던 엄마는 호텔 프런트에서 산이 보이는 방을 달라고 했다. 마치 이곳에 자주 와본 사람처럼 아무 망설임 없이 능숙하게. 갑자기 얼굴이 화끈 달아올랐다. 마치 엄마의 불륜 장면을 본 것 같았다. 이런, 엄마의 불륜이라니. 난 지금 무엇을 떠올린 걸까. 모든 것이 뒤죽박죽이다.

밤이라 그런지 창밖은 어두워서 아무것도 보이지 않았다. 동이 트면 엄마가 원하는 산이 보이겠지. 엄마가 씻으러 들어간 사이 이모에게 전화했다. 그동안 이모에게서 전화가 여섯 통이나 와 있었다.

"참말로 거기서 만났다고?"

"네."

"너네 엄마가 거기에 있더란 말이지?"

"네."

"세상에… 사실이었어… 사실이었어…."

이모는 사실이었다는 말을 반복했다.

"아무것도, 아무것도 묻지 말고 모시고 오너라, 알겠니?"

이모는 자꾸 같은 말을 반복했다.

"네."

나도 '네'라는 대답만 반복하고 있었다.

오빠에게 엄마를 만났다는 짧은 문자를 보냈다. 답은 없었다.

남편에게서는 끝내 전화도 문자도 없었다. 나도 하지 않았다.

객실에는 더블과 싱글 침대가 나란히 놓여 있었다. 오랜만에 엄마와 한 침대에 누워볼까 생각할 때 욕실에서 나온 엄마가 너무나 당연하다는 듯이 더블 침대 한가운데에 누웠다. 너와 같이 잘 생각은 추호도 없다는 듯이. 평생 남편과 자식을 위해 자신을 내세우지 않던 엄마였다. 적어도 엄마의 반은 알고 있다고 생각하는 것은 내 착각인지도 모르겠다.

샤워를 마치고 나오니 엄마가 침대에 기대 캔맥주를 마시고 있었다. 역시 처음 보는 모습이었지만 이제 더 이상 놀랍지도 않았다.

"아, 맛있다. 정혜 너도 마셔라."

그래, 마시자. 어쩌면 난 오늘 엄마의 나머지 반을 알게 될지도 모르니까.

그러나 이번에도 엄마는 내 예측을 보기 좋게 무시해버렸다. 내일 아침 일찍 산에 가려면 일찍 자야 한다. 그 말만 남기고 잠자리에 눕는가 싶더니 이내 색색 가볍게 코까지 골았다. 불을 끄고 나도 몸을 뉘었다. 오빠 전화를 받고 부랴부랴 Y시까지 내려와 엄마를 만나고, 낯선 호텔에 누워 있는 지금까지가 까마득해졌다. 문득, 그 시간들이, 나와는 상관없는, 내 실체는 어디로 가버리고, 내 허상만이 그 시간들을 지나쳐 온 것처럼, 내가 둥둥 떠다녔다.

이번에도 산 입구 근처에 내려달라고 한 사람은 엄마였다.

"근처 어디에 내려드릴까요?"

"그 뱀 가게 많이 있는 곳으로 갑시다."

"뱀 가게요?"

"산 입구 쪽으로 가자면 왼쪽에 뱀 많이 놓고 파는 가게들 있잖습니까."

"글쎄요… 입구 쪽에 그런 가게가 없는데요."

기사가 백미러로 슬쩍 나를 봤다. 눈빛으로 엄마가 지금 맞게 말하는 거냐고 물었지만 난 알 수가 없었다.

"그냥 산 입구 쪽에 내려주세요."

그렇게 말할 수밖에 없었다. 산 입구에 혐오스러운 뱀 가게가 있을 리도 없지만 만약 있었다면 엄마가 기억하고 있는 그 시절이었을 것이다.

"이상하다. 분명히 이 근방 어디였는데…."

엄마는 지금 40여 년 전 산 입구에 있다.

"분명히 여기 맞는데…."

엄마는 멀리 산을 바라보고 주위를 둘러보며 기억해내려고 애썼다.

"정혜야, 넌 생각 안 나니? 저기 있는 가게에서 땅꾼들이 잡아온 뱀을 그물에 모아놓고 팔았었잖아. 그걸 보고 네가 무섭다며 울면 아버지가 괜찮다고, 뱀이 달려들면 이 아버지가 잡아버리겠다고 널 달랬잖아."

쿵!

엄마에겐 아이가 있었다. 아마 정혜라는 이름을 가진 딸이었을. 엄만… 첫 결혼에서 낳은 딸과 두 번째 결혼에서 낳은 딸에게 같은 이름을 붙였다. 지금 엄마 옆에 있는 사람은 내가 아니라 첫 번째 딸일지도 모른다.

상상되었다. 젊고 고왔을 엄마와 딸과 그 딸을 안고 있는 남편.

세 식구는 이곳에 나들이 왔을까. 산에 오르기 전 뱀을 보며 무섭다며 우는 딸을 젊은 아빠가 괜찮다며 달랬을까. 엄마는 '그 남자'와 왜 헤어졌을까. 그 여름날 잠결에 들었던 엄마와 이모가 나눴던 대화는 무엇일까. 엄마는 왜 이모한테 나쁜 년이라고 했을까. 그리고… 나와 같은 이름을 가진 그 정혜라는 아이는 그 후 어떻게 되었을까. 그 남자는 왜 죽었을까….

그 어느 것도 실제로는 일어나지 않은 일인지도 모른다. 하지만 나는 날음식을 먹고 맥주를 마시고 호텔 더블 침대 한가운데서 자는, 내가 모르는 엄마를 봤다.

엄마는… 기억을 잃어야만 기억해낼 수 있는 덫에 빠졌는지도 모르겠다. 아니라면, 내가 봤던 엄마는 가짜이고 지금이 진짜 엄마일 수도…. 엄마의 마구 뒤엉켜버린 뇌가 가짜인 꺼풀은 벗겨내 버렸을지도…. 아빠가 어쩌면 그랬던 것처럼.

*

쌍년!

처음으로 아빠가 한 욕설은 쌍년이었다. 엄마를 향해서였다. 한번 욕이 터진 아빠는 봇물이 터지듯 그 어디서도 들어보지 못한 상스럽고 천박하고 낯 뜨거운 말들을 쏟아냈다. 다른 사람이 있건 말건 누가 듣건 말건 거리낌이 없었다. 그야말로 부끄러움은 우리 몫이었다. 아빠가 아니다 생각해버려라, 정신 나간 사람 아니냐. 지금 당장 요양병원으로 모시자는 자식들에게 엄마는 되돌이표처럼 같은 말만 반복했다.

그러던 어느 날 동생한테서 전화가 왔다. 누나, 엄마랑 통화했는데 아무래도 이상해. 누나 시간 괜찮으면 집에 가봤으면 좋겠어. 나도 퇴근하고 갈게. 미안해, 누나. 결혼 생활이 평탄치 못한 누나는 괜히 동생을 미안하게 만든다. 동생 전화를 받고도 한참을 미적거렸다. 그날만은 집에 가고 싶지 않았다. 가지 않아도 될 핑계를 찾아봤지만 딱히 없었다. 만약 그날 집에 가지 않았더라면… 생각만 해도 등골이 오싹해진다.

집에 들어서기도 전에 집 안에서 무슨 일이 벌어지고 있는지 알 수 있었다. 이 개 같은 년, 너 같은 년은 가랑이에다가… 입에 담지 못할 욕설을 하며 아빠가 엄마 머리채를 잡고 거실을 질질 끌고 다니고 있었다. 신발도 벗지 못하고 뛰어 들어가 엄마 머리채를 잡은 아빠 손을 풀려고 했지만 '정신이 나가'버린 아빠 힘을 감당할 수가 없었다. 아빠! 미쳤어?! 이거 놔!! 놓으라고!! 이러다 엄마 죽어!! 엄마는 아빠가 잡아당긴 머리채를 잡고 있을 뿐 별다른 저항도 없었다. 거실 여기저기에는 이미 머리카락 뭉치가 굴러다니고 있었다. 아빠, 엄마 죽는다고!! 그래도 아빠는 움켜쥔 손을 놓지 않았다. 아빠는 교감으로 정년퇴직할 때까지 평생 초등학교 교사로 지냈다. 학생들에게는 존경받는 교사였고 동료 교사들에게는 귀감이 되었다. 정년 퇴임식에는 교사 발령받고 첫 담임을 맡았던 학생들까지 왔었다. 아무리 전두엽과 측두엽 뇌세포가 퇴화했다 할지라도 사람이 그렇게는 변할 수 없었다. 그렇게 변해서는 안 되었다.

그날은 엄마가 혼절하고 내가 아빠 팔을 물어버리고 내 잇자국이 선명한 아빠 팔에 약을 바르는 것으로 끝났다. 혼절한 엄마가 깨어나기도 전에 아빠는 아무 일도 없었다는 듯 잠들었다. 아빠의 폭력은 진작부터 시작되었다. 다만 엄마가 우리에게 말을 안 해서 모르고 있었을 뿐이다. 지옥이 따로 없었다.

그때부터였을 게다. 내가 아빠를 의심한 것은. 아빠는 지금 치매라는 병 뒤에 숨어 아내에게 하고 싶은 말을 전부 쏟아내고 있는 것이다. 아니라면 오직 엄마에게만 그렇게 독하게 구는 이유를 이해할 방법이 없었다. 아빠의 깊은 마음속에 똬리를 틀고 있는 그 어떤 감정들, 어쩌면 자신도 잊고 살았을 그 감정들이, 두려움이, 병을 빌미로 한 꺼풀 벗겨지자 밑바닥을 드러낸 것이다. 엄마는 그런 아빠를 이해하고 받아들인 것이다. 받아들여야 된다고, 그래야 그 응어리가 풀릴 거라고. 아니라면 한 인간이 다른 인간에게 보여줄 수 있는 치욕의 끝을 견뎌내는 이유를 역시 이해할 방법이 없다.

그러고 보면 인간은 참으로 독한 존재다. 안에 있는 것을 어떻게 해서든 다 쏟아내야 끝이 난다. 온전한 정신일 때 다 쏟아내지 못하면 정신을 잃어서라도. 지긋지긋하다.

다음 날 우리에 의해 강제로 요양병원에 입원한 아빠는 입원한 지 사흘 만에 돌아가셨다. 병원에서 연락받고 도착했을 땐 이미 임종 후였다. 모든 것을 쏟아낸 아빠는 허깨비 같았다. 그렇게 가실 거면서…. 오빠도 나도 동생도 울지 않았다. 엄마도 울지 않았다. 다만 그저 하염없이 자신을 때리고 꼬집고 시도 때도 없이 죽어 없어져버리라며 밀치던, 40년을 함께 살았던 남편의 손만 쓸어내릴 뿐이었다.

*

"사람들은 참 용해. 난 잊었는데 사람들은 잊지를 않아."

산 중턱 어디 즈음에 앉아 한참 동안 바다를 바라보고 있던 엄마가 한숨처럼 말했다. 엄마는 바다를 보고 있지 않았다. 엄마의 시선이 멀리 더 멀리 가 있었다. 보고 있지만 보고 있지 않은, 엄마에게만 보이는 40년 전의 그날일지도 모르는. 나는 긴장했다. 엄마가 드디어 내가 모르는 반을 이야기하려 한다.

“명자도 기억하고 있더라고. 그날 저수지에 때 아닌 달맞이가 피어 있던 것까지.”

명자는 이모 이름이다. 엄마는 지금 딸인 나에게 말하고 있지 않다. 아니 내가 옆에 있는 것도 모를지도 모른다.

“왜 그랬을까, 그 사람은… 때도 아닌 달맞이가 피어 있는 날….”

‘그 사람’은 엄마의 전남편일 것이다. 관자놀이와 심장이 동시에 툭툭 뛰었다.

“갈 거면 혼자나 가지….”

훅, 또다시 머리카락을 잡아채는 듯한. 설마…?

“정혜도… 그 사람이랑 같이 갔어?”

갑자기 엄마가 나를 뚫어져라 쳐다봤다. 난 조용히, 숨소리조차 내지 않고 엄마의 시선을 받아냈다. 엄마는 지금 나를 통해 40년 전을 보고 있다. 아빠가 그랬듯 기억을 잃어가는, 아니 기억을 찾아가는 병 뒤에 숨어야만 비로소 직면할 수 있는 그 어떤 것이 있다면 지금 이 순간이리라.

드디어 엄마가 ‘그 순간’과 마주친 걸까? 내 얼굴에 초점을 맞추고 한참 동안 날 바라보던 엄마가 갑자기 움찔했다. 그리고 바들바들 떨기 시작했다. 겁먹은, 두려움으로 가득 찬 눈빛이 점점 공포로 변하는가 싶더니 마침내 증오로, 독기로, 이글이글했다. 엄마는 지금 무엇을 보고 있는 걸까…. 그 눈빛은 언젠가 아빠의 눈빛에서 보았던 것과 흡사했다면 나의 착각일까? 그러나 아빠와 다른 점이 있다면 온몸을 덜덜 떨던 엄마는 다시 공포로… 슬픔으로… 변해갔다.

“정혜야… 엄마는… 네가 무서웠다… 다섯 살이 되도록 부모도 못 알아보고… 침만 흘리며 어디를 보는지 알 수 없는 눈동자를 굴리며 허공을 헤매며 누워만 있는 네가 나는 솔직히 무서웠다… 그래서 그랬다… 그래서 네 아버지가… 내가 데리고 가겠다며 저수지로 들어가는 것을 보고도 붙잡지 못했다… 따라가지도 못했다… 아버지 품에 안겨 넌 이 어미를 봤지… 때 아닌 달맞이꽃 사이에 숨어 너와 네 아버지가 물속으로 들어가는 모습을 숨어 보고 있는 이 어미를… 정혜야… 내 딸 정혜야… 이 어미를 절대… 절대… 용서하지 말렴… 이 어미는 용서받아서는 안 되는 사람이란다….”

껵껵 소리조차 낼 수 없는, 아니 눈물도 흘려서는 안 되는. 자신을 절대로 용서할 수 없는.

“정혜야… 내 딸 정혜야… 정혜야… 이 어미를 용서하지 말렴… 용서해서는 안 되는 사람이란다….”

엄마는 앙상한 손으로 마른 가슴을 치며 같은 이름만 불렀다.

나는 그저 엄마 곁에 앉아 있었다. 이제야 이모가 왜 엄마를 만나면 아무것도 묻지 말라고 했는지 알 것 같았다.

엄마와 ‘그 사람’ 사이에 무슨 일이 있었는지 모른다. 정혜라는 딸이 실제로 있었는지도 모르겠다. 그 사람이 다섯 살이 되도록 엄마 아빠도 못 알아보는 딸을 안고 물속으로 정말로 들어갔는지, 아빠 마음속에 들어 있는 사람은 자물쇠까지 꽁꽁 채울 만큼 소중한 저 사람이지 않냐고 억울하지도 않냐고 소리치는 내게 첫정이 무서운 사람도 있다고 했던 엄마의 말도 내가 전혀 다르게 알고 있었던 것은 아닌지, 어느 것 하나 명확한 것은 없지만 지금 엄마에게 있는 거라면 있는 거겠지.

인간에게는 누구에게나 말할 수 없는, 머나먼 기억이란 게 있을 것이다. 차마 맨정신으로는 직면할 수 없는, 치매라는 병 뒤에 숨어야만 직면할 수 있는, 한평생 그 기억 때문에 가슴에 멍이 들고 숨조차 죽이고 살아야만 하는. 나도 엄마처럼 그러하겠지. 놓쳐버린 내 딸… 너무 아파 이름조차 부를 수 없는… 그날이 떠오르면 숨조차 쉴 수 없는… 싸늘하게 축 늘어진 내 딸… 그날 난 반은 죽어버렸다.

현재에서 가까운 시간부터 기억을 지워가는 병에 걸린 엄마, 엄마는 이제 막 엄마가 가장 고통스러웠던 기억을 직면했다. 이제는 어린 딸과 행복했던 시간으로 들어갈 순서다. 어찌 어미가 딸을 무서워만 했을까? 때로는 방긋방긋 웃는 모습에 같이 웃음 지었던 순간도 있었을 것이고 서로를 알아보는 찰나의 순간도 있었을 것이다. 엄마는 이제 그 기쁨의 순간으로 가야만 한다. 그리고 또 그보다 더 이전의 시간으로 머나먼 여행을 떠나겠지.

그러고 보면 인간은 모든 것을 쏟아내고 나서야 끝이 나는 참으로 독한 존재이면서 또 모든 것을 기억하고, 그 기억들을 잊어야 끝이 나는 참으로 가여운 존재 같다.

"그만 가자, 정혜야. 집에 가서 엄마가 우리 딸이 제일 좋아하는 달걀찜 해줄게."

다행이다, 엄마는 가장 독하고 가슴 아팠던 시간을 지나쳐 온 것 같다.

갑자기 지금까지 맡지 못했던 바다 내음이, 짭조름한 젓갈 냄새가 올라왔다. 그리고 어린 시절 엄마가 해줬던 달걀찜을 맛있게 먹었던 기억이 떠오르면서 배가 고파왔다.

"엄마, 가요. 집에 가서 맛있는 달걀찜 만들어줘요."

나는 앙상한 엄마 손을 잡고 일어섰다.

엄마와 Y시에 왔어요. 며칠 있다 올라갈게요. 가는 길에 남편에게 문자를 보낼 수 있을까? 어쩌면 그럴 수 있을 것 같다.

류성희 〈스포츠서울〉 신춘문예 추리소설 분야에 〈당신은 무죄〉, MBC 베스트극장 극본 공모에 〈신촌에서 유턴하다〉로 최우수상을, SBS 미니시리즈 극본 공모에 〈진실게임〉으로 가작을 수상했다. 장편 《장미가 떨어지는 속도》, 《사건번호 113》, 단편집 《나는 사랑을 죽였다》, 단편으로는 〈인간을 해부하다〉, 〈나는 악마를 죽였다〉 등이 있다.

장편소설

탐정 박문수

_성균관 살인사건 ①

백휴 추리소설가 겸 추리문학 평론가. 서강대 철학과와 연세대 철학과 대학원을 졸업했다. 《낙원의 저쪽》으로 '한국추리문학상' 신예상, 《사이버 킹》으로 '한국추리문학상' 대상을 수상했다. 추리소설 평론서 《김성종 읽기》와 〈추리소설은 무엇이었나?〉, 〈펍진성 최인훈 브라운 신부〉, 〈레이먼드 챈들러, 검은 미니멀리스트〉 등 다수의 추리 에세이를 발표했다. 2020년 철학 에세이 《가마우지 도서관 옆 카페 외자》를 펴냈다.

1

피를 떨어뜨려 친자親子를 가리니

볼살을 에는 칼바람이 매서웠다. 북악서 불어온 바람이 형조아문刑曹衙門 담벼락을 타고 넘어 아방兒房을 휘감아 돌더니 당상청사堂上廳舍의 현판을 떨어뜨릴 듯 흔들어놓았다. 현판에는 '대공지정 근수법문大公至正 謹守法文'이라 쓰여 있다. 대략, 일 처리가 사사롭거나 한쪽으로 치우침이 없어 올발라야 하고 삼가 법조문을 잘 지키라는 뜻인 듯하다.

바람은 청사 앞마당을 가로지르더니 붉은빛이 도는 가석嘉石[1] 앞으로 휘몰아쳐 갔다. 가석 주변으로 형조의 관원들이 큰 원을 그리며 모여 서 있었다. 그들은 하나같이 잔뜩 긴장한 표정이었다. 그 안쪽에 휘양揮項을 쓴 두 명의 선비가 서 있었고, 그 앞쪽에 여인 하나가 찬 바닥에 무릎을 꿇고 앉아 있었다.

겨울이 본격적으로 시작되었다고는 하나 신시申時[2]에 겨우 들어설 시각이었는데 벌써 옅은 어둠이 드리워져 있었다. 지붕 위 하늘에는 먹구름이 몰려와 있었고, 눈발이 바람을 타고 하나둘 흩날리고 있었다.

누더기를 입은 여인은 꼿꼿한 자세로 무릎을 꿇고 앉아 두 눈을 질끈 감고 있었다. 눈에 띄는 것은 여인의 등 뒤 포대기에 뭔가가 감싸여 있다는 것이었다.

푸른 단령의 관원 하나가 그들 앞으로 나서며 말했다.

"자, 이제 증험證驗을 시작하기에 앞서 고발인과 고발을 당한 사람들의 다짐을 받아두어야 할 것 같습니다. 이것은 절차상 필요한 요식행위

---

1 형조 관청 뜨락에 있는 붉은 돌로, 위는 뾰족하고 밑은 넓으며, 길이가 3척 8촌, 넓이가 2척이다. 백성으로 하여금 그곳에서 억울함을 호소할 수 있도록 만듦으로써 흠휼(欽恤)을 상징.

2 오후 3~5시 사이.

이거니와 두 선비의 명예를 위해 한 번 더 다짐받아두자는 것이옵고 또한 양 소사의 경우 고소 내용이 모함으로 판명되면 무고죄에 해당하는 중벌을 면키 어렵기 때문입니다. 에… 그럼, 먼저 신원부터 확인하겠습니다. 생원, 권호철, 성균관 색장, 임신년 출생, 본관 ○○ 맞는가?"

"그렇소이다."

권호철이라 호명된 선비가 대답했다. 거리낄 것 없다는 당당한 표정이었다. 이따금 곁눈질로 여인을 쏘아보는 눈빛에 경멸의 뜻이 담겨 있었다.

관원은 미리 받아놓은 소뿔 호패를 주변 사람에게 내보여 신원을 확인해주며 말했다.

"양 소사의 주장에 따르면 권 생원이 갓난애 아비일 수도 있다는데 선비의 명예와 양심을 걸고 부정하시겠소?"

"부정합니다."

"이번이 선비이기에 앞서 한 인간으로서의 존엄을 지킬 수 있는 마지막 기회요. 자신의 말에 추호의 거짓이 있어서는 아니 될 것이오."

"내 말이 거짓으로 밝혀질 경우 이번 사건은 제 존엄을 훼손하는 데 그치는 것이 아니라 우리 가문의 명예에 먹칠을 하게 될 것입니다. 단연코 없습니다."

"좋소. 다음…."

관원은 다른 선비에게로 고개를 돌리더니 말했다.

"이문환, 성균관 학록學錄, 갑술년 출생, 본관 ○○. 틀림없는가?"

"네…."

이문환은 기어들어가는 목소리로 대꾸했다. 얼굴엔 잔뜩 긴장한 빛이 감돌았다.

관원이 역시 호패를 꺼내 신원을 확인했다.

"양 소사를 성균관 뒷산에서 겁탈한 적이 있소?"

"아뇨, 없습니다."

그의 관자놀이에 진땀이 흘렀다.

"양 소사의 주장은 두 사람이 같이 자신을 겁탈했다는데?"

"그건 터무니없는 거짓입니다. 이 몹쓸 년이 왜 우리를 무함하는지 도저히 알 길이 없습니다."

목청을 돋운 이문환은 온몸을 부르르 떨었다.

"아아, 흥분을 가라앉히시오. 그리고 대답은 간단하게만 해주시오. 갓난아이가 본인의 혈육임을 부정하오?"

"부정합니다."

"양 소사의 주장대로라면 당일 두 사람에게 겁탈당해 임신을 했고, 둘 중의 하나가 아비인 것은 확실하다던데… 어떻소? 본인이 아니라면 그날 겁탈을 한 장본인은 권 생원이라는 것이오?"

"하 검률檢律, 이 추궁은 부당하오이다. 우리 모두 아니라는데 왜 자꾸 내가 아니면 권 생원이 했다고 야멸차게 몰아붙이는 것이오? 재삼 말하지만 나도 권 생원님도 아니오. 하늘에 맹세하오. 정말이지 일면식도 없는 발칙한 저년이 무슨 억하심정으로 우리를 파멸의 구렁텅이에 빠뜨리려는 것인지 그 독기에 섬뜩할 따름이오."

"알았소. 이제, 양 소사는 고개를 들라. 들었듯이 두 선비는 겁탈은커녕 일면식도 없다고 주장하고 있다. 따라서…."

"아, 아닙니다. 저들은 검률 어른께 거짓을 고하고 있습니다. 제가 어찌 반촌의 천한 신분으로서 양반을 능멸할 뜻을 품었겠습니까. 저는 다만…."

"어허, 양 소사, 내가 묻는 말에만 대답하시오. 소사의 입장은 들을 만큼 들었소이다. 묻겠소. 양 소사의 이름이 양분이 맞소?"

"네."

"동부 숭교방 반촌인인가?"

"그렇사옵니다."

"무슨 일을 하는가?"

"바느질도 하고 또…."

그녀가 머뭇거리자 검률이 말했다.

"반촌인이야 본디 백정이 아닌가? 소도 잡고 개도 잡는… 그건 한성 안에 사는 사람이 다 아는 사실이지. 양 소사의 부모도 반촌인인가?"

"네…."

"마지막으로 한 가지만 묻겠네. 양반을 모함했다가 거짓이 탄로 날 경우 중벌을 면키 어렵다는 것을 알고 있는가?"

"알고 있습니다."

"곤장 몇 대 치고 소방疏放[3]할 사안이 아니란 말일세. 딴은 어미 된 지극한 마음으로 진실을 밝혀 아기의 아비를 찾아주고 싶은 마음이 간절하겠지만, 그러다가 낭패를 보는 날엔 자네의 목숨이 위태로울 수도 있단 말일세. 그러니 지금이라도 고발을 거두어들이면 정상을 참작하여 섭섭지 않게 공초供招를 작성할 텐데 의향은 어떤가?"

"제 뜻은 변함없습니다."

양 소사의 뜻이 확고하자 관원은 고개를 들어 주위를 둘러보며 말했다.

"자, 여러분 선배님들, 두 귀로 똑똑히 들었을 줄 믿습니다. 제가 공사다망한 선배님들을 애써 뫼신 것은 이번 증험에 증인이 돼주시어 공정성을 기하고자 함이었습니다."

그러자 모여 둘러섰던 관원들이 웅성거리기 시작했다. 대체로 어찌 천하디천한 백정이 감히 양반에 맞서 고소할 수 있느냐는 것이었다. 그런 분위기를 대변하듯 심률審律인 민상철이란 자가 허두를 떼었다.

"이거야 원… 도무지 어이가 없어놔서…. 이보오, 하 검률! 이건 당치 않은 일이외다. 저 두 선비의 손상된 체모도 체모려니와 우리 추관秋官의 품위와 위상을 스스로 깎아내리는 짓인 줄 어찌 모르시오. 난 여기 나올 때 배운 것 없는 천한 것들 사이에 일어난 흔한 송사訟事인 줄 알았

3 죄수를 너그럽게 처결하여 놓아줌.

소. 대쪽 같은 기개를 먹고 사는 선비가 한번 아니라면 아닌 것이지 어찌 저 천한 계집의 요망한 세 치 혀에 우리 모두가 농락을 당해야 한단 말이오?"

"심률 어른, 노여움을 거두십시오. 저도 그 점을 깊이 통찰한 바가 있어 당초에는 소장訴狀을 접수하지조차 않았을뿐더러, 양 소사에 의해 재차 삼차 소장이 제출되었지만, 천한 백성을 어여삐 여기는 마음에 때론 타이르기도 하고 때론 훈계도 해서 돌려보내었던 것입니다. 그 이후에 소장을 더 이상 제출하지 않기에 양 소사가 마음을 고쳐먹고 포기한 줄로만 알았었습니다. 저간의 사정이 그러하다가 얼마 전 승정원으로부터 상언과 격쟁된 사건이 이첩되었는데… 그 안에 신속히 이번 사건을 처리하라는 주상의 교지가 내리시었소."

"저 계집이 전하의 행차 길을 막고 격쟁을 했단 말이오?"

"그런가 보옵니다."

"에이, 몹쓸 년!"

다들 험한 말을 한마디씩 내뱉으며 혀를 끌끌 찼다. 그러나 임금의 하교가 있었다는 말에 누구도 더 이상 토를 달지 않았다.

돌아가며 목례를 한 검률은 오작사령을 불러 말했다.

"준비되었는가?"

"네, 어르신."

"이제 곧 시행할 적혈지법滴血之法은 아시다시피 《율학변의律學辨疑》[4] 외 여러 법서에 명시되어 있을 뿐 아니라 민간에서도 저희들끼리 혈육을 찾는 방법으로 통용되고 있습니다. 이 방법에 이의가 있는 분은 없습니까?"

검률은 두 선비와 양 소사에게 차례로 물었다. 다들 증험에 동의한다고 했다.

---

4 율과 초시 복시에서의 강서(講書) 가운데 하나.

"그럼, 시작하겠습니다. 권 선비 앞으로 나오시오."

검률이 오작으로부터 어른 중지만 한 날카로운 칼을 받아들었을 때였다. 삼문三門으로부터 시끌벅적한 소리가 났다. 수문군관守門軍官이 노파 하나를 감당하지 못해 밀려들어오고 있었다. 백발이 성성한 노파가 막무가내로 들이미니까 수문군관이 쩔쩔매고 있는 형국이었다.

"웬 소란이냐?"

검률이 위엄을 갖춰 말했다.

"이 할머니가 이곳에서 행하는 증험을 기필코 보아야 한다기에…."

할머니는 양 소사 옆에 엎드려 머리를 조아렸다.

"이 늙은이는 반촌 사는 못난 백성이우다. 양분이가 너무 불쌍해 뭘 어쩌는 건지 보러 왔수."

"양 소사의 혈육이오?"

"혈육은 아니오나…."

"혈육이 아니라면 참관할 이유가 없질 않겠소?"

"양분이는 이 늙은이가 지 어미 젖을 빨 때부터 봐온지라 누구보다도 잘 알우. 고약한 거짓부렁이가 아니우."

검률은 호통을 쳐 당장이라도 내치고 싶었으나 칠순이 넘어 보이는 늙은이라는 것이 마음에 걸렸다.

"힘 빠진 이 늙은이를 너그러이 용서해주시구랴. 이 늙은이가 바라는 것은 그저 나중에 뒷말이 없었으면 하는 것이우."

증험을 참관하여 후일 공연한 시비가 재발되지 않길 바란다는 노파의 말은 일리가 있었다. 하 검률은 쯧쯧 하고 혀를 차다가 수문군관에게 내버려두라는 눈짓을 했다.

권 선비가 검률 앞에 섰다.

권 선비가 왼손 인지를 내밀자 오작이 손 밑에 국 사발 같기도 하고 쟁반 같기도 한 그릇을 받쳐 들었다. 그릇 속에는 얼마간 물이 담겨 있었다.

"좀 아플 겁니다."

검률은 능숙하게 예리한 칼끝을 들이댔다. 손가락이 움찔하는 순간 붉은 피가 손끝을 타고 흐르더니 그릇 안으로 두어 방울 떨어져 내렸다. 권 선비의 얼굴은 약간 상기되어 있었다.

"자, 양 소사 차례요."

양 소사는 포대기를 풀더니 누에고치처럼 돌돌 말린 보자기 하나를 품 안에 받쳐 올렸다. 그것을 풀어 젖히자 이제 겨우 두어 달이 되었을까 한 갓난애의 얼굴이 드러났다.

추위에 노출된 아기는 금방 울음을 터뜨렸다. 피를 내기 위해 팔을 걷어붙이자 아기의 울음소리는 더욱 커졌다. 양 소사는 작심하고 왔는지 아기의 계속되는 울음소리에도 아랑곳하지 않았다. 그녀는 검률이 편안하게 아기의 손가락에 칼을 댈 수 있도록 자세를 잡아주었다. 하지만 막상 너무나 작은 아기의 손가락이 칼 앞에 노출되자 그녀는 몸을 부르르 떨며 눈을 질끈 감았다.

하 검률이 보기에 그 작은 손에서 과연 피가 필요한 양만큼 나와줄지가 의심스러웠다. 그는 무표정하게 오작으로 하여금 그릇이 흔들리지 않도록 조치하면서 아기의 팔꿈치 밑에 잘 받쳐 들게 했다. 드디어 칼이 아기의 피부에 닿자 아기는 자지러질 듯이 울어댔다.

아기의 핏방울은 아까 권 선비가 흘렸던 핏방울과 얼마간의 거리를 두고 그릇 안으로 떨어졌다. 그러자 주변 사람들의 시선이 일제히 그곳으로 쏠렸다.

하나같이 긴장하는 표정들이었다. 떨어져 있던 피가 서로 엉기어 하나로 합쳐진다면 두 사람은 혈육임이 증명될 것이다. 혈육이 아니라면 두 피는 그릇 안에서 제각기 따로 놀게 되지만, 혈육이라면 두 피는 엉겨들 수밖에 없다는 것이 그들의 믿음이었다.

양 소사는 숨을 죽인 채 그것을 노려보았다. 그녀는 피가 엉겨 붙기를 진심으로 바라고 있었다. 어떻든지 이 핏덩이 자식에게 아비를 찾아줄 수만 있다면 자신은 아기의 아버지에게 무슨 수모와 고통을 당하더라도 기꺼이 감내하겠다는 결연한 각오가 얼굴에 나타나 있었다. 그러나 양 소사의 기대와 달리 피는 끝내 엉겨 붙지 않았다.

거 보란 듯이 권 선비의 얼굴에 조소의 빛이 나타났다.

"보았더냐? 요망한 것! 이래도 날 저 천한 핏덩이의 아비라고 무함할 셈이냐?"

"검률 어른, 그럴 리가 없습니다. 그럴 리가 없다고요. 혹시 피의 양이 모자랐던 게 아닙니까요?"

양 소사는 울먹이듯 말했다.

"예끼! 무슨 허튼소린가? 나더러 이 젖먹이의 피부에 너덜너덜하게 칼집이라도 내란 말인가? 피의 양은 충분해. 자, 서두르시게. 아기 숨넘어가겠네."

다음은 학록 이문환의 차례였다.

이문환은 겁이 많은지 칼을 보자 얼른 시선을 외면했다. 손을 덜덜 떠는 바람에 칼끝을 댈 기회를 좀처럼 잡지 못하자 검률이 보다 못해 한마디 했다.

"이 학록, 선비의 체통을 지키시게."

마침내 이문환이 얕은 비명을 내질렀다. 핏방울은 새 물이 담긴 그릇에 떨어져 내렸다. 피는 물속에 떨어져서도 금방 물과 융화되지 않고 얼추 제 모양을 그대로 유지하고 있었다. 다시 아기의 차례였다. 아기의 자지러지는 소리가 다시 한번 형조 뜰 안에 울려 퍼졌다.

검률은 이건 정말 인간으로서 하지 못할 짓이라고 생각했다. 그는 적혈법에 경험이 많은 사람이었다. 율학생 견습 시절부터 시험을 보기 위해, 때로는 주변 사람의 부탁으로, 형조관원이 되어서는 법을 집행하기 위해 해마다 적어도 너덧 번은 어쩔 수 없이 해오던 일이었다. 하지만 이렇게 어린아이는 처음이었다. 열 살 전후의 아이에게 칼을 대는 것도 망설여지는 일이거늘 얼마 전 태반을 끊은 핏덩이에게랴.

양 소사의 주장대로라면 이번에는 피가 서로 엉기게 될 것이었다. 왠지 비겁해 보이는 이문환의 미심쩍은 태도가 그런 추측을 더욱 부채질했다.

그러나 이번에도 피는 엉겨 붙지 않았다. 이문환의 얼굴에 안도의 빛이 스쳐갔다. 방금 전까지 긴장의 끈을 놓지 않고 뚫어져라 지켜보던 관원들도 금세 관심이 시들해지더니 하나둘 자리를 뜨기 시작했다.

양 소사는 도저히 결과를 받아들일 수 없다며 한 번 더 증험을 하자고 검률에게 매달려 통사정을 했다. 그러나 떼를 쓴다고 해서 먹혀들 사안이 아니었다. 이미 적혈법의 방법과 요령은 원고와 피고에게 누차에 걸쳐 설명되었고, 누가 보더라도 이번 증험의 절차는 아무런 문제가 없었다. 그녀에게 동정이 간다고 해서 한 번 더 증험을 시행할 수 없는 일이었다.

할머니가 양 소사를 만류했다. 그러나 양 소사는 그럴수록 발악하듯 고래고래 소리쳤다. 일말의 동정심이 없지 않았던 하 검률의 얼굴에서 온기가 싹 가셨다.

"오작사령, 뭘 꾸물거리는 겐가? 어서 나졸을 데려오지 않고? 저 발칙한 년을 당장 하옥시키게!"

하 검률이 뿌리치자 한순간에 힘을 잃은 양 소사가 땅바닥에 털썩 주저앉더니 흐느껴 울기 시작했다.

"미친년! 지랄을 떨어도 급수가 있는 것이지! 칠패[5] 창기만도 못한 너 따위가 감히 누굴 걸고넘어지려 해?"

시종일관 냉담하게 지켜보던 권 선비가 침을 퉤하고 내뱉었다. 이 학록은 한술 더 떠서 발로 양 소사의 엉덩이를 툭툭 차며 말했다.

"이년아! 이 나쁜 년아! 니가 눈먼 소경이더냐? 요분질을 했으면 아기 아비 얼굴쯤은 기억하고 있어야 할 거 아냐? 이놈 저놈에게 얼마나 몸을

5 남대문 시장의 전신으로 서소문 밖에 있었다.

내돌렸기에 그걸 알지 못한다더냐? 네년은 욕정을 탐하다 강상綱常[6]을 욕보였으니 옥에서 얼어 죽더라도 누굴 원망하겠느냐? 캭, 더러운 년!"

상처를 치유한 두 사람이 먼저 자리를 뜨고 그동안 법물法物을 수습한 하 검률과 오작사령 또한 나졸 두 명이 법을 집행하러 오자 그곳을 떠났다.

걱정스러운 눈빛으로 나졸에게 맥없이 끌려가는 양 소사의 뒷모습을 지켜보는 할머니의 볼 위로 뜨거운 눈물이 흘러내렸다. 어느새 바람이 잦아들면서 눈은 함박눈으로 변해갔다.

할머니의 품에 안겨 맹렬하게 울어대는 아기의 얼굴 위로도 눈은 쉼 없이 떨어지고 있었다. 이윽고 삼문 뒤로 양 소사의 모습이 사라지자 그녀가 눈 위에 새겨놓은 발자국이 휑하니 시야에 확대되어오는 느낌이었다. 잠시 후 발자국은 눈에 덮여 사라졌다.

할머니는 혼이 쑥 빠져버린 듯 멍하니 시선을 허공에 두었다. 얼굴 위로 눈발이 어지러이 날렸다.

이날의 함박눈은, 한양에 사는 주민들에겐 명년 농사가 잘되라고 하늘이 복을 내린 기쁨의 눈이었겠지만, 두 모녀에게만큼은 별리別離의 서글픈 운명을 예견하듯, 밤이 깊어지도록 그칠 줄 몰랐다.

2

피맛골에서의 죽음

다음 해 초가을.

장마에 뒤이은 폭염이 끝난 뒤 모처럼 선선한 가을날을 맞아 운종가雲從街는 쏟아져 나온 사람들로 소란스러워지기 시작했다. 거리는 지나치

---

6 사람이 지켜야 할 근본 도리.

는 소몰이꾼과 견마잡이의 벽제辟除 소리와 구매자와 상인 간에 흥정하는 소리가 뒤섞여 오랜만에 활기를 되찾고 있었다.

운종가 뒤로 양반의 행차를 피해 짐바리꾼이나 소상인들이 다니던 길이 있었는데, 말(馬)을 피避한다 하여 피맛골이라 이름하였다. 비좁기 이를 데 없는 그 골목은 대로인 운종가와는 또 다른 상권을 형성해 밥집이나 작은 규모의 기생집이 많았다.

어느 작은 술국집 안, 사시巳時[7]가 막 끝나갈 무렵. 식탁 앞에 서른 살 전후의 선비 하나가 반듯한 자세로 앉아 술을 마시고 있었다. 아침도 아니고 점심도 아닌 애매한 시간대여서인지 손님은 선비 혼자였다.

식탁 위에는 술국 한 대접과 탁주 한 사발, 김치와 몇 가지 나물 반찬 외에 벗어놓은 갓과 곰방대, 쥘부채 그리고 서책 한 권이 놓여 있었다. 주방에서는 도마질을 하는지 탁-타닥-탁-타닥 하는 소리가 들려왔다.

선비의 표정은 한가로워 보였다. 이 시각에 술집을 출입한 것 자체가 이 선비가 한가롭다는 것을 의미하는 것이겠지만, 선비의 움직임이나 태도 역시 느긋해 보였다.

선비는 도포자락의 풍성한 소매를 크게 접어 걷더니 에헴 하고 헛기침을 하고 나서 탁주 사발을 입으로 가져갔다. 검은 수염을 한 손으로 걷으며 한 모금을 쭈욱 들이켰다.

"캬아-."

절로 탄성을 내면서 술국에 둥둥 떠 있는 뼈다귀 한 조각을 꺼내 쪽 빨았다.

그때, 어디서 나타났는지 강아지 한 마리가 가게로 들어와 빈 식탁 밑을 기웃거렸다. 오른쪽 눈에 검은 점이 박힌 강아지는 토실토실한 것이 귀여웠다.

선비는 강아지가 들어온 줄도 모르고 계속 술을 마셔댔다. 술기운이

---

7 오전 9~11시.

오르면서 선비의 단정하던 몸가짐이 조금씩 흐트러지기 시작했다. 서책을 돌돌 말아 식탁을 두드리며 '이 웬수 같은 놈의 책! 확 찢어발겨 불구덩이에 처넣고 산산이 재로 산화하는 걸 보고 싶구나…' 하면서 구시렁거렸는데, 술기운을 빌려 혼잣말로 신세 한탄을 늘어놓는 듯했다.

선비는 지난해 식년시[8]와 올해 증광시[9] 대과에 입격入格한 친구들을 떠올렸다. 특히 올해 증광시 입격자 발표는 며칠 전이었고, 마침 오늘은 성균관 출신 입격자들이 대성전大成殿[10]에 배알하기 위해 몰려온다는 소식이 있어 아침 도기到記[11] 감찰을 끝내자마자 성균관을 빠져나온 것이었다.

그는 성균관 태학생이었다. 태학생이 된 지는 7년이 지났다. 결코 짧지 않은 세월이다. 입학 동기 중 집안이 좋아 권력을 등에 대고 있거나 타고난 머리가 비상한 녀석들은 벌써 대과에 급제해 홍문관으로, 승정원으로, 하다못해 지방관아의 현감으로 진출했다. 그러니 아직 태학생으로 남아 도기 감찰이나 하는 그로서는 시샘이 날 수밖에 없는 일이었다.

그나마 그에게 위안이 되는 것은 태학생들이 성균관에 머무는 평균 햇수가 9년에서 10년 정도여서 아직은 몇 년 더 견뎌볼 만하다는 것이었고, 또 자신은 소론少論 출신이어서 아무래도 권력에 줄을 대기가 노론老論 출신에 비할 바가 아니므로 매번 낙방한 까닭이 자기 탓만은 아니라는 것인데, 어찌 보면 자기변명에 불과하달 수 있지만 아주 근거가 없는 것도 아니었다.

송사訟事로 인해 지난 한 해 내내 골머리를 앓은 터라 과거 시험에 집중할 수가 없었기 때문에 이번 증광시 불합격은 당연한 결과였는지도

---

8 자(子), 묘(卯), 오(午), 유(酉)인 해에 보던 과거 시험.

9 나라에 경사가 있을 때 보던 과거 시험.

10 공자의 위패를 모신 전각.

11 성균관 유생들의 출석을 보기 위해 식당에 드나든 횟수를 적던 책.

모른다. 이래저래 그로서는 핑곗거리와 함께 신세 한탄의 빌미가 생긴 것이었다.

숙종 20년(1694) 갑술환국 때, 장희빈을 지지하던 남인이 서인에 의해 몰락했다. 실각한 남인에 대한 징벌 수준을 두고 서인은 분열되었는데, 강경하게 몰아붙여야 한다는 쪽이 노론이고 비교적 관대하게 처리하자는 쪽이 소론이다.

이 분열은 아주 오랜 세월을 두고 파열음을 일으켰을 뿐만 아니라 널뛰듯 오르락내리락했지만, 후반으로 갈수록 권력의 핵심을 장악한 것은 노론이었다. 다시 말해 율곡에서 우암(송시열)으로 이어지는 학통의 철학적 이념뿐만 아니라 각 분야의 정부 요직과 엄청난 부를 소유한 노론이 나라의 권력을 틀어쥐었다고 해도 과언이 아니었다. 그러니 숙종 말년에 이르러서 노론에 반대하는 소론이 여러 면에서 소외될 수밖에 없는 처지였다.

선비는 뭔가가 행전을 툭 치는 느낌에 아래를 내려봤다. 강아지였다. 평소 개를 별로 좋아하지 않아 떠돌이 개를 만지지 않는 것은 물론 성균관에서 중복이면 항상 나오는 개 수육도 거들떠보지 않던 그였다. 그런데 오늘만큼은 달랐다.

그는 강아지를 성큼 안아 올려 오요요 하고 얼러보았다. 녀석이 두 귀를 사리며 손가락을 핥았다. 하는 짓이 귀여워 뼈다귀에 붙은 살점을 발라 입에 넣어주었다. 몹시 배가 고팠는지 녀석은 허겁지겁 먹어댔다. 다 먹고 나서 낑낑대는 바람에 몇 점을 더 먹여주었는데, 마지막에 가서 녀석은 먹는 데만 정신이 팔려서인지 선비의 손가락을 콱 깨물고 말았다. 그러자 지금까지 부드럽기만 하던 선비의 안색이 확 변했다.

선비는 녀석의 뒷덜미를 부여잡은 왼팔을 쭉 뻗었다. 곧이어 사지가 축 늘어진 강아지의 볼을 톡톡 때리기 시작했다.

"이 노옴… 은혜를 원수로 아는 배은망덕한 놈!"

처음에는 가벼운 장난기가 발동한 셈이었는데, 선비의 행동이 차츰

폭력성을 드러냈다. 때리는 손바닥에 힘이 붙으면서 강아지가 깨갱거리기 시작했다.

작은 소란에 여주인이 주방 밖으로 고개를 내밀어 이쪽을 바라보다가 별일 아니란 듯이 거두어들였다.

그때, 한 소년이 가게로 쫓아 들어왔다.

"선비님, 그거 제 개예요."

돌아보자 열 살쯤 되어 보이는 댕기머리 아이가 양손을 쭉 내밀고 서 있었다.

"진짜야?"

"네, 제 개 맞아요. 제 거라고요."

"증좌[12] 있어?"

선비는 까닭 없이 소년을 놀리고 싶어졌다.

"증좌가 뭔데요?"

"주인이라는 것을 증명해보라고."

"그 강아지 이름을 알아요."

"이름이야 누구라도 알 수 있지."

"그러면 저더러 뭘 어쩌라고요."

"어허, 욘석이 짜증은… 암튼 말해봐."

"한데, 선비님은 양반이셔요?"

"이 빙충아, 네 눈에 양반으로 보였으니 선비님으로 불렀던 게지."

"어, 양반한테는 강아지 이름 말하지 말랬는데…."

혼잣말로 중얼거린다는 것이 선비에게도 들렸다.

"누가 그런 소릴 해? 대체 강아지 이름이 뭔데?"

"안 돼요. 아부지가 양반한테는 강아지 이름 절대 말하지 말랬어요."

"왜?"

---

12 증거.

"혼날 거랬어요."
"아냐, 혼내지 않을 테니 말해봐."
"아, 안 돼요."
"너 이 강아지 안 가져갈 테야?"
그 말에 머뭇거리던 소년이 어렵게 입을 떼었다.
"강아지 이름은 공자예요. 공자…."
믿기지 않는다는 듯이 선비의 입이 쩍 벌어졌다. 다음 순간, 저도 모르게 선비는 아이 뺨을 후려쳤다.
"아, 왜 때려요?"
"너 이 녀석! 감히… 감히… 만고의 성인을 모욕하다니."
선비는 강아지를 옆구리에 끼고 벌떡 일어났다. 소년이 놀라 한걸음 물러섰다. 그러나 아직 기가 죽지 않고 말했다.
"혼내지 않는다고 하셨잖아요."
"그래, 혼내지 않는다고 했지 때리지 않는다고는 안 했어."
말도 안 되는 소리였지만, 선비의 표정이 험악해지자 소년은 더 이상 대꾸하지 못하고 입을 삐죽거렸다.
"뭐, 이 하찮은 똥강아지가 공자라고? 입에 담는 것조차 치가 떨리는구나. 너 이 녀석, 네 집이 어디냐? 어서 네 아버지한테 가자."
"가, 강아지 돌려주세요."
"시끄럽다. 더 얻어맞기 전에 썩 앞장서지 못할까?!"
"싫어요. 강아지 돌려달란 말이에요."
울먹울먹하던 소년이 기어이 울음을 터뜨렸다. 선비가 화가 난 만큼이나 아이의 고집도 완강했다.
소년이 끝까지 버티고 나오자 선비는 화가 머리끝까지 뻗쳐올라 강아지를 패대기쳤다. 강아지는 가게 바닥에 머리를 처박는가 싶더니 깨갱거리는 소리와 함께 던지는 힘에 떠밀려 저만치 쓸려가서는 꿈쩍도 하지 않았다.

미처 손을 쓸 사이도 없이 벌어진 일이었다. 엄청난 충격에 아이가 기겁했다. 그래도 선비는 아직 분이 안 풀렸는지 아이를 또 때리려고 했다.

그런데 그 순간이었다. 어깨 뒤로 치켜들던 손이 일시에 힘을 잃고 자기 목울대를 움켜잡았다.

"크억…!"

숨이 막히는 표정의 선비는 눈까지 허옇게 뒤집어졌다.

아이는 너무 놀란 나머지 숨을 죽인 채 그저 바라보기만 했다.

선비는 이제 제 목을 쥐어뜯으며 몸부림을 치고 있었다. 그것은 고통이 극에 달한 상태에서의 발광에 가까웠다. 입가로 허연 거품이 흘러내리고 있었다.

소년은 강아지가 괜찮은지 돌볼 엄두는커녕 얼어붙은 채 마침내 얼굴에서 고통마저 사라진 선비가 자신 앞으로 푹 고꾸라지는 것을 지켜보았다. 소년으로서는 그것이 감당할 수 없는 경험이었기에 피맛골 골목 저편 너머에서 누군가가 아까부터 내내 지켜보고 있었다는 사실을 알리 없었다.

3

독살毒殺

성균관 선비가 비명횡사한 현장에 가장 먼저 도착한 것은 종루 피맛골을 관할하는 한성부의 관원들이었다. 그들은 술국 여주인의 신고를 받고 지체 없이 부랴부랴 달려왔다.

시체를 눈으로 확인한 그들은 뭔가 심상치 않음을 발견하고는 타살 여부를 확인하기 위해 법물을 준비하는 사이 여주인의 말을 경청했다.

"혼자 슬그머니 들어와서 탁주를 달라니께 주었지라. 지는 손님 술대접한 것밖에 죄가 읎어라."

생활고에 찌들어 눈가에 주름이 자글자글한 여인은 지레 겁을 집어먹고 발뺌부터 했다. 여주인의 말에 따르면 가게 영업이 가장 한가한 시간대에 들어온 것 말고는 특별히 이상한 점은 없었다. 이것은 나중에 탐문수사로 쉽게 밝혀졌다. 문제의 선비는 알성謁聖할 입격자들의 눈을 피해 성균관을 일찌감치 나왔다는 것이다.

여주인은 강아지 때문에 생긴 소동에 관해서도 이야기했다. 처음부터 보진 못했지만 하도 소란스러워 나와 보니 선비가 가슴을 부여잡고 막 쓰러지더라는 것이었다. 워낙 경황이 없어 소년이 다친 강아지를 안고 가는 것을 내버려두었는데, 잘 아는 동네 아이라 집을 가르쳐줄 수 있다고 했다. 여주인은 끝으로 부정 탄 거 소문나 좋을 리 없으니 서둘러 검험을 마쳐달라고 신신당부했다. 그러나 이미 귀신같이 소식을 들은 구경꾼들이 모여들어 좁은 골목은 미어터질 지경이었다.

이윽고 법물이 준비되자 돗자리를 깔아 반듯이 돌려 눕힌 시체 주위로 세 명의 관원이 모였다. 한 명은 시체를 만질 오작이고, 다른 한 명은 검안檢案을 작성할 수하手下이고, 또 다른 한 명은 이번 사건을 총괄 지휘할 우두머리인 수사관이었다.

통상 술집에서 사람이 죽으면 빼놓지 않고 점검하는 절차가 있었다. 술과 음식을 과도하게 배불리 먹으면 심폐心肺가 팽만하여 죽을 수 있기 때문이었다.

오작은 능숙하게 옷을 걷어내 배가 드러나게 했다. 평소 기름진 음식을 많이 먹었는지 뱃살이 뽀얗고 두툼했다.

오작이 손가락과 손바닥으로 위치를 바꿔가며 뱃가죽을 여러 번 두드려보았다. 이러나저러나 아무 소리도 나지 않았다. 폭음과 폭식으로 사망했다면 소리가 나는 것이 마땅했다.

오작이 검시 작성관을 올려보며 고개를 가로저었다. 이들은 오랫동안 손발을 맞춰왔으므로 눈빛만 봐도 상대의 의중을 금방 알아차렸다.

식탁 하나를 끌어와 앉아 있던 검시 작성관이 '팽창이향무膨脹而響無'라고 적었다. '심폐가 팽창되어 나오는 울림이 없었다'는 뜻이다. 사실 현장에 도착해 눈으로 확인했을 때부터 폭음과 폭식으로 죽었을 것으로는 판단하지 않았다. 보통 그런 일은 전날 저녁부터 다음 날 새벽까지 쉼 없이 술을 마시다가 나자빠져 죽는 경우가 대부분이었다.

"입 주변을 좀 닦아보게."

시체의 얼굴을 한참 동안 내려다보던 수사관이 한마디 했다.

오작은 입 주변에 말라붙은 거품 찌꺼기를 뜨거운 물과 조협皂莢[13]으로 닦아냈다. 그러자 얼굴 생김새가 더욱 확연히 드러났다.

"이런…."

신음 비슷한 소리가 수사관의 입에서 새어나왔다.

"어르신, 아시는 분입니까?"

검시 작성관이 바라보았다.

"아닐세."

그때, 푸드덕대며 중닭 한 마리가 시체 위로 날아들었다. 중닭은 겹겹이 에워싼 군중을 보자 몹시 놀란 것 같았다. 꼬꼬댁 꽉꽉 하면서 잡으려는 사람들의 손길을 피해 이리저리 잘도 도망 다녔다.

마침내 작은 소동의 끝에서 중닭을 제압한 사람은 오작이었다. 그가 잽싸게 목덜미를 낚아채자 닭은 허공에서 두 발을 허우적대며 몸부림쳤다. 여기저기서 가벼운 웃음소리와 함께 박수가 터져 나왔다. 그러나 사람이 죽어나간 심각한 상황을 아는지라 그것은 아주 잠깐이었다.

황송한 표정의 닭 주인이 쫓아와 머리를 조아렸다.

"죄송합니다."

"그 사람 칠칠치 못하긴."

오작이 나무랐다.

"이게 준비한 닭인가?"

---

13 쥐엄나무의 열매를 말린 한약재.

"그렇습니다."

사내는 몸 둘 바를 모르겠다는 듯 연신 굽실거렸다. 그도 그럴 것이 비록 상대가 천하기 짝이 없는 오작이라고는 하나 한성부라고 하는 법문法門을 등에 업고 있는지라 무조건 잘 보이는 것 외에 달리 처신할 방도가 없었기 때문이다.

"잠깐, 맡아둠세. 멀리 가지 말고 부르면 바로 와주게나."

사내가 물러가자 오작이 시체의 입을 벌려 안을 자세히 조사하는 동안 조바심이 난 수사관이 허리를 굽혀 손톱을 살펴보았다. 손톱이 푸르게 변색되어 있었다.

"음… 어떤가?"

수사관이 오작에게 물었다.

"짐작대로입니다. 혀가 문드러지고 입안이 검붉습니다."

"바로 시행하게."

검시는 일사천리로 진행되었다. 은비녀를 인후에 깊숙이 넣었다가 얼마간 지난 뒤 꺼내보자 청흑색이었는데, 조각수皂角水로 씻은 후에도 탈색되지 않는 것으로 보아 십중팔구 독살이었다. 구경꾼들의 웅성거림이 시작된 것은 그때쯤이었다.

누군가의 입에서, "그럼, 술국을 먹고 죽은 겨?"라는 말이 흘러나오자 또 누군가가 받아서는, "아님 탁주겄지"라고 한 것이었다.

그 짧은 대화는 순식간에 굉장한 파장을 몰고 왔다. 여주인이 그 소리를 듣고 "지랄들 허구 있네! 누구 모가지 콱 졸라매는 꼴 볼라 그려?" 하고 그들에게 욕설을 퍼부어대자 참다못한 구경꾼이 대거리를 하면서 소란이 일었던 것이다.

수사관이 크게 호통을 치고 주변 정리를 하고 나서야 소란이 가라앉았다. 그때 수사관의 머릿속은 몹시 혼란스러웠다. 설마 식당 여주인이 독극물을 넣어 손님을 살해할 수 있을까?

당장은 최종 확인이 필요했다. 백반白飯 한 덩이를 손수 시체의 입에 넣고 종이로 덮어 빈틈없이 밀봉했다. 결과를 기다리는 동안 수사관은 식탁을 두고 여주인과 마주 앉았다. 식탁 위에는 아직 선비가 먹다 남은 술국과 탁주가 남아 있었다.

"한데 바깥주인은 어디 갔소?"

"진즉에 신병으루다 뒈졌뿌렀지라. 야속헌 영감탱이…."

"그러면 주방 살림은 혼자 꾸려가는 것이오?"

"이 코딱지만 헌 가게에 지 말고 누가 또 있겄소? 하루 매상이 손금 보듯 빤헌디."

"댁은 어딥니까?"

"여그서 먹고 자고 허요. 따로국밥도 아닌디 집 따로 가게 따로 나가 그런 헤픈 돈이 어디 있을 것이오, 잉."

"자제분은 따로 삽니까?"

"딸만 시앗을 두었는디 다들 지 인생 찾아 분가했지라. 읎이 사는 게 죄라꼬 야들 밥이나 제때 묵고 사는지 모르겄소."

힐끗 눈가에 이슬이 맺히는가 싶더니 여주인은 앞치마를 끌어올려 얼굴로 가져갔다.

그때 수사관이 느닷없이 식탁을 쾅 하고 내려쳤다.

"이 아줌마가… 그런 돼먹잖은 수작에 내가 속아넘어갈 것 같나? 대체 사람은 왜 죽인 게야?"

여주인은 갑작스러운 수사관의 태도 변화에 한동안 놀란 표정으로 멍하니 바라보았다. 수사관은 틈을 주지 않고 다그쳤다.

"누가 죽이라고 시켰나? 아니면 본인의 원한이었나?"

수사관은 먹다 남은 탁주 사발과 술국을 끌어와 앞에 놓았다.

"안 봐도 알아. 이거 이미 손을 써뒀겠지. 바꿔치기하기에 충분한 시간이 있었을 테니까."

수사관은 탁주 그릇에 남은 술을 단숨에 들이켰다. 그러고는 빈 사발이 깨져라 거칠게 식탁 위에 내려놓은 뒤 손등으로 입가를 쓱 훔쳤다.

냉소 띤 눈은 흐트러짐이 없이 상대를 노려보고 있었는데, 그 쏘아보는 눈빛이 강렬해 보는 이를 주눅 들게 했다. 여주인은 사태가 심상치 않게 돌아가는 것을 깨닫고는 좀처럼 입을 뗄 엄두를 내지 못하고 있었다.

"어떤가? 이 술국은… 마찬가지로 먹어도 아무 탈이 없겠지. 왜, 아닌가?"

사실 여주인으로서는 처음부터 이런 상황이 가장 우려되었었다. 연유야 어떻든 자기 가게에서 술을 마시다 사람이 죽었으니 입이 열 개라도 할 말이 없는 처지였지만, 따지고 보면 자신은 아무 잘못도 없는 또 다른 피해자 입장이어서 빨리 초검이 마무리되어 그래도 저녁 장사는 할 수 있으리라고 기대했다. 그런데 지금 자신을 살인자로 몰아가는 수사관의 태도에서 그녀는 울분을 넘어 섬뜩함마저 느끼고 있었다.

그녀는 자신이 범인이면 어리석게 신고를 했겠느냐고 항변했다. 그러나 항변은 먹혀들지 않았다. 수사관의 명령을 받은 두 관원이 주방을 집중적으로 들쑤시고 다녔다. 끝내 독극물은 발견되지 않았다. 그러는 사이 시체의 입안을 밀봉했던 백반을 먹은 증험용 중닭이 그 자리에서 즉사했다. 소년과 강아지를 두고 입씨름하다 느닷없이 충동적으로 자진自盡을 할 리는 없을 테니, 독극물에 의한 타살이 확실해졌다.

기록 관원이 검시장에다 '독치명신사毒致命身死(치명적인 독으로 인해 사망에 이르다)'라고 썼다.

4

박문수 등장하다

저만치 홍살문이 보였을 때 슝 하는 소리와 함께 강한 충격이 갓 테두리를 스치고 지나갔다. 박문수는 본능적으로 몸을 낮추었다.

그는 금방 사태를 알아차렸다. 아이들이 홍살문 위를 맴도는 까마귀

떼에게 정신없이 새총을 쏘아대는 것이 보였다. 무슨 까닭인지 까마귀들은 거센 공격을 받으면서도 홍살문 위를 맴돌며 떠나지 않았다.

박문수는 갓을 벗어 살펴보았다. 테두리 한쪽이 파손돼 있었다.

"이런…."

그는 다시 갓을 쓰며 서둘러 아이들 쪽으로 다가갔다.

"이 녀석들아, 조심해야지! 사람 다치겠어."

호통에도 아랑곳하지 않고 아이들은 새총을 쏘는 데 여념이 없었다. 새총을 엉뚱한 방향으로 쏜 아이를 찾아내 꿀밤이라도 한 대 안겨줄까 하다가 괜히 까다롭게 훼방이나 놓는 것 같아 그만두었다.

까마귀 떼와 아이들의 공방이 계속되었다. 까마귀 떼는 고집스럽게 홍살문 위에 내려앉으려 했고, 아이들은 새총을 쏘아 그것을 막으려고 했다.

홍살문이란 게 붉은 단청을 입혀 악귀를 쫓아내는 의미가 있는 것이고 보니 시꺼먼 새들이 사롱대斜籠臺 위를 어른거리는 것이 불길하게 보였던지, 아니면 하는 양이 재미가 있었던지 어른들도 아이들의 유난스러운 행동을 제지하지 않았다.

잠깐 그 광경을 지켜보다가 그곳을 떠나려 했을 때였다. 아이들의 함성이 터져 나왔다. 무리에서 벗어나 홍살문 기둥 꼭대기에 내려앉던 까마귀 한 마리가 제대로 새총에 맞았는지 중심을 잃고 푸드덕대다가 아래로 떨어져 내렸다.

아이들이 까마귀를 에워쌌다. 까마귀는 몸을 잔뜩 웅크린 채 경계의 기색을 드러냈다. 이따금 날아오르려고 날갯짓했으나 역부족이었다. 아이들은 섣불리 까마귀에게 접근하지 못했다. 크고 긴 부리와 까만 눈에 보랏빛 광택이 나는 까만 털이 섬뜩한 느낌을 주었다.

아이나 어른 할 것 없이 그냥 지켜보면서 웅성거리고만 있었다. 차츰 고통이 가라앉는지 까마귀의 날갯짓이 눈에 띄게 커졌을 때였다.

개 한 마리가 구경꾼들 다리 사이를 비집고 나와 까마귀와 마주 섰다.

얼른 보기에도 성견成犬은 아니었다. 누렁이라 불릴 법한 그 개는 까마귀를 상대할 만한 존재라고 느꼈지만 경험이 부족해서인지 이빨을 드러낸 채 주변을 오가면서 으르렁거리기만 했다.

"물어! 누렁아 물어!"

개주인의 응원에 용기를 얻은 누렁이가 이윽고 공세를 취하자 까마귀는 부리로 날카롭게 쪼아대며 방어 자세를 취했다. 둘 사이의 공방전은 어느 쪽으로도 기울지 않은 채 한동안 계속되었다. 그것이 때론 긴장감을 불러일으키기도 하고 때론 웃음을 터뜨리게도 했는데, 박문수는 부상당한 까마귀가 측은해서 견딜 수가 없었다. 그러나 어른이나 아이 할 것 없이 뒤섞여 싸움을 즐기고 있었기 때문에 선불리 나설 입장이 아니었다.

마침 바쁜 일도 있기에 그는 그만 가려고 했다. 그때, 기회를 포착한 누렁이가 까마귀의 목을 물고 흔들어대기 시작했다. 개가 주둥이를 흔들 때마다 까마귀는 이리저리 몸부림을 쳤다. 날개 쪽에서 검붉은 피가 새어나왔다. 까마귀는 이제 한낱 먹잇감에 지나지 않았다.

박문수가 보다 못해 나서서 개의 엉덩이를 걷어찼다. 개는 움츠렸으나 아직 까마귀를 놓아주지 않았다. 한 번 더 걷어차자 그제야 깨갱거리며 까마귀를 놓아주었다.

박문수의 행동이 워낙 거리낌이 없었기 때문에 누구도 제지하는 사람은 없었다. 박문수가 까마귀를 안아 들고 나서야 개주인인 아이가 울먹이듯 소리쳤다.

"아저씨, 나빠요!"

친구들이 덩달아 말했다.

"그 까마귀 우리 거예요."

"우리가 새총으로 잡은 거예요."

"돌려주세요."

아이들의 성화에도 박문수가 꿈쩍 않자 선비 하나가 나섰다.

"이보시오, 젊은 선비. 아이들에게 부끄럽지 않소?"

상대는 수염이 풍성한 데다 눈빛이 매서웠다.

"왜 아니 부끄럽겠습니까? 부끄러워도 크게 부끄럽지요. 하지만 아이들에게가 아니라 말 못하는 이 불쌍한 짐승에게 부끄럽소."

박문수는 까마귀를 쓰다듬었다. 신기하게도 까마귀는 가만히 그 손길에 몸을 내맡기고 있었다.

"그 하찮은 미물에게 뭐가 부끄럽단 말이오?"

"미물이든 인간이든 살리고 봐야지요. 선비님께서도 학문을 하실 텐데 어찌 생덕生德을 가볍게 여기시오?"

그것은 성리학이 생생불식生生不息, 즉 살리는 것을 도의 요체로 삼는다는 것을 지적한 말이었다. 움찔하면서도 선비는 흔쾌히 받아들일 기색이 없었다.

"고작 애들 장난에 불과한 일을… 뭘 그리 심각하게 사설까지 늘어놓는 것이오? 아무튼 그 까마귀의 임자는 아이들이니 아이들에게 돌려주는 게 옳소이다."

"아이들도 이 까마귀가 죽기를 바라지는 않을 것이외다!"

박문수가 고개를 돌려 다시 말했다.

"개를 발로 찬 것은 아저씨가 미안하다. 하지만 너희들도 이 까마귀가 불쌍하지?"

아이들의 의견이 갈렸다. 까마귀가 흘리는 피를 봐서인지 대부분 아이는 침묵으로 동의하는 듯했지만, 개를 데려온 아이는 달랐다.

"아니요. 하나도 안 불쌍해요."

"피가 나잖아. 너도 피가 났을 때 아팠을 거 아냐."

"그래도 안 불쌍해요."

"어쩌면 좋냐. 이 까마귀는 아무래도 아저씨가 데려가서 살려야겠다."

"안 돼요! 씨-"

아이가 돌멩이를 걷어찼다.

"욘석이, 성깔하고는…."

"그거 우리 까마귀예요! 돌려주세요!"

아이가 좀처럼 포기하지 않자 박문수가 태도를 바꿔 말했다.

"좋아, 돌려줄게. 대신 약속해. 까마귀를 살려 하늘로 날려 보내준다고."

아이는 대답하지 않았다.

"약속 안 하면 아저씨가 가져갈 거야."

그러자 아이들이 살려준다고 말하라고 친구를 몰아세웠다. 아이는 그제야 마지못해 풀 죽은 목소리로 대꾸했다.

"살려줄게요."

"크게 말해."

"살려줄게요!"

"더 크게!"

"살려줄게요!!"

까마귀를 넘겨준 박문수는 걸음을 재촉해 약속 장소인 종루 앞에 도착했다. 다행히 상대는 나와 있지 않았다.

그는 거리를 오가는 행인들을 살피면서 날달걀로 멍든 눈가를 비벼대고 있었다. 이윽고 그를 알아보고 다가오는 늙은 선비가 있었다. 전체적으로 남루해 보이는 옷차림이었다.

"여어, 오랜만일세."

"아니, 어르신…."

상대는 박문수가 기다리던 사람이 아니었다.

"여긴 어인 일이십니까?"

"자넬 보러 왔네. 급히 갈 데가 있다면서?"

"장의掌議 어른은요?"

"장의 대신 내가 왔네."

"장의 어른께 무슨 일이 있습니까?"

"아닐세. 간밤에 술이 과해 배탈이 난 모양이네. 그건 그렇고, 자네 몰골이 왜 그 모양인가?"

박문수는 그제야 들고 있던 달걀을 허리 뒤로 감추었다.

"밤길을 부주의하게 걷다가 그만. 그나저나 서두르시죠. 사정은 가면서 말씀 올리겠습니다."

두 선비는 지체 없이 걸음을 옮겼다.

"한데 자네 내 이름은 아는가?"

"존함이 성, 도 자 겸 자를 쓰신다고 들었습니다만…."

"어허, 이렇게 기쁠 데가… 나 같은 퇴물을 자네같이 촉망받는 선비가 기억을 다 하다니."

"촉망이라뇨? 과찬의 말씀이십니다."

"아닐세. 장의가 내게 자네 집안에 대해 얘기해주더군. 대사성大司成이셨던 이태좌 어른의 조카라고?"

"외삼촌께 누가 될까 봐 걱정이 많습니다. 한데 제 삼촌은 어떻게?"

"내가 성균관 생활을 몇 년 했는지 아는가? 수년 전에 불명예스럽게 출교하기 전까지 도합 28년일세. 28년…."

성도겸이 허허 하고 웃었는데, 쓸쓸하기 짝이 없는 웃음이었다.

"자네 이름이 박…."

"박문수라 하옵니다. 박문수."

박문수는 후일 발군의 암행어사로 이름을 날려 영조의 지우知遇[14]를 입고 사랑을 받았다. 영조 4년(1728) 이인좌의 난 때 종사관으로 전공을 올려 죽은 뒤에는 충헌忠憲이라는 시호까지 얻었다. 그러나 지금은 아니었다. 박문수는 어렸고 아직 학문에 큰 뜻을 두지 않고 있었다. 그가 석 달 전부터 성균관 생활을 하게 된 것은 전적으로 외삼촌(이태좌)의 뜻이었다. 일찍 아버지를 여읜 박문수는 외삼촌 밑에서 자랐는데, 외삼촌은

---

14 인격이나 학식을 남이 알고 아주 후하게 대우함.

혈육이기 이전에 지엄한 스승 같은 존재였다.

크게 될 인물은 본디 어릴 때 가족이 감당하기 어려운 법이다. 한 인간이 평생을 두고 펼칠 도량度量의 크기를 어찌 어른의 눈으로만 잴 수 있으랴.

박문수에게는 확실히 반골 기질이 있었다. '무릇 선비란 만 권의 책은 읽어도 법서法書는 절대 가까이하지 않는다'는 속설에 대해, '법이란 국가 체계를 이루는 근간인데 한 나라를 다스리는 사대부가 법을 모른다면 어찌 나라가 굴러가겠는가?'라고 스스로 반문했다.

그가 사서삼경뿐만 아니라 법서를 읽기 시작한 것은 그런 실리實利의 지혜를 일찍 체득했기 때문이다. 박문수가 보기에 과거 시험은 선비가 출세를 하기 위한 창구로 전락한 지 오래였다. 고문古文을 암송하고 몇몇 자구를 끌어와 세상을 덧칠하는 돼먹잖은 시나 짓고, 그것이 유흥을 이룰 때는 풍류의 요결要訣인 양 허세를 부리는 가짜들에게는, 얼굴에 주먹질이나 한번 해주고 싶은 생각뿐이었다. 그가 궁극적으로 알고 싶은 것은 인간이었고, 인간이 나누는 사랑이었다. 그 열정의 가늠할 수 없는 크기는 그를 가장 잘 안다고 자부하는 외삼촌조차 모르는 박문수의 내면세계이기도 했는데, 기껏해야 어른들은 호기심이 많은 놈, 천방지축 덤벙대는 놈, 버릇없이 제멋대로인 놈 정도로 치부했다.

걷는 도중 박문수는 성도겸에게 피맛골에서 죽었다는 선비의 신상에 대해 말했다.

이름 권호철, 진사이자 성균관 색장色掌[15]이다. 그것도 동재東齋의 상색장이다. 여기서 동재라는 것이 중요한데, 동재의 장의와 색장은 소론 출신만이 임명될 수 있기 때문이다. 반대로 서재西齋의 장의와 색장은 노론 출신만이 가능하다. 이런 재규齋規는 노론과 소론이 분열하면서부터 생겨난 것이었다.

---

15 성균관 유생 자치회의 간부. 상색장과 하색장이 있다.

두말할 나위 없이 박문수도 소론이고 성도겸도 소론이다. 노론이 소론 재생齋生의 죽음을 동정할 리 없는 것이고 보면, 지방 출신으로 성균관에 유학을 온 권호철을 위해 당장 소론에서 누군가가 나서주지 않으면 안 되는 상황이었다.

두 사람이 현장에 도착했을 때는 닭 증험을 끝내는 중이었다. 이쪽에 나름의 지식을 가진 박문수로서는 한눈에 독살 사건임을 직감했다.

어느 정도 검시가 끝난 듯 시신은 밖으로 옮겨져 가마니에 덮여 있었는데, 그들은 먼저 오작의 허락을 얻어 얼굴부터 확인했다. 권호철이 틀림없었다. 순간 박문수는 가슴이 철렁 내려앉으면서 머릿속이 띵하니 어지러웠다.

이제 겨우 입학 3개월인 처지로서 감히 상색장과 개인적인 교분을 틀 처지는 아니었다. 입학 이튿날 면신례免新禮 때 술자리를 같이한 것 말고는 아침마다 식당에 들어갈 때 도기 감찰을 하는 그를 자주 본 것뿐이었다. 얼굴을 마주친 횟수로는 적지 않다고 할 수 있으나, 그것은 어디까지나 이쪽의 얘기이고 저쪽에서는 제대로 자신을 봐줬는지 어땠는지 알 수 없는 일이었다.

성균관 생활을 오래 했던 성도겸은 역시 박문수보다는 잘 아는 사이인 듯했다. 시종 시체 곁을 떠나지 않고 간간이 눈물을 흘렸다.

그때 수사관은 술국 여주인을 추궁하는 중이었는데, 마침내 혼미해진 정신을 수습한 박문수가 눈여겨보니, 빌어먹을, 어제 화계사에 미팅微楾을 나갔다가 시비가 붙어 주먹다짐까지 하게 된 녀석이었다. 녀석의 얼굴이 멀쩡한 것을 보자 박문수는 때아니게 부아가 치밀어 올랐다.

성도겸이 시신 주변을 서성이는 동안 박문수는 식탁 옆으로 가서 앉았다. 힐끗 박문수를 바라본 녀석은 한순간 멍한 표정이었다. 어, 이 잡놈이 왜 여기 와 있지, 하는 얼굴로 일어나려는 걸 박문수가 주저앉히며 말했다.

"시신을 수습하려고 왔네. 바깥에 어른도 와 계시니 사적인 일은 나중에 말하자고."

"이놈이 그렇게 얻어맞고서도 아직 정신을 못 차렸나. 꼴에 관생館生이라고 큰형뻘 되는 사람에게 하대를 하네."

"아아, 흥분하지 마시고 어서 하던 일 계속 하시구려. 그렇게 성정이 급박急迫해서야 어디 무서워서 문초問招에 응하기나 하겠수."

"어허, 고약한 입방정 하곤. 여기가 어디라고 설레발을 치는 게야. 여긴 살인 현장일세. 난 검시를 하는 수사관이고. 썩 나가지 못할까?"

박문수는 위엄 앞에 주눅이 들어서가 아니라 괜한 방해로 말썽을 일으키고 싶지 않아 순순히 물러났다. 그러나 밖에 나와서도 가게 안을 주시하며 귀를 쫑긋 세우고 있었다.

강도 높은 추궁에 지친 여주인은 궁여지책으로 맞은편 가게 주인이 술이나 술국에 독을 넣었을지도 모른다는 주장을 폈다. 얘기인즉슨, 자기는 원래 국밥만 팔다가 최근에 술국과 함께 술을 팔기 시작했는데, 그것이 화근이 되어 자주 시비가 붙었다는 것이었다. 안 그래도 장사가 안되는 판에 왜 코앞에서 같은 것을 파냐며, 술에 취해 찾아와서 행패를 부린 것이 한두 번이 아니라고 했다.

하지만 그 말은 신빙성이 거의 없었다. 동기는 그럴듯해 보였지만, 국이나 술에 독을 탔다면 권호철이 먹다 남긴 술이나 국에, 그것도 아니라면 주방 술독이나 국솥에 잔여물이 남아 있어야 하는데 그게 발견되지 않은 것으로 보아 그럴 가능성은 희박했다. 따라서 마지막 가능성은 손님 식탁에 음식이 나온 뒤에 교묘히 눈을 속여 독을 타는 것인데, 가게 안에는 권호철 혼자였고 강아지 소동은 이미 권호철이 탁주를 마시기 시작한 뒤의 일이었다고 여주인 스스로가 증언한 바 있으므로 소년이 그런 짓을 했을 리도 만무했다. 게다가 그 경우에도 흔적이 남아야 한다.

거기서 수사관은 거대한 벽에 막힌 느낌이 들었다. 어떤 경우든 여주인 외에 달리 용의자를 추측할 방법이 없었으므로 수사관은 거세게 항의하는 여주인을 일단 서린옥瑞麟獄[16]으로 송치했다.

남은 것은 시체를 어떻게 처리할까 하는 것이었다. 박문수와 수사관이 마주 섰다. 수사관은 죽은 자의 신분을 최종 확인한 뒤 입을 뗐다.

"가족이 보이지 않는 것 같은데 시신은 어떻게 수습할 텐가?"

"고향이 진위[17]인 것으로 알고 있네. 아까 집에 통기通寄를 넣었네만 소식이 전해져 가족이 차비를 하고 이곳에 도착하려면 빨라야 사나흘은 걸릴 것이네. 그때까지는 아무래도 가매장을 해야지."

"그건 내가 알선해주지. 조산造山[18]의 거지들이 자하문 밖 세검정으로 모셔줄 것이네. 자네가 앞장서야 할 것이야."

그들의 대화는 오랜 친구처럼 스스럼이 없었다. 사실 그들 스스로도 이런 격의 없는 대화에 놀라고 있었다.

수사관은 한성부 소속의 심률 하석기였다. 심률은 종8품 벼슬로 말이 벼슬이지 녹봉조차 잘 지급되지 않는 말단 중의 말단이었다. 그래서 양가良家나 향리鄕吏 자제가 지원할 뿐, 양반가에서는 거들떠보지도 않는 직임이었다.

하석기 또한 양인의 자식이었다. 박문수보다 예닐곱 살이 많았지만, 조선팔도 내로라하는 수재들만 몰려든다는 성균관생의 가문이야 다들 빼어난 양반 출신인 것은 불문가지이고, 그래서 나이로는 윗줄인데 신분의 차이가 있으므로 하대를 하기도 존대를 하기도 뭣한 애매한 관계가 역설적으로 이들을 친구처럼 보이게 한 것이었다.

"아닐세. 세검정엔 내가 따라가지."

성도겸이 불쑥 나섰다.

"오가는 거리가 만만치 않을 텐데요."

박문수가 말했다.

---

16 현 광화문우체국 자리에 있었던 상민(常民) 감옥.

17 경기도 평택.

18 개천(청계천)에서 나온 토사를 동대문 옆의 오간수 다리 밑에 쌓아두게 했는데, 이것을 조산이라 했다. 이곳에 거지들이 움막을 짓고 살았다.

"수월하진 않겠지. 하지만 자네보다야 아무래도 내가 한 번이라도 더 왕래가 있었던 사람인데 자넬 보내는 건 예의가 아니지."

박문수가 여러 차례 만류했지만 성도겸의 의지를 꺾지는 못했다. 성도겸이 시신이 실린 수레 뒤를 따라간 것은 그로부터 한 시진 후였다.

모든 게 정리되고 나서 박문수와 하석기만이 남았다. 박문수도 빨리 성균관으로 돌아가 장의 어른께 보고해야 했지만, 하석기와 나눌 말이 많이 남아 있었다.

하석기는 썩 내키지 않는 표정이었으나 애써 피할 이유는 없다고 생각하는 듯했다. 피맛골을 나온 그들은 관자동을 지나 장통교가 있는 곳으로 나왔다. 짐작보다 시간이 많이 흘러 벌써 신시申時를 지나고 있었다.

그들은 선술집으로 들어갔다. 홍안의 중노미가 반겨 안내했다. 배가 몹시 고팠던 그들은 약속이나 한 듯 너비아니 등속으로 배부터 채웠다. 어느 정도 허기가 가라앉자 그들은 각자 잔술을 들고 배식대配食臺에서 물러 나왔다.

"어떤가? 여주인이 범인인가?"

박문수가 물었다.

하석기는 대꾸 없이 한동안 매섭게 박문수를 노려보았다. 박문수는 전혀 당황하거나 위축됨이 없이 눈빛을 교환했다.

"자네 양반치고 배짱 하나는 두둑하군."

하석기가 말했다.

"피차일반일세. 일개 말단 한성부 관원이 천하의 관생을 두들겨 패고서도 다음 날로 줄행랑을 치지 않다니. 성균관에서 들고일어나기라도 했으면 어찌할 뻔했나."

"흐흘…."

하석기의 입에서 흘러나온 억제된 웃음이 차츰 커졌다. 그 웃음은 전염병처럼 박문수에게도 옮겨가 이제 두 사내는 허리를 젖힐 정도로 호탕하게 웃어댔다.

웃음 뒤 하석기는 술을 쭈욱 들이켠 뒤 말했다.

"여주인이 범인이라고 물었나? 여주인은 범인이 아닐세."

"뭐? 범인이 아니라고? 그러면…."

하석기가 박문수의 말중동을 잘라냈다.

"그런데 왜 죄 없는 사람을 옥에 가뒀느냐고 묻고 싶겠지. 그것 참… 이를 어쩌나. 자네 같은 신출내기에게 이를 어떻게 설명한단 말인가. 설명한다 해도 자네는 이해하지 못할 걸세."

박문수는 어리둥절했다. 하지만 내심 뭐라도 지고 싶지 않은 나이였다.

"날 놀릴 셈인가?"

"이 술 자네가 사는 거지?"

하석기는 대답을 미룬 채 주모에게 가서 술을 한 잔 더 받아왔다.

박문수도 그때까지 들고만 있던 술로 목을 축였다.

"내 어찌 농으로 자넬 욕보이겠나. 한양은 지방과 달라. 보나마나 책 벌레일 테니 내 어느 선비에게서 얼핏 들은 얘기를 듦세. 글쎄, 이 비유가 적절할진 모르겠네만 지방 선비들은《세설신어 世說新語》[19]를 잘 읽지 않는다더군. 아니, 그런 책이 있는지조차 모른다더군."

"그래서?"

"한양 선비가《세설신어》얘기를 하면 지방 선비는 알 수 없다는 얘길세. 그렇다고 노여워 말게. 내가《세설신어》를 읽었다는 건 아니니까."

여전히 말하는 뜻을 알 수 없는 노릇이었다. 하석기가 덧붙였다.

"아무튼 내 이렇게밖에 말하지 못하는 건 내 입으로 말할 수 없는 얘기여서 그러네. 다시 한번 말하네만 결코 자넬 웃음거리로 만들고자 하는 게 아닐세. 정 자네가 그 답을 찾고 싶다면 아무 술집이나 찾아가 형조나 한성부에 한 번쯤은 끌려갔음직한 왈패들에게 물어보게. 세상이

---

19 송나라의 유의경(403~444)이 편집한 후한 말부터 동진까지의 명사들의 일화집.

다 아는 얘기니까."

"세상이 다 알고 있다… 그런데 내겐 해줄 수 없다고?!"

그것은 어찌 보면 모욕적으로 들릴 수 있는 말이었다. 하지만 그 문제로 왈가왈부하는 건 더 이상 자존심이 허락하지 않았을 뿐만 아니라 물어보고 싶은 다른 얘기가 많아 시간을 끌 수도 없었다.

"좋네. 내 그리하지. 그럼 달리 짐작 가는 범인이라도 있단 말인가?"

"전혀. 독살을 당했다는 것 외에 아무것도 수사선상에 떠오른 건 없네."

"주모가 범인이 아니라면 그야말로 오리무중이 아닌가?"

박문수도 대충은 상황을 짐작하기에 묻는 말이었다.

"내 말이 그 말일세. 정말 답답한 노릇이지. 도무지 풀릴 것 같지 않은 수수께끼의 벽 앞에 부닥쳤을 때 우리 율관律官들은 뭐라고 하는 줄 아나? 전문용어로 미시터리迷始攄理라고 하네."

"미시터리?"

"이번 사건이야말로 혼미함에서 시작해서 이치를 터득해나가야 할 문제란 말일세. 죽은 이가 색장이라니 성균관 생활에서 혹시라도 원한을 산 일은 없는지 알아봐야 할 테니 조만간 누구라도 관생의 도움을 받아야 하네. 자-."

하석기가 손을 내밀어 악수를 청했다. 박문수는 손을 잡지 않았다.

"찔끔 맛보기만 보여주고 감질난 내게 술값도 모자라서 도움을 청하기까지 하네. 하하… 그건 불공평해. 게다가 내겐 청산할 빚도 남았는걸. 간밤엔 승부를 못 냈으니 정식으로 결투를 신청하네. 이번엔 일대일로."

"맞은 게 그리 분한가?"

"날 이상한 사람으로 몰지 말게. 승부를 못 냈으니 내친김에 승부를 내자는 것뿐이야."

"하긴 공부만 파던 서생치고는 자네 주먹도 꽤 쓸 만하던걸. 원한다면 기꺼이 응해주지. 하지만 후회막급하게 될걸."

"아니지. 그건 내가 하고 싶은 말이네. 이거나 받게."

박문수는 날달걀을 건네었다. 하석기가 그것을 무심결에 받아 들자 박문수가 말했다.

"자네에게 요긴하게 쓰일 걸세."

그들은 사흘 뒤 유시酉時[20]에 홍인문 밖 공터에서 만나기로 약조했다. 박문수가 술값을 치르는 동안 하석기가 뜻 모를 큰 웃음을 터뜨리며 사라졌다. 모르긴 몰라도 그 웃음소리가 왠지 처연한 느낌이 든다고 박문수는 생각했다.

박문수도 그 자리를 떠나려다가 혹시나 하는 마음에 말했다.

"주모, 뭐 하나 물어봅시다. 한성부서 죄 없는 사람을 잡아갔는데, 왜 그런 짓을 했을까요?"

주모는 술솥을 국자로 휘휘 젓다가 눈을 칩떠보았다.

"밑도 끝도 없이 그 무슨 소리우?"

"아, 내 말은 죄가 없는데도 일부러 백성을 잡아가는 경우가 있냔 말이오."

"선비님, 도무지 무슨 소린지…."

답답하기는 박문수도 마찬가지였다.

그때 홍안의 중노미가 나섰다. 얼굴이 붉어 어려 보여 그렇지 맨 상투에 품새가 잡힌 입성이 서른 살쯤 된 것 같았다. 박문수의 아래위 행색을 쓱 훑더니, "죄가 없는데 잡아가는 건 빤한 거 아니우?" 하고 말했다.

"속사정을 알겠는가?"

"내 무슨 일인지 전후사정을 듣지 못해 짐작이오만 돈이 아니라면 뭐겠수."

그의 말투는 더없이 냉소적이었다.

---

20 오후 5~7시.

"돈이라니?"

"형조든 한성부든 우리네 무지렁이들에게 평문平問[21]을 하는 법은 없소이다. 양반들에게나 평문을 하지 문초라면 대개가 회초리로 정강이를 때리면서 하는 거지요. 죄가 없어두 그건 문초 뒤에나 밝혀지는 거구요. 당장 맞아 골병이 들기 싫음 돈을 낼밖에."

"설마 법아문法衙門에서 그런 엉터리 같은 짓을…."

"법아문의 살림살이란 게 본래가 빈곤하기 짝이 없어 관원에게 녹봉조차 주지 못하는 것으로 알고 있소. 그렇게라도 돈을 뜯어내지 않으면 뭘루 가족을 먹여 살리고 입에 풀칠하겠수. 이 얘긴 비밀이외다. 행여 어디 가서 내가 이런 얘길 했다고 하면 난 죽어도 아니라고 오리발을 내밀 테니 절대 입 밖에 내지 마쇼. 그럴 사람으로 보이진 않는다만 노파심으로 하는 말이외다."

중노미가 빈 그릇을 챙겨 저만치 물러났다.

"아니, 누가 뭐랬나? 내가 뭘 어쨌다고."

세상 물정 모르는 풋내기 취급을 당한 기분에 박문수는 어이가 없었다. 멋쩍은 표정으로 중노미의 뒷모습을 물끄러미 바라보던 박문수는 쓴웃음을 지으며 돌아섰다.

5

하색장 전수길, 몽둥이를 들다

성균관으로 돌아온 박문수는 동재 장의를 만나 상황을 보고했다. 보고가 끝나자 장의는 대사성에게 알려야 한다며 서둘러 나갔다.

입격자의 문묘 배알과 잔치가 겹친 이날.

---

21 형구를 쓰지 않고 죄인을 신문하던 일.

여러모로 동재 소론에게는 초상집 분위기였다. 안 그래도 입격자 중에 소론이 한 명도 없어 자존심이 상하던 터에 상색장 권호철의 사망 소식이 전해지고, 더해서 전날 화계사에서 있었던 처자들과의 미팅 건이 들통 나는 바람에 한바탕 폭풍우가 휘몰아칠 기세였다.

아니나 다를까, 모두 깊은 잠에 빠진 새벽. 하색장 전수길의 소집 명령이 떨어졌다.

"성보… 성보 일어나."

박문수를 깨운 것은 같은 방을 쓰는 이복재였다. 성보成甫는 박문수의 자字였다.

하루 종일 피곤했던 박문수가 옆으로 돌아누우며 다리로 이불을 휘감자 이복재는 박문수의 상체를 흔들며 말했다.

"문수야, 정신 좀 차려. 이렇게 축 늘어져 있을 때가 아냐."

"왜?"

박문수가 그제야 눈도 뜨지 않은 채 쉰 목소리로 말했다. 워낙 친한 사이라 둘은 사석에서는 반말을 썼다.

"저 소리 들리지?"

그러고 보니 밖에서 호통과 함께 웅성대는 소리가 들려왔다.

"악머구리 같은 하색장이 닦달하는 소리야."

그 말에는 박문수도 번쩍 정신이 들었다. 하색장 전수길은 소론 재생들의 규율을 담당하는 간부로서 흔히 말하는 군기반장이었는데, 그 악명이 성균관 담을 넘어 시정 밖까지 새어나갈 정도로 대단했다.

박문수도 면신례 때 그것을 두 눈으로 똑똑히 확인했다. 그의 구역질 나는 태사혜太史鞋[22]에 받아먹은 술이 몇 잔이었던가. 게다가 처음 오입한 경험을 소상히 털어놓으라는 짓궂은 요구에서부터 노래 부르기, 엉터리 시 짓기, 빈손으로 나가 반촌에서 외상 술 사오기 등등 상상할 수

---

22 신발.

있는 온갖 놀이와 규칙을 만들어 조금이라도 미적지근한 태도를 보이면 그에 상응하는 벌로 황당한 잡스러운 짓과 고통 주기를 마다하지 않았다. 분위기는 늘 그가 주도했는데, 주로 벌 받는 상대에게 고통을 주면서 쾌감을 느끼는 듯했다.

그런 만큼 이복재가 호들갑을 떠는 것도 이상한 일은 아니었다. 그런데 그는 호들갑을 넘어 몹시 불안해 보였다.

"어제 미팅을 누가 주선했냐고 물으면 어쩌지? 아무래도 들통이 난 것 같아. 이 노릇을 어찌할꼬."

미팅을 주선한 사람은 이복재 자신이었다. 그뿐만 아니라 미팅을 주선한 대가로 두당 두 냥씩 챙긴 것도 그였다.

"뭘 어째?"

박문수가 버선을 신고 행전을 꿰차며 말했다.

"물으면 숨김없이 대답해야지."

"안 돼! 그건… 내가 저놈에게 찍힌 게 한두 번인 줄 알아? 이번에는 성균관에서 쫓겨나게 될지 모른다고."

"그러기에 내가 뭐랬어? 그런 만남 주선은 하는 게 아니라고 했잖아."

"이 자식이 자기도 헤벌쭉 좋아해놓고 이제 와서…."

선남선녀의 만남. 성균관 재생들 사이에서 미팅微棖이라는 은어로 알려진 만남은 나름대로 역사와 전통이 있었다.

조선시대 선비들은 돈만 있으면 얼마든지 계집을 살 수 있었다. 유흥가가 집결된 칠패, 홍제원, 관철동 부근, 홍인문 밖 외에도 골목 구석구석에 기생집이 즐비했다.

문제는 기생을 많이 두고 있는 대규모의 비싼 집, 그래서 고관대작이나 도성 안에 이름난 부자가 가면 언제든지 옆구리에 기생을 꿰찰 수 있는 곳 외에는 기생 한 사람이 자신의 이름을 내걸고 가게를 운영한다는 데 있었다. 가령 이렇다.

산홍이네, 화심이네, 금산이네, 도화집….

그 어디든 기생은 단 한 사람이다. 따라서 손님이 서넛만 가도 기생을 차지하기 위한 집요한 경쟁이 생겨날 수밖에 없는데, 아무래도 돈이 없는 관생들로서는 비싼 집을 노릴 수도 없는 처지고 그렇다고 싼 집에 여럿이 몰려가서 손가락이나 빨고 오자니 그것도 성에 차지 않는 노릇이었다. 그래서 그 대안으로 여염집 처자와의 만남을 갖게 된 것이었다. 물론 그 상대는 대부분 반촌[23]의 천한 계집이거나 기껏해야 가난한 양가의 처녀였다.

그러나 비록 신분의 차이가 있다고는 하나 닳고 닳은 창기를 만날 때와는 또 다른 맛이 있었다. 사실 젊은 관생일수록 그런 '만남'을 선호했다. 뿐만 아니라 앙숙 관계인 노론과 소론조차도 이런 만남에서는 별 탈 없이 서로 뒤섞여 놀 수도 있었다.

만남의 장소로 주로 이용되는 곳은 가까운 절이었다. 그도 그럴 것이 관생들이야 성균관만 빠져나오면 어디든 마다하지 않고 달려가겠지만, 젊은 처자들이 사람들의 이목을 끌지 않고 여럿이 함께 움직일 수 있는 곳은 아무래도 절밖에 없기 때문이다.

어제 박문수는 이복재의 손에 끌려가다시피 했었다. 애써 여자를 마다하고 싶어서가 아니라 고뿔의 조짐이 있는 데다 혼자 따로 할 일이 있어서였다. 그런데 막상 가보니 여자 수가 모자랐다. 박문수와 두엇 관생이 양보했다.

그런데도 짝을 맞추는 문제는 더 꼬여갔다. 이쪽 주선자가 이복재였다면, 여자 쪽 주선자는 이복재가 잘 모르는 반촌의 어느 청년이었는데 이날따라 그의 욕심이 과했는지 아니면 우연히도 일이 그리되려고 그랬는지 한성부의 젊은 관원들도 자기들끼리 만남을 위해 모여들었다. 뭔가 착오가 생긴 게 분명했다.

여자 쪽 주선자가 중재하느라 진땀을 뺐지만 기어이 사달이 나고 말

---

23 성균관을 중심으로 한 근처의 동네.

았다. 아주 작은 시빗거리가 여자를 차지하기 위한 패싸움으로 번졌는데, 이쪽 선비들은 험한 기세에 눌려 싸움이 시작되기도 전에 대부분 줄행랑을 쳤다.

박문수도 그런 사소한 일로 싸움에 휘말리고 싶지 않았지만, 관생 하나가 일방적으로 뭇매질을 당하고 있는 것을 보고 가만히 있을 수가 없었다. 그러나 수적으로 열세인 상태여서 몸싸움이라면 웬만큼 자신이 있었던 박문수로서도 하석기를 포함한 상대를 당해낼 재간이 없었다.

"문수야, 어떡하면 좋냐?"

이복재는 불안감을 떨치지 못했다.

"까짓 거 부딪쳐보지 뭐. 산 사람 죽이기야 하겠어?"

박문수는 도포를 갖춰 입은 후 먼지를 털었다.

"니가 나 대신 주선자였다고 나서주라."

"내가?"

"그래, 부탁한다. 이번 일 들통 나면 나 진짜 쫓겨나게 된다고."

"뭐 그만한 일로 출척黜陟[24]까지 당할까."

"넌 잘 몰라서 그래. 아직 이곳 생리를… 아무래도 예감이 안 좋아. 제발 좀 도와줘."

"하여간 나가기나 합시다. 늦게 나왔다고 남들 앞에서 핀잔 듣지 말고."

박문수는 즉답을 피했다. 도와주고 싶지 않아서가 아니라 그런 약조가 아직 무슨 소용에 닿을지 몰라서였다.

"자, 이거…."

이복재가 소매 속에 뭔가를 슬쩍 집어넣었다.

"뭔데?"

"몸에 좋은 거."

---

24 못된 사람을 내쫓고 착한 사람을 올리어 씀.

"형, 또야?"

"믿어봐. 넌 믿음이 없어서 그래. 이번엔 틀림없어."

"틀림없는 거면 왜 형이 갖지 않고?"

"내 건 따로 있어."

이복재가 떠미는 바람에 박문수는 하는 수 없이 밖으로 나갔다.

동재 앞 공터에는 소론 재생들이 다 나와 있었다. 50명이 훨씬 넘는 인원이었다. 하색장의 불호령에 줄을 맞춰 도열하느라 잠시 소란이 일었다. 그러나 곧 웅성거림이 잦아들면서 긴장하는 기색이 나타났다.

한동안 하색장의 지루한 훈화訓話가 이어졌다. 내용은 예상대로였다. 최근 입격자를 내지 못한 학업 부진에 대한 질타와 함께 앞으로 재규를 어기는 재생들에게 엄한 징벌을 가할 것이라는 경고 등등. 그런데 이상한 것은 상색장의 죽음에 대해 애도의 뜻을 밝히기는커녕, 비록 기합받는 자리라 어울리지 않는 구석은 있었지만 일언반구도 없다는 점이었다.

훈화가 끝나자 분위기가 한층 험악해졌다. 그는 어제 미팅에 나갔던 사람만 남고 다 들어가도 좋다고 말했다. 남은 사람은 일곱 명이었다.

"이게 단가?"

하색장은 굵직한 박달나무 몽둥이로 손바닥을 탁탁 치면서 말했다.

남은 재생들이 아무 대답도 하지 않자 바짝 독기가 오른 목소리로, "이 겁대가리 상실한 놈들, 그래 어디 한번 해보자 이거지?" 하면서 한 차례 입에 담기 힘든 욕설과 함께 줄줄이 정강이를 걷어찼다. 비명과 함께 신음이 터져 나왔다.

"일곱 명이 다냐고 물었다."

"아, 아닙니다."

겁에 질린 이복재가 말했다.

"그러면 몇 명이더냐?"

"아홉인데 둘은 관생이 아닙니다."

"그럼 외래外來인가?"

외래는 관생 말고 출퇴근하며 공부하는 학생을 말했다.

"네, 그렇습니다."

"누군가?"

"박연교랑 홍순남입니다."

"박연교와 홍순남… 박연교는 알겠는데 홍순남은 누군가?"

"…."

이복재는 얼른 대답하지 못했다. 그러자 바로 발길이 날아왔다.

"이 놈이…."

"아, 아야! 아픕니다요. 너무 아파요."

"이 녀석이 엄살은. 썩 말하지 못할까?!"

"그게… 그게 말입죠. 그게 그러니까… 안 때린다고 약조하시면 말하겠습니다요."

"뭐야? 이 녀석이 정말… 뒈지고 싶어 환장한 게야?"

"그게…."

이복재는 말하기가 여전히 부담스러운지 옆쪽을 힐끔힐끔 바라보았다. 관생들도 난감하기는 마찬가지여서 뭐라고 말도 못한 채 몹시 곤혹스러운 표정들이었다.

"오호라, 이것들 그러고 보니…."

하색장은 그제야 감을 잡았다는 듯 말했다.

"노론인가?"

그 말은 일시에 정적을 몰고 왔다. 숨소리조차 들리지 않는 고요가 그들을 감쌌다.

그것은 어떤 금기禁忌를 건드린 말이었다.

아닌 게 아니라, 얼마 전 노론 태학생 장의 허문창 사건으로 인해 노론과 소론의 갈등은 한층 첨예화된 상태였다. 허문창은 장희빈과 원자의 일로 소를 올리더니 그것을 왕이 가납하도록 태학생들을 선동하여

권당捲堂[25]까지 했다.

그 일로 숙종은 대로했다. 허문창이 성균관에서 출척되어 유배를 가는 것으로 마무리되었지만, 그 사건은 노론과 소론의 분열을 더더욱 공고히 하는 빌미가 되었다.

소론에게 노론은 금기어나 마찬가지였다. 그러나 아무리 서로를 배척한다고는 하나 특별한 곳, 이를테면 성균관의 식당 같은 곳에서는 때에 따라 서로 섞이지 않으려고 노력은 할 테지만 서로 섞이지 않을 수가 없고 또한 기성의 때가 덜 묻은 순수한 젊은 태학생의 경우 사안에 따라 미팅에서 보듯 의기투합할 가능성은 얼마든지 있었다.

그런 부분은 밖으로 드러나면 큰 문제가 되지만, 수면 위로 떠오르기 전까지는 서로 쉬쉬하면서 인정하는 측면이 있었다.

사실 미팅 때만큼은 노론과 소론이 뒤섞여 다닌 것이 차라리 전통에 가까웠다. 하지만 이제 와선 그것마저 큰 흠결이 될 만큼 갈등의 골이 깊어진 것이었다.

"자네가 홍순남을 끌어들였나?"

침묵을 깨고 하색장이 말했다.

"소생이 끌어들인 것이 아니라 만남을 주선한 것은 홍순남이었습니다."

"홍순남이 왜?"

"그냥 예쁜 여염집 처자들이랑 만남을 갖자고."

"내 말은 그런 뜻이 아니잖나. 홍순남에게 그런 생각이 있었다면 노론 애들을 데리고 나가면 될 일이지 왜 죄다 우리 애들이야?"

"홍순남이 워낙 붙임성이 있어 우리 애들도 비교적 친하게 지냈었습니다."

한번 입이 터지자 이복재는 앞뒤 재지 않고 아는 사실을 술술 털어놓

25 일종의 동맹휴학으로, 도기를 찍는 성균관 식당에 들어가지 않음으로써 수업을 기부하는 행위.

았다.

"뭐?"

하색장은 기가 찰 노릇이라는 표정으로 말했다.

"다들 그랬던 거야? 나만 몰랐던 거야?"

박문수를 포함한 태학생들은 침묵으로써 긍정했다.

"사실 이렇게 말하면 고인께 욕되게 하는 말일지 몰라도… 돌아가신 상색장께서도 홍순남이랑 자주 어울리는 것을 보았습니다."

"으음…."

하색장은 큰 충격을 받은 것 같았다. 그는 소론 강경파였다. 강경파 중에서도 후일 자기의 임금은 경종 한 분이라며 노론을 등에 업고 왕이 된 영조 앞에서 신臣이라고 하지 않고 나(吾)라고 한 김일경처럼 극단적인 인물이었다.

"말이 나왔으니 내 미리 일러두겠는데 상색장 권호철의 죽음을 드러내놓고 애도하지 말길 바란다. 권호철은 우리 소론이 되기 전에 노론이었다. 비록 나중에야 정신을 차려 우리에게 힘을 보탰다고는 하나 그는 근본이 노론이었다. 그래서 나 전수길은 늘 변절자인 그를 못마땅하게 여겨왔는데, 나의 이런 신념이 너무 고집스럽다고 비판하는 사람이 적지 않았다. 그러나 오늘에서야 장의께서 나의 충정 어린 진심을 헤아리시고 우리 소론 태학생이 나아가야 할 방향의 큰 틀을 다시 잡아주셨다. 늦은 감이 없지 않지만 무척이나 고무적인 일이라 생각한다. 따라서 상색장의 장례식은 성균관에서 관여하지 않고 가족장으로 치러지게 될 것이다. 행여 비정하다는 둥 너무 매몰차다는 둥 상색장을 동정하여 학우들을 충동질하는 불손한 무리가 있다면 발각되는 즉시 태학에서 쫓겨날 각오를 해야 할 것이다. 밖에 성균관에 들어오지 못해 안달이 난 양반가가 한두 집이 아니란 것은 너희들이 누구보다 잘 알 것이다. 우리 소론의 이런 확고한 신념에 불만이 있다면 스스로 자퇴서를 내어도 무방하다…."

그러고 나서도 한참 동안 잔소리를 듣고 나서야 잠자리로 돌아올 수 있었다. 이복재는 박문수가 적극적으로 나서주지 않은 것이 못내 섭섭한 표정이었다.

“왜 도와주지 않았어?”

“미안… 나설 적절한 순간을 놓쳤어. 게다가 알아야 나서지. 그만한 게 다행이야. 출척 얘기는 없었잖아.”

“아, 아파. 정강이뼈가 부러지는 줄 알았어.”

이복재는 털썩 주저앉아 버선을 벗고 바지를 걷어 올렸다. 맞은 부위가 시퍼렇게 부어올라 있었다.

“잠깐, 기다려.”

박문수는 금방 어딘가를 다녀왔다. 손엔 종이에 싼 된장이 들려 있었다.

“식당 문이 잠겨 있었을 텐데?”

“다 수가 있지.”

박문수는 상처 부위에 된장을 발라주었다. 이복재는 만족해서 말했다.

“넌 안 발라?”

“난 괜찮아.”

“그럼, 그거 이리 줘.”

이복재는 된장을 건네받아 자신이 원하는 부위에 골고루 바르다가 괴성을 내뱉었다.

“너, 이 몹쓸 자식! 이게 얼마짜린 줄 알아?”

이복재가 된장을 걷어내자 그 밑에 빨간 부적 문양이 드러났다. 그것은 아까 자신이 박문수의 소매 속에 넣은 것이었다.

박문수가 냉큼 일어났다.

“미안해. 어두워서 그릇을 찾지 못했어.”

“그렇다고 냄새나는 된장을 비싼 부적에 퍼 와?”

“바람 좀 쐬고 올게.”

"너, 거기 못 서?!"

박문수는 도망치듯 방을 나갔다.

6

박문수, 모험에 나서다

다음 날 아침.

이복재는 성균관을 나서면서도 분이 풀리지 않는지 연신 씩씩거렸다.

"나를 완전히 물로 봤단 말이지. 내 이 녀석을 가만두지 않겠어!"

그것은 홍순남을 향해 내뱉는 말이었다.

나란히 걷는 박문수가 골똘히 생각에 잠겨 아무런 반응도 보이지 않자 이복재가 어깨를 툭 쳤다.

"넌 분하지도 않냐?"

"으응? 뭐가?"

"무슨 생각을 그리 골똘히 해? 홍순남의 짓거리 말이야."

"그야, 괘씸하고말고."

박문수는 여전히 깊은 생각에 잠긴 채 건성으로 대꾸했다.

"그렇지, 내 말이 바로 그 말이야. 녀석이 내게 어찌 그럴 수 있느냔 말이지. 난 이번 일로 완전히 못 믿을 놈으로 낙인찍혀버렸단 말이야."

"형, 길 가다 소똥 밟았겠거니 하고 잊어버려."

"잊다니? 너도 그 심률인가 검률인가 하는 한성부 관원이랑 맞장 뜨기로 했다며?"

"그야 우리 성균관의 자존심이 걸린 일이라…."

"자존심 같은 소리 하고 있네. 니가 자존심이 있는 놈이라면 어제 하색장에게 정강이를 까일 때 그렇게 가만히 당하고만 있었을까."

"그야 얘기가 다르지. 내가 몇 대 맞았다고 물불 안 가리고 나섰다면 그 당장에는 박수 쳤을지 몰라도 나중에는 버릇없는 놈이라고 형이 가장 먼저 날 나무랐을걸."

"하긴… 하지만 난 그 홍순남이는 절대 용서할 수 없어. 녀석 때문에 이제 생활비를 걱정해야 할 판이란 말이야."

이복재가 덧붙인 말은 이러했다.

집안 사정이 넉넉지 않은 이복재는 성균관 생활 내내 갖은 잡일을 마다하지 않았다. 주말이면 어김없이 바느질감을 모아 반촌에 가져다주었을 뿐만 아니라 장의나 색장 같은 간부급 선배 외에 권세 있는 기환자제綺紈子弟의 잔심부름을 하고 용돈을 받았고, 그밖에도 서찰 수발, 먹 갈아주기, 목욕할 때 때 밀어주기 등등 헤아릴 수 없이 많았다. 만남을 주선하고 두당 돈을 받는 것도 그 일환의 하나였는데, 무엇보다 이 일의 대가가 가장 쏠쏠했다.

어제 그 정도로 마무리된 건 다행이지만, 자신이 그동안 굴욕을 참아가며 쌓은 신뢰가 일시에 무너졌으니 이제 그 일을 누가 자기에게 부탁하겠냐며 투덜거렸다.

그들은 권호철의 시신이 가매장된 곳을 찾아가는 길이었다. 박문수가 등에 진 짐바리에는 제기와 약간의 음식이 들어 있었다. 망자를 위해 간단히 제祭를 올리는 일에 대해서는 깐깐한 하색장도 달리 토를 달 수가 없었다. 이복재는 죽은 상색장의 수발을 드느라 상당히 가까이 지냈다는 핑계를 내세운 게 먹혀들어 박문수와 동행하게 되었다.

"수상해. 진짜 수상해."

이복재가 잠시 쉬는 참에 너럭바위에 걸터앉아 곰방대에 부시를 치며 말했다.

"그 홍순남이라는 녀석 말이야. 나와 같은 처지인 것 같은데 돈엔 영 관심이 없는 태도였단 말이야."

담배 연기를 후욱 하고 내뱉으며 그가 다시 말했다.

"나한테 먼저 접근해서 만남을 주선하지 않겠느냐고 제안했었는데…

솔직히 갑작스러운 일이라 난 별로 마음이 내키지 않았거든. 이런 일일수록 은밀히 의중도 물어보고 몇 명이나 이쪽에서 나갈 수 있을지 제대로 계획을 짜야 한단 말이지. 자기가 노론 쪽에서 모은 인원이 모자라 내 쪽에 부탁하는 거라고 했는데… 하는 양을 보면 돈에도 관심 없고 그렇다고 지 딴에 여염집 여자를 만나고 싶어 주선하는 것도 아닌 듯하고… 그러나저러나 진짜 이해할 수 없는 건 그 녀석이 그날 싸움을 부채질하더란 얘기지."

"싸움을 부채질해?"

"너와 나, 그리고 그 누구야… 잘 생각이 안 나는데 여자가 모자라다고 해서 우리 쪽에서 반이나 양보하지 않았는가 말이야. 저쪽도 마찬가지고… 한데 녀석이 저쪽에 가서 뭐라고 하는 것 같았는데 느닷없이 시비가 붙기 시작했단 말이야."

"설마? 그 자가 일부러 싸움을 붙일 리 없잖아. 싸움 구경하는 게 취미이면 몰라도."

"그래, 그건 네 말이 맞아. 그렇지만 그 녀석 진짜 이상해."

"뭐가, 또?"

"요즘 들어 아침 식사 시간 때마다 내 곁에서 알짱거렸거든."

"그야 붙임성 있는 성격이라 그랬겠지."

"아니야, 도가 지나쳤어. 왠지 일부러 내 옆에 온다는 느낌이 들었어. 그런 일엔 별로 신경을 안 쓰는 나로서도 노론 녀석을 쓸데없이 가까이 한다는 의심을 받을까 봐 노심초사했는데, 안 그래도 옆에 있던 돌아가신 상색장께서 한마디 하셨어. 보는 눈이 있으니 드러내놓고 가까이 지내는 건 자제하라고."

그들은 다시 발길을 재촉했다. 가매장 터는 야트막한 언덕 양지 바른 곳이었다. 어젯밤 성도겸이 위치를 성균관에 상세하게 알려주었기에 찾는 데 큰 어려움은 없었다. 봉분 없이 바닥보다 약간 높게 붉은 흙을 덮고 주변에 새끼줄을 쳐서 함부로 접근하지 못하게 만들어놓았다.

그들은 거기서 간단하게 제를 올렸다. 준비가 부족해 초라한 제사상이었지만, 정성만은 다했다.

이복재가 굳이 만나봐야겠다며 고집을 부리는 바람에 돌아오는 길에 그들은 소공동에 있는 홍순남의 집에 들르기로 했다. 집 근처에 이르렀을 때 박문수가 말했다.

"노론인 데다 외래라면서 어떻게 집까지 알아?"

"그야 그 형이 관생이었기 때문이지. 홍귀남이라고 성균관이 세워진 이래 최고의 천재라는 찬사가 있어서 모르는 사람이 없었어. 노론 쪽에서는 율곡 선생 이래 구장 장원[26]에 도전해볼 수 있는 걸출한 인재라고까지 추켜세울 정도였으니까. 그런데 재주가 많으면 하늘이 시샘한다고 했던가, 어느 날 갑자기 죽고 말았어. 들리는 소문으로는 병은 아니었고 누구랑 다투다 맞아 죽었다는 얘기가 있었는데, 근거 없는 괴소문으로 끝났지. 워낙 유명했던 관생이라 집이야 다들 알고 있었던 거고."

그들이 골목을 돌아간 곳에서 저만치 집이 보였다. 그때 하석기가 홍순남의 배웅을 받으며 집에서 나오는 것이 보였다.

"어?"

박문수는 '저 녀석이 왜 저기서 나오지?' 하는 가벼운 느낌이었다가 다음 순간 본능적으로 뭔가 수상하다는 생각이 들었다.

"왜 그래?"

"형은 홍순남을 만나. 난 저자의 뒤를 좀 밟아야겠어."

그제야 이복재도 두 사람에게 눈길이 갔는지 물었다.

"저자가 누군데?"

"모르겠어? 미팅이 있던 날 나랑 붙어 싸우던 녀석."

"글쎄… 그때 여러 가지로 워낙 정신이 없어서."

---

26 아홉 번의 공식 시험에서 모두 수석을 차지함. 조선시대를 통틀어 이율곡 외에 단 한 명만이 있었다고 전한다.

"아무튼 설명할 시간 없어."

거기서 둘은 헤어졌다. 하석기는 남별궁南別宮 앞길을 지나 숭례문을 빠져나갔다. 걸음이 어찌나 빠르던지 눈치채지 않게 뒤쫓는 것이 여간 힘들지 않았다.

하석기가 도착한 곳은 용산 나루터였다. 강을 건너면 노량진 쪽이었다.

박문수는 한참을 망설였다. 나룻배를 같이 타면 금방 눈에 띌 것이 틀림없었다. 그러나 무엇보다 그가 망설인 이유는 여기까지 뒤쫓아온 지금 자신이 왜 하석기를 미행해야 하는지 스스로 잘 납득이 가지 않았기 때문이다. 처음엔 그냥 자기가 우연히 알게 된 두 사람이 서로 알고 지내는 사이라는 사실에 까닭 없는 호기심이 생겨났는데, 막상 먼 거리를 따라오면서 그런 순간적인 호기심에 의문이 들었던 것이다.

그만 돌아갈까, 차라리 대담하게 부딪쳐볼까, 다시 강을 건너올 때까지 기다릴까 등등 생각이 가지를 치면서 혼란스러워졌다. 마침 그때 나룻배가 움직이기 시작했다. 사공이 더 탈 사람이 없는지 소리치고 있었다.

박문수는 결정해야만 했다. 그전에 하석기가 왜 홍순남을 만났을까, 한 번 더 생각해보았다. 평소 알던 사이로 안부나 묻자고 집을 방문한 거라면 미행은 어리석게도 헛걸음을 하는 것이 된다. 그러나 아무리 생각해도 어제 자신의 구역에서 살인사건, 그것도 태학생이 죽어 성내에 파장이 클 독살사건이 일어났는데 다음 날 한가하게 아는 사람을 방문할 것 같지는 않았다. 모르긴 몰라도 독살사건의 수사 연장선상에서 홍순남을 방문했을 가능성이 높았다.

그때 송아지 한 마리가 그를 지나쳐 나룻배에 올랐다. 배가 잠시 휘청거렸지만 크고 튼튼한 나룻배는 금방 균형을 잡았다.

떠나기 직전 박문수가 냉큼 배에 올랐다. 하석기는 이물 쪽에 앉아 있었다. 배가 강을 건너는 동안 박문수는 고물 쪽에 앉아 있었기 때문에 송아지에 가려 하석기의 눈에 띌 염려는 없었다. 박문수는 안도의 한숨을 내쉬었다.

물살은 잔잔했다. 배는 천천히 강을 가로질러 목적지에 닿았다.

송아지가 내리고 나서야 박문수가 뒤따라 강변의 모래밭 위로 내려섰는데, 하석기는 보이지 않았다.

7
하석기, 오랏줄에 묶이다

"이런…."

절로 신음이 흘러나오는 순간 누군가가 왼쪽 어깨를 툭 쳤다. 박문수는 화들짝 놀랐다. 돌아보니 하석기가 빙그레 웃고 있었다.

"뭘 그리 놀라나?"

"이거 자주 만나네. 어딜 가시는 겐가?"

당황한 박문수가 속내를 감추며 말했다.

"나야 자네가 가는 곳엘 가지."

"서툰 농담 하고는."

"농담이라니… 난 자네가 가는 곳엘 간다니까."

이 무슨 뚱딴지같은 소린가. 박문수는 어리둥절했다.

"내가 어딜 가는지 알기나 허구?"

"그야 내가 가는 곳이지. 내가 가는 곳에 자네가 뒤쫓아올 테니 나야 자네가 가는 곳엘 간다고 할밖에."

뒤통수를 한 대 얻어맞은 꼴이었다. 박문수는 한동안 할 말을 잃었다.

그들은 모래밭을 벗어나 잡풀 사이를 헤치며 둔덕 위로 올라갔다. 둔덕 좌우로 버드나무들이 긴 가지를 드리우고 있었다.

"자네가 가려 했던 곳은 바로 여길세."

하석기의 말이 끝나기 무섭게 저쪽에서 거먹초립에 무릎치기(短衣)를 입은 역졸이 말을 세차게 몰아 달려왔다. 멀리서도 이쪽을 알아본 듯 발밑까지 달려와 능숙한 동작으로 뛰어내렸다. 먼지가 일자 말이 고삐가 조인 주둥아리를 뒤로 젖히며 히힝 하고 울어댔다.

역졸은 하석기 앞으로 와서 정중하게 예를 갖추었다.

"소인 과천현의 역졸이옵니다."

"그래, 요구한 문건은 가져왔는가?"

역졸은 품에서 여러 겹 둘둘 만 문서를 꺼내었다. 그가 공손히 문건을 건네자 하석기가 그것을 가슴 깊이 품으며 다짐을 받았다.

"틀림없겠지?"

"확인하시지요."

"아냐, 됐네. 수고했어."

역졸이 돌아가고 난 뒤 건너갈 배를 기다리는 동안 박문수가 말했다.

"혹시 색장 어른의 죽음과 관련이 있는가?"

하석기는 대꾸하지 않았다. 정색하며 부정하지 않는 것으로 보아 긍정의 의미로 볼 수 있었다.

"역시…."

"넘겨짚지 말게. 괜히 다른 데 가서 입방정을 떨었다가 수사에 방해만 될 수 있으니까. 자넨 자네 자리를 지키면서 돌아가신 분의 넋이나 위로해주게. 어차피 자네야 범인을 잡지 못한다고 해도 억울할 게 없질 않나."

"관생의 도움을 받겠다면서?"

"자네는 뭐가 아쉬워서 날 미행한 건가?"

하석기가 즉답을 피하며 되물었다.

"그야, 알고 싶어서지."

"뭘?"

"내 미행을 언제부터 눈치챘지?"

박문수도 지지 않고 반문했다.

"또 한 치의 양보도 없이 말싸움하자는 겐가? 싫음 관두세."

하석기가 둔덕을 내려가 납작한 돌을 집어들더니 드넓은 강을 향해 물수제비를 날렸다. 돌은 수면 위를 다섯 번 건너뛰다가 물속으로 사라졌다.

"자네도 한번 해볼 텐가? 왜, 양반 체면에 체통머리 없는 짓이라 망설여지나?"

"그럼 내길 하세. 물수제비를 하나씩 날려 이기는 사람이 상대에게 질문 하나를 할 수 있는 자격을 얻는 거지. 물론 대답하는 사람은 거짓이 없어야 하고."

"내가 손해인걸."

"바닷사람처럼 짜게 그럴 건가?"

"자신이 있나 보지?"

"결과를 어찌 알겠나."

하석기가 먼저 돌을 집어들고 물수제비를 날렸다. 네 번을 튀었다. 박문수는 반드시 이기려고 돌을 고르는 데 상당히 신경을 썼지만 세 번에 그치고 말았다.

하석기가 픽 웃으며 말했다.

"선비가 삼개[27] 출신인 나에게서 이런 기쁨까지 뺏어가는 건 욕심이 너무 과하지. 그럼, 묻겠네. 왜 미행했는가?"

"홍순남을 만난 게 사건과 연관이 있을 것 같아서."

"오호, 이런… 꽤나 먼 거리를 쫓아왔군."

하석기는 턱수염을 쓰다듬었다. 이번엔 박문수가 먼저 돌을 집어들며 말했다.

"감질나니까 두 가지 질문 어때?"

하석기의 얼굴에 야릇한 웃음이 번져갔다. 그러나 이번에도 박문수가 졌다.

"왜 이 일에 도를 넘게 열을 올리나?"

---

27 마포.

"도를 넘다니? 그건 아닐세. 오지랖이 넓다고 나무라면 할 말은 없어도."

"혹시 이문환을 알고 있나?"

"몰라. 그자가 누군데?"

"잊었나? 자넨 질문할 권리가 없네."

박문수가 다시 돌을 집어들려고 하자 하석기가 손사래를 쳤다.

"그만, 그만하자구. 난 더 물을 것도 없으이."

"한 번만 더. 딱 한 번만 더 하자고. 나도 한 번은 물어야 할 게 아닌가."

그러자 하석기가 느닷없이 너털웃음을 터뜨렸다. 박문수는 영문을 몰라 멀거니 바라보기만 했다.

"내가 왜 웃었는지 모르겠지? 방금 치사한 생각이 떠올라 나 자신이 한심해서 웃었네."

"앞뒤 없이 무슨 소린가?"

"유치하기 짝이 없지만 조건을 걸겠네."

하석기는 도포 소맷자락을 뒤적여 달걀을 꺼내 들었다. 한눈에 박문수가 그에게 건넨 바로 그 날달걀이라는 것을 알 수 있었다.

"자, 이걸 자네가 받아준다면 내 두 가지 질문을 허락하지."

"패배를 자인하라는 건가?"

박문수는 눈치가 빨랐다. 결국 이번에도 싸워봤자 네가 질 테니 달걀이 요긴하게 쓰일 사람은 바로 너라는 뜻을 담고 있었던 것이다.

"그렇게 생각할 수도 있겠지. 날달걀을 자네 아픈 눈을 위로하는 용도로만 쓴다면… 하지만 나로선 화해를 청하는 걸세."

"화해?"

"달걀을 받겠나?"

박문수는 하석기를 노려보았다. 뜨거운 눈빛이 교환되었다. 마침내 보일 듯 말듯 두 사람의 입가에 엷은 미소가 번져갔다.

"달걀은 이렇게도 쓰일 수 있다네."

하석기가 가늘고 뾰족한 돌을 들더니 달걀의 가운데 볼록한 부분을 쪼았다. 그러고는 그것을 둘로 쪼개어 내용물이 많은 쪽을 적은 쪽으로 부었다. 그러나 달걀노른자의 끈끈한 점성이 그런 노력을 물거품으로 만들었다. 정확히 양이 반으로 나눠지지 않고 한쪽에는 노른자와 약간의 흰자가, 다른 쪽엔 흰자가 조금 많이 들어 있는 상태가 되었다.

"아무래도 한쪽이 양보해야겠는걸."

하석기는 노른자가 많은 쪽을 박문수에게 건네면서 말했다.

"바꿔 먹자는 말은 말게. 자네에겐 선택의 여지가 없으니까."

둘은 날달걀을 쭉 들이켰다. 비릿한 냄새에 입맛을 쩝 다셨다.

박문수가 기다렸다는 듯이 물었다.

"이문환이 누구인가?"

"성균관 관원일세. 직함이 학록이었는데, 향관청에서 수세미로 제기祭器나 열심히 닦았을 테지."

그것은 옛날과 지금의 학록이 하는 일에 확연한 차이가 있다는 것을 빗대서 하는 말이었다. 고려조에는 학록이 태학생의 훈육과 학습활동을 독려하는 일을 맡았었지만, 조선조에는 특히나 후기로 접어들면서 원래 자기 일을 학생 간부에게 넘겨주고 공문서 작성과 제사 준비, 식재료 관리 따위의, 선비 입장에서 보면 하찮은 일을 맡은 것을 비아냥거린 것이었다.

"역졸에게 넘겨받은 문건은?"

"이문환에 관한 것일세."

"이문환이 이번 사건과 어떤 연관이 있지?"

"아아, 거기까지. 질문은 두 번뿐일세."

궁금한 게 산더미인 박문수는 아쉽기 짝이 없는 노릇이었지만 달리 어떻게 할 방도가 없었다. 어느덧 배가 강을 건널 때라 그들도 서둘러 배에 올랐다.

배가 강을 건너 용산 나루터에 내렸을 때였다. 갑자기 어디선가 나타난 나졸들이 우르르 몰려와 그들을 에워쌌다.

"누가 한성부 율관 하석기인가?"

그들 중 우두머리로 보이는 자가 물었다.

하석기가 자신이라고 대답하자 "죄인은 오라를 받으시오!"라는 말이 떨어지기가 무섭게 나졸 둘이 그의 몸을 오랏줄로 꽁꽁 묶고 손목을 뒤로 돌려 매듭을 단단히 여미었다. 어떻게 손을 쓸 사이도 없이 순식간에 벌어진 일이었다.

"이게 무슨 짓들이야? 감히 한성부 관원인 나를…."

그러나 하석기의 항변은 먹혀들지 않았다. 박문수가 거들려고 하자, "우린 공무를 집행하고 있소이다. 선비는 나서지 말고 썩 물러나시오!" 하고 강력하게 요구했다.

박문수는 하는 수 없이 한발 물러났다.

"대체 내가 무슨 죄를 지었다고 이리도 무례한 거요?"

하석기가 거칠어진 호흡을 누그러뜨리며 말했다. 그러자 우두머리가 나섰다.

"난 형조 낭중 문필욱이외다. 그대가 한성부에 가기 전 형조에 있었단 얘기는 들었소이다. 예를 갖출 터이니 순순히 따르시오. 어찌 됐든 탐장질을 한 간계奸計가 백일하에 드러났으니 오라를 면할 길은 없소이다."

"무어라? 탐장貪贓[28]?"

어이가 없다는 표정이었으나 하석기는 더 이상 항의하지 않았다. 대신 박문수와 잠깐 나눌 얘기가 있으니 자리를 비켜달라고 했다.

그들이 물러나자 하석기가 얼굴을 바짝 대고 집 위치를 알려주며 은밀히 말했다.

"지금 바로 우리 집에 달려가서 내가 처한 상황을 알려주게. 다른 건

---

28 벼슬아치가 공금을 횡령하거나 옳지 않은 짓을 하여 재물을 탐함.

없네. 알려주기만 하면 아내가 다 알아서 할 테니까."

하석기는 서둘러달라고 강조했다.

그가 끌려간 후 박문수는 삼개 쪽으로 발길을 돌렸다. 다행히 하석기의 집은 거기서 멀지 않았다. 집을 찾기가 쉽지 않으면 어떡하나 했는데, 하석기의 집은 먼 데서도 알아볼 수 있을 정도로 이미 형조 관원들이 들이닥쳐 점령한 상태였다.

박문수는 입구에서 관원들에게 막혀 들어갈 수도, 들어가서 소식을 전할 수도 없었다. 한동안 지켜보고 서 있는데, 눈치로 보아하니 뭔가를 찾는 듯 궁색한 집 안을 온통 들쑤시고 다녔다. 가족들은 어센 나졸들의 틈바구니에서 이리저리 쫓겨 다니고 있었다.

소동은 오래가지 않았다. 소기의 목적을 달성했는지 그들은 썰물처럼 집을 빠져나갔다. 흥미를 잃은 구경꾼들도 하나둘 자리를 떴다.

사립문 안으로 들어서자 앞마당에 소쿠리며 시래기 단이며, 갖은 식자재와 도구들이 제멋대로 나뒹굴고 있었다. 그 사이를 볏을 세운 장닭과 우두머리를 쫓는 암컷들이 푸드덕대며 날아다니고 있었다.

박문수는 우는 소리에 이끌려 부엌 쪽으로 갔다. 열린 문틈으로 들여다보자 아기를 등에 업은 여인이 아궁이 옆에 웅크려 앉아 있었고, 세 명의 고만고만한 여자아이들이 어머니 곁에 달라붙어 울먹이고 있었다. 여인은 거의 녹초가 된 듯 실신하기 일보직전이었다. 등에 업힌 아기가 연신 울어대는데도 알아차리지 못하고 있었다.

박문수는 신분을 밝히고 하석기의 아내를 안방으로 부축해 들어갔다. 아이들도 따라 들어왔다. 그제야 여인은 토벽에 기댄 채 우는 아기에게 젖을 물려주었다. 박문수는 아이들을 얼러주다가 딱히 할 일도 없어 목례하고 밖으로 나왔다. 그때였다.

"네 이놈! 문어 대가리 같은 놈!" 하고 벼락같은 소리가 울렸다.

돌아보니 백발이 성성한 할머니가 나무 절굿공이를 치켜들고 박문수를 위협해왔다. 여차하면 금방이라도 내려칠 기세였다.

"이 마귀야! 썩 물럿거라! 훠이훠이."

할머니는 기어이 절굿공이를 휘둘렀는데, 조금 전 당찬 기세가 무색하게도 허공을 느릿느릿 휘젓는 게 마치 춤을 추는 듯했다.

박문수는 조심스럽게 다가가 할머니를 진정시키고 절굿공이를 빼앗아 안전한 곳에 놓아두었다. 할머니는 정상이 아닌 것 같았다. 갑자기 안색이 누그러진 할머니는 박문수의 양 볼을 쓰다듬으며 말했다.

"오, 우리 석기, 언제 왔니? 엄마가 피죽 끓여놨다. 어여 들어가 먹자."

부르튼 손바닥은 몹시 거칠었다. 병이 든 한쪽 눈은 허옇게 막이 끼어 있었다.

박문수가 할머니를 안아 달래고 있는데, "그 할망구 광질狂疾이 났수. 얼른 가보시우" 하고는 또 다른 할머니가 다가왔다.

"어, 이게 무슨 난리여?! 집 안이 왜 이 꼬라지여?"

그 할머니는 뒤늦게야 사태를 파악하고는 당황한 모습이 역력했다. 자신은 근처에 살면서 이 집에 하루에도 몇 번씩 왕래한다고 했다.

박문수는 상황을 설명해주고는 사립문을 나왔다.

성균관으로 돌아오는 동안 마음이 착잡했다. 하석기에게 결투를 신청하고 제대로 한번 겨뤄보려 했던 것이 얼마나 철없는 짓이었는지 새삼 부끄러워졌다. 게다가 양반이랍시고 자식이 넷이나 딸린 윗사람에게 허물없는 친구처럼 대한 것도 마음이 편치가 않았다.

그는 성균관 부근 내외주점으로 들어갔다. 착잡한 마음을 달랠 요량으로 혼자 조용히 한잔 마시고 싶었는데, 때마침 이복재가 약속이나 한 듯 찾아왔다.

"여긴 어쩐 일이야?"

박문수가 묻자 그는 말도 없이 개다리소반 맞은편에 털썩 주저앉았다.

"아이구 힘들어. 하루 종일 걸어 다녔더니 발이 부르텄어."

그는 버선을 훌렁 벗어 툭툭 털더니 발바닥을 주물러댔다.

"냄새나. 그것 좀 치워."

"그 녀석 잔소리는… 술 한 잔 치거라."

박문수는 자신의 잔을 털고 소주를 한 잔 따랐다. 그는 술잔을 쭉 들이켠 후 말했다.

"어쩐 일이긴. 외출했는데 맨숭맨숭 들어갈 수야 없지."

"여태 뭐 했어?"

"그러는 넌?"

박문수는 하석기를 뒤쫓았던 사정과 그의 집까지 가게 된 경위를 들려주었다. 이복재는 이문환이라는 이름을 듣자 굉장한 호기심을 보였다.

"이문환이라… 학록에 향관청에서 일했다? 어라, 그럼 그 잔가?"

"아는 사람이야?"

"작년인가, 반촌 처자를 건드렸다가 단단히 혼이 났다는 불미스러운 소문이 있었는데… 곧 성균관을 그만두었지."

"그 후 소식은?"

"그야 모르지…. 그런데 그 이문환의 문건이란 건 뭘까?"

"글쎄, 나도 그게 무언지 도무지 감이 오질 않아. 참, 하석기와 홍순남은 어떤 관계야?"

"그건 못 물어봤어. 그러고 보니 물어볼 걸 그랬네. 나야 그냥 홍순남에게 그날 왜 수상한 행동을 해서 일을 그르쳤는가를 따졌지. 그냥 미안하다고 하대. 자기가 그날 술을 좀 과하게 마셨는데 그 때문에 자제력을 잃었는가 보다고. 순순히 잘못을 뉘우치길래 더 몰아세우지 않고 사과를 받아들였지. 나올 때는 슬그머니 돈까지 쥐어주더라고. 나야 돈 주는 상대에게 워낙 마음이 약해지는지라… 한데 나오면서 생각해보니까 뭔가 느낌이 안 좋아. 딱히 꼬집을 만한 이유 없이 꽤 많은 돈을 준 것도 그렇고…. 무엇보다 그 표정… 왜 있잖아? 사람이 결연한 의지에 사로잡혀 있을 때 심각하고 침울해 보이는 거…. 그러고 보니 하석기란 자를 만난 후여서 그런가?"

"글쎄…."

"그리고 또 한 가지. 전엔 미처 몰랐는데 그 얼굴이 뭐랄까… 뭐라고 표현하기 어려운데… 참, 나도 주책이지. 아니야. 아닐 거야. 내 착각이겠지."

"형, 뭔데 그래?"

"아냐. 별것 아냐. 자, 술이나 들자고. 좋은 술 앞에 놓고 얘기가 심각한 것도 죄야."

그들은 갈증이 난 듯 거푸 술잔을 기울였다. 취흥이 오르자 이복재가 시 한 수를 읊었다.

둘이서 마시노라니 산에는 꽃이 피네
한 잔 먹세, 또 한 잔 먹세그려

당나라 시인 이백의 '산중대작山中對酌'이었다. 박문수는 울적한 마음에 상색장의 죽음을 떠올리며 '장진주사將進酒辭'로 답가했다.

한 잔 먹세그려 또 한 잔 먹세그려
꽃 꺾어 산算 놓고 무진무진 먹세그려
이 몸 죽은 뒤면
게 위에 거적 덮어 졸라서 메고 가나

8
하석기, 두려움에 떨다

상색장 권호철의 시신이 지게에 실려 거적이 덮인 채 고향인 진위로 떠나던 날, 그러니까 하석기가 탐장죄로 보신각 부근의 의금옥義禁獄[29]에 갇힌 지 나흘째 되는 날이었다.

다른 죄수들에게서 떨어져 나와 벽에 기댄 채 뭔가를 품듯이 양팔을 가슴에 모아 눈을 감고 있는 하석기는 나흘 전의 모습이 아니었다. 퀭해진 얼굴은 광대뼈가 드러날 정도로 초췌한 데다 마른 입술은 깊게 갈라져 피 맺힌 속살이 보였다.

그는 이따금 힐끔힐끔 주변을 살폈는데 무슨 까닭인지 몹시 두려워하는 것 같았다.

마침 식사 때여서 식통이 반입되었지만, 다른 수인囚人과는 달리 그는 거들떠보지도 않았다.

수인 하나가 걱정이 되는지, "이봐, 하 심률 좀 들지 그래. 그러다 진짜 큰 병 나겠어" 하면서 밥통을 가져다주자 "저리 가! 그거 저리 치워!"라고 하면서 발로 밥통을 찼다. 발길질에 밥통은 허연 죽을 쏟아놓았다. 그러자 이런저런 쑥덕거림이 수인들 사이에서 흘러나왔다.

"저 고얀 성질머리허군. 안 먹을 거면 말지 왜 발길질은 하고 지랄이야? 안 그래도 더러운 바닥에 냄새까지 배겠는걸."

"저러다가 송장 치르겠어. 굶어 죽기로 작정이라도 한 건가?"

하석기는 의금옥에 들어오고 나서 일절 식사를 하지 않았다. 간간이 동료 수인이 먹다 남긴 물만 마실 뿐이었다.

문초에 나아가서는 죄를 부인했다. 한성부 예산에서 상당한 금액을 빼돌린 증좌가 확실한데도 그는 날조된 것이라며 결백을 주장했다. 혹독한 고문을 당했지만 끝까지 주장을 굽히지 않았다.

그는 오히려 자신의 비리를 관에 고해바친 자와 대면을 시켜달라고 요구했다. 그러나 그 요구는 받아들여지지 않았다. 그도 그럴 것이 고해바친 자를 피의자와 대질시키지 않는 것이 법문의 불문율이기 때문이었다.

그러자 그는 동료들을 통해 이 문제를 해결하려고 했는데, 그마저 뜻

---

29 양반을 가두어두는 감옥.

대로 되지 않았다. 오히려 자신들까지 탐장죄에 연루될까 봐 발뺌하면서 의금옥에 찾아오는 것조차 꺼려하는 분위기였다. 워낙 비리가 많은 곳이라 발각이 되면 서로가 모른 척하는 것이 이곳 생리이기도 했다.

가족이 이런 일에 아무런 도움이 될 수 없다는 것을 잘 아는 하석기는 하루아침에 고립무원의 처지가 된 것을 한탄하면서도, 지금 자신을 도울 수 있는 사람이 누구인지 절실히 찾고 있었다.

가장 먼저 떠오른 사람은 천재 홍귀남이었다. 하지만 그는 이미 죽고 없질 않은가. 그 동생 홍순남은 어떨까. 홍귀남의 얘기를 하면 동생이 들어줄까. 망자의 묻혔던 과거지사를 들려준다고 해서 과연 동생이 쉽게 움직여줄까.

그다음으로 떠오른 사람은 박문수였다. 무슨 일에든 호기심이 왕성한 그는 공부밖에 모르는 전형적인 태학생의 답답함과는 거리가 있는 청년으로 보였다. 호탕함과 기백 또한 대단했다. 웬만한 부탁이라면 쉽게 들어줄 것 같기도 했다.

하지만 만일 박문수의 접근이 어떤 의도를 가진 것이라면? 용산 나루터까지 미행해온 것이야말로 수상하지 않은가? 누군가의 사주를 받아 뒤를 밟았던 것은 아닐까?

하석기의 상상과 의혹은 꼬리에 꼬리를 물고 이어졌다. 좀처럼 판단이 쉽지 않던 터에 홍순남이 면회를 와준 것은 정말 뜻밖이었다.

"저희 집에 오셨던 바로 그날 안 좋은 일을 당하셨다기에 무슨 일인가 싶어 인사차 와보았습니다."

"내 사정은 어찌 알았소?"

"성균관에서 들었습니다."

그러나 그저 그뿐이었다. 홍순남은 뭐 필요한 게 없느냐고 물어본 뒤 돌아가려고 했다. 그러자 하석기가 그를 불러 세우더니 아주 가까이 오게 해서는 낮은 목소리로 말했다.

"홍 선비, 내 답답해서 그러는데 한 번 더 대답을 들어야 직성이 풀리겠소. 형님 홍귀남이 정말 독살당한 게 아니란 말이오?"

"답답한 건 소생입니다. 아니라는데 왜 자꾸 남 듣기에 민망한 말을 하시오. 형님은 운이 나빠 죽었던 겝니다. 아무리 평소 얌전한 선비라도 취기 탓에 호기를 부릴 수 있고, 그날따라 싸움이 붙었던 게지요. 다만, 안타까운 점은 목격자가 없어 범인을 잡아내지 못했을 뿐… 이제 와서 뭘 어쩌겠습니까? 한데 왜 자꾸 독살 운운하시는 겝니까?"

"날 좀 도와줄 수 있겠소?"

"글쎄요. 소생이 도움이 될 수 있을지…."

"내 죄를 소상히 뒷조사하여 관에 고해바친 자가 누구인지 좀 알아내 주시오."

홍순남은 잠시 망설이다가 대답했다.

"알아는 보겠습니다만 큰 기대는 하지 마십시오."

"아무튼 호응이라도 해주시니 고맙소. 그리고 한 가지만 더 부탁합시다. 태학생 중에 박문수라는 자가 있는데 그자를 좀 불러주시오."

박문수가 모습을 드러낸 것은 다음 날 오전이었다. 박문수를 본 하석기가 엉덩이를 끌어 주춤주춤 창살로 다가갔다.

"왔는가?"

"이런… 몰골이 말이 아니네. 대체 무슨 일이 있었던 겐가?"

"날 좀 도와주게."

하석기는 강한 의욕에 사로잡혀 여러 가지 말을 늘어놓았으나, 박문수가 선뜻 마음을 허락하여 요구에 부응하기엔 설명이 불충분했다.

"그러니까 자네 말은 별청내시부 상약尙藥[30] 내관으로 근무했던 인덕원의 강 내시를 만나보고 반촌 양 소사를 만나보란 말이지?"

---

30 궁중에서 쓰는 약에 관한 일을 맡아보던 내시.

"맞네. 강 내시를 만나면 독약을 제조한 자를 알 수 있을지 몰라."

"흐흠… 그거 듣던 중 반가운 소릴세. 양 소사는 또 뭔가?"

"양 소사에 대한 조사는 자네가 반촌 태학생이니 부탁하는 걸세. 우리 율관으로서는 엄두도 못 낼 일이야."

"무슨 말인가?"

"태학생이 그것도 모르나?"

"모르는 게 잘못인가?"

"하긴 자넨 관생이 된 지 얼마 안 되었으니 모를 수도 있겠지. 그야 반촌에 가보면 알 수 있을 테고. 아무튼 독살사건의 범인과 나를 모함한 자가 연관이 있는 것 같네. 범인을 잡아야 내가 여기서 나갈 수 있을 걸세. 날 좀 도와주게."

"나도 상색장이 독살당한 사건은 나서지 말래도 나서서 파헤치고 싶네만…. 자네야 유능한 수사관 친구들이 많을 텐데 왜 하필 나에게 부탁하나?"

"헛살았어. 내가 힘이 있을 때 친구지 막상 궁지에 몰리니까 불똥이 튈까 봐 다들 외면하더군. 자넨 우리 집에 가봤으니 내 형편이 어떤지 잘 알 걸세. 내가 만일 잘못되기라도 하는 날엔 우리 가족은 생계가 막막해 뿔뿔이 흩어지고 말 거야. 자식이야 여편네가 어떻게든 건사하겠지만 병든 어머니는 오갈 데가 없어."

마지막 말이 박문수를 움직였다.

"좋아, 해보겠네. 하지만 아직 잘 이해되지 않는 구석이 많아. 나로서도 뭘 좀 알고 있어야 하나를 조사해도 제대로 조사하지 않겠나?"

하석기는 한참을 망설였다. 그로서는 판단을 내리기가 쉽지 않은 것 같았다. 이윽고 그가 입을 열었는데, 튀어나온 말은 너무 엉뚱했다.

"배가 너무 고파. 먹을 것 좀 넣어주게. 의금옥 앞에 가면 사식만 따로 파는 집이 많아."

박문수는 금방 다녀왔다. 그는 죽 그릇을 받아 들고는 숟가락으로 휘

휘 저어보았다. 그러다가 고개를 쳐들어 매섭게 박문수를 노려보더니 죽 그릇을 도로 건넸다.

"자네가 먼저 먹어보게."

박문수는 어리둥절했다.

"기미氣味를 보라는 말인가?"

하석기는 고개를 끄덕였다.

"날 의심한다면 왜 얄궂게 부탁을 한 겐가?"

"난 지금 누구도 믿을 수 없네. 자네라고 예외는 아니지."

"내가 거부한다면?"

"갖다 버리게."

"누가 자넬 죽일 거라고 믿는 게로군."

그가 말없이 고개를 끄덕였다. 박문수는 하는 수 없이 뜨거운 죽을 식혀가며 두어 숟가락을 먹었다.

"대체 왜 자넬 죽이려고 하는데?"

"그건 아직 말할 수 없네. 어쩌면 날 죽이려고 하는 것까진 아닐지 몰라. 하지만 나로서는 돌다리도 두드리며 갈 수밖에 없는 입장일세."

"그 일이 혹시 양 소사란 여인과 관련이 있나?"

그는 대꾸하지 않았다.

"자네가 연루돼 있고?"

거기에 대해서도 하석기는 입을 다물었다.

그러나 박문수는 하석기의 애매한 태도에도 불구하고 그의 의도를 금방 읽어낼 수 있었다. 하석기는 자신이 연루되었다는 것을 밝히지 않고 이 사건을 해결하고 싶은 것이었다.

박문수는 더 이상 묻지 않았다. 하석기는 박문수가 자신의 의도를 눈치챈 것에 만족했다. 이것이야말로 그가 박문수를 불러 의도한 바였다.

하석기는 죽사발을 건네받더니 허겁지겁 먹어댔다. 박문수가 나올 때 그는 가슴에 숨겨두었던 문건을 건네었다.

"자, 이게 도움이 될지 모르겠네. 내가 심률이 아니었다면 돌려받을 수 없었을 걸세."

그것은 그가 노량진 나루터에서 역졸에게서 건네받은 바로 그 문건이었다.

9
유종의 미

박문수는 의금옥을 나오는 즉시 사람의 왕래가 없는 곳으로 가서 문건을 펼쳤다. 그것은 이문환의 독살사건에 관한 검시장檢屍帳[31]이었다.

우선 눈에 띈 것은 그의 죽음이 권호철의 죽음과 흡사하다는 점이었다. 이문환 또한 얼마 전 과천현의 수리산 아래 자택에서 독 중독으로 인해 급사했는데, 그날 그는 밖에서 돌아와 국화차를 마시던 중이었다.

국화차에서는 독극물이 발견되지 않았다. 조사 결과 이문환은 성균관을 그만두고 대과를 준비하고 있었는데, 이날 외출했다가 돌아오는 길에 근처 주막에서 누군가와 술을 마셨던 것으로 밝혀졌다.

집안에서 이문환을 독살할 동기를 가진 이가 없었으므로, 이문환이 독을 먹은 장소는 주막일 것으로 추정되었다. 독을 먹자마자 즉사하지 않고 어떻게 집에까지 와서 죽었는지가 여전히 의문으로 남았지만, 정황상 주막에 의혹이 쏠리면서 이번에도 주모가 추궁을 당했다. 독살당한 사람이 선비였던 만큼 혹독한 문초가 이뤄졌는데도 주모는 독극물 투여를 끝까지 부인했다. 주모는 이문환에게 양반 신분의 동행이 있었다고만 주장할 뿐, 늙은 선비였다는 것 외에 구체적인 인상착의는 언급하지 못했기 때문에 더욱 의심스럽다는 것이 대략적인 요지였다. 마지

31 검시 결과를 상사에게 낸 보고서.

막으로 검시관은 어떻게 독을 먹고 나서 한참 지난 후에야 약효가 나타났는가에 대해 느낀 의문점을 적어놓았다. 독은 초오草烏 뿌리에서 추출된 것으로 보인다고 했다.

검시장을 읽고 난 박문수는 그제야 하석기가 왜 그리도 식사하는 것을 두려워했는지 알 것 같았다.

박문수는 그 길로 인덕원으로 갔다. 내시부에서 은퇴한 내시들이 마을을 이루고 사는 곳이라 집을 찾기는 어렵지 않았다. 그러나 강 내시는 집에 없었다. 잠시 출타한 것이 아니라 종루 약방 거리에 있는 약방에서 기거한다고 했다.

박문수는 강 내시를 만나는 일을 뒤로 미루고 돌아오는 길에 과천현 관아에 들렀다. 면회 절차를 밟은 뒤 이문환 독살사건으로 옥에 갇힌 주모를 만나볼 수 있었다.

"그때 마침 손님이 북적거렸던 터라 얼굴은 잘 보지 못했어요."

주모치고는 어딘지 귀태가 흘렀다.

"술을 마시고 계산할 때 얼굴을 보았을 거 아닙니까?"

"돈은 평상에 놓고 갔어요. 그러니 자세히는 못 볼 수밖에요. 한 쉰 살쯤 된 늙은 선비였던 것 같아요. 아무튼 귀찮아요, 이제… 아무 죄도 안 지었는데 자꾸 윽박지르고 들볶아대니 괴롭고 귀찮아요."

"아주머니, 그날 일을 잘 좀 기억해봐요. 이러다 정말 누명이라도 써서 사달이 나면 어쩌려고 그러십니까?"

"누명은 무슨? 난 아무 죄도 안 지었는데, 결백한 사람을 뭘 어쩌겠어요?"

"전 주모가 무죄라는 걸 잘 압니다만… 이쪽이 결백해도 저쪽이 알아줘야 결백이 만천하에 드러날 게 아닙니까?"

"일 없으니 돌아가세요. 난 좀 누워야겠어요."

그때 콩콩하는 기침 소리에 돌아보자 곱상하게 생긴 처자가 반합 그릇을 들고 서 있었다.

박문수를 자리를 비켜주었다. 처자는 어머니에게 먹을 것을 가져온 모양이었는데, 둘이 하는 양을 지켜보던 박문수는 얘기가 길어질 것 같아 그곳을 물러 나왔다.

한참을 내려가고 있는데, 그 처자가 숨을 헐떡이며 쫓아와서는 어머니와 나누는 얘기를 들었다며 말했다.

"선비님은 우리 어머니가 무죄라는 걸 어찌 아세요?"

"그야…."

박문수는 속 시원히 대답하지 못했다. 얘기가 긴 데다 자기도 그렇게 짐작만 할 뿐 뭐라고 구체적으로 말할 수 있는 상황이 아니었기 때문이다. 다만, 아까 그렇게 말한 것은 주모를 구슬려보려는 방편이었는데, 박문수가 망설이자 처자는 적극적으로 나왔다.

"소녀, 유종이라고 하옵니다. 아까 선비님께서 만난 분의 딸년이고요."

보잘것없는 출신임에도 불구하고 제대로 예법을 배운 것 같았다. 몸짓과 태도에 절도가 배어 있었다. 이제 보니 반듯한 이목구비와 하얀 피부가 꽤나 아름다웠다.

그것이 박문수의 젊은 본능을 일깨웠다. 박문수는 잔뜩 무게를 잡았다.

"음… 음… 그래 뭐가 궁금한가?"

"어머니가 무죄라는 걸 어찌 아시냐고요?"

"아, 그야… 에헴… 알 만하니까 알지."

바보 같은 대답에 능청스러운 표정. 박문수는 스스로 생각해도 자신이 왜 그러는지 알 수 없었다. 그러나 도리어 그것이 처자의 궁금증에 불을 지핀 것 같았다.

"그러니까 소녀는 어머니의 무죄만 입증된다면 저렇게 고생을 안 하셔도 될 터이니 선비님께서 알고 계신 것을 관아에 알려주십사 하구요."

"근데 그게…."

박문수는 입맛을 쩝 다셨다.

"왜 무슨 말 못할 사정이라도 있는지요?"

박문수는 처자의 귀밑머리를 유심히 바라보다가 양 손바닥으로 볼을 툭툭 쳤다.

"왜 그러십니까?"

"아, 아니오. 내가 잠시…."

그러면서도 말은 엇나갔다.

"그쪽은 올해 나이가 몇이시오?"

"그건 왜?"

처자는 부끄러운지 고개를 떨구었다.

"우린 뭐든지 나이나 신분을 묻는 게 기본이오."

"그럼 선비님도 율관이십니까?"

"율관은 아니지만 율관을 돕고 있소. 왜 대답하기 싫소?"

"아니옵니다. 올해 열일곱입니다."

"으흠, 그래서 그랬나?"

박문수는 왼손 엄지와 새끼손가락을 마주치며 마치 역易 풀이를 하듯 사주팔자를 짚어보듯 농간을 쳤다.

"열일곱이면… 닭띠에 이름이 유종이라… 아무래도 역시…."

처자가 보일 듯 말듯 웃자 박문수가 말했다.

"왜 그러시오?"

"아, 아닙니다."

"내 말을 못 믿는가 본데… 처자 이름을 유종으로 지은 걸 보니 누군지 몰라도 주역을 좀 아는 사람인가 보오. 그런데… 초면에 실례지만 썩 좋은 이름은 아닌 듯하오. 설거지 팔자를 벗어나려면 날 한 번 더 만나야 한다는 뜻이오."

"설거지 팔자라뇨?"

처자가 발끈했다.

"곤괘坤卦 문언전文言傳에 '땅의 도는 이루는 일이 없고, 그 대신에 일을 마치는 것이다(坤道無成, 而代有終也)'라는 말이 있소. 그러니 허구한 날 밥 먹고 유종한다는 게 뭐겠소? 설거지지."

처자의 얼굴에 불쾌감과 함께 낙담하는 빛이 나타났다. 박문수는 그것을 보고 나서야 자신이 지나쳤다는 것을 깨닫고는 장난기가 수그러들었다. 그러나 장난스럽게 얘기한 것은 단지 여자를 희롱하기 위해서만은 아니었다. 이렇게 어머니가 누명을 쓸지도 모를 난감한 처지에 빠진 딸이라면, 사건의 진상을 밝혀내는 데 도움이 되지 않을까 하는 생각에서였다.

그는 바로 사과했다. 그러고는 여자가 물었던 것에 충분하게 설명을 곁들였다. 그러자 그녀의 안색이 달라졌다.

"이걸 보십시오."

그녀가 건넨 것은 쥘부채였다.

그것은 합죽선이었는데, 흔히 사군자나 산수화 같은 풍경이 그려진 것이 아니라 혼인婚姻하는 남녀와 그들을 둘러싼 병풍이 그려져 있었다. 그림이 정교한 데다 재질이 고급스러운 게 특별히 주문 제작된 것 같았다.

"아주 좋은 물건이군요."

"학록 이문환 선비가 죽어나가던 날 우리 주막 평상에서 주웠습니다. 누구 것인지는 알 수 없지만, 그날 우리 집에 다녀갔던 손님 중에 이문환 선비를 빼고는 유일하게 양반 차림이었던 것으로 짐작되어 마침 관아에 가져다줄 생각이었는데… 선비님이 어머니가 무죄라 하시기에 이걸 보여드리려고 쫓아온 것입니다."

"이문환 학록과 같이 있었다던 그 늙은 선비 말이오?"

"네, 그렇게 짐작은 합니다만."

그녀는 확신하지는 못했다.

"이문환 선비의 것일 수도 있잖겠소? 그건 알아보았소?"

"아니, 아마 이문환 선비님의 것은 아닐 겁니다. 그분은 우리 집 단골이라서 잘 아는데 평소에 졀부채를 지니셨던 적이 없습니다."

"알았소. 이건 내가 조사해보리다. 그리고 아까 내가 장난을 친 것은 너무 괘념치 마오."

"아닙니다. 소녀도 도울 일이 있으면 뭐든지 돕겠습니다. 저러다 정말 어머니가 누명을 벗지 못하는 날엔…."

"집안에 어른은 없소?"

"아버님이 계신데 죄 없는 사람을 잡아갔다고 화가 단단히 나셔서 요즘은 하루 종일 장작만 패셔요."

박문수는 자신의 신분을 정식으로 밝힌 뒤 그녀와 헤어졌다. 성균관으로 돌아온 박문수는 이복재에게 죽은 당일 상색장 권호철이 관내에서 무엇을 먹었는지 조사해달라고 부탁했다.

"난 따로 할 일이 있어. 그쪽은 형이 좀 맡아줘."

"뭘, 어떻게?"

평소답지 않게 이복재는 몹시 부담스러워했다.

"상색장이 그날 도기 감찰을 한 건 형도 잘 알고 있잖아. 감찰을 끝내고 나서 식사를 하셨을 것 같은데… 식사를 하셨다면 혼자 했는지 아니면 누구와 함께했는지. 만에 하나 그날 아침 입격자 알성 문제로 기분이 안 좋아 식사를 걸렀다면 다른 걸 드시지는 않았는지…."

"도와는 주겠는데 딱 내일만이야."

"왜, 무슨 일 있어?"

"방금 전 장의와 수반首班 어른을 만나 뵙고 오는 길이야. 문수야, 난 말이야…."

그는 말문이 막히는지 잠시 뜸을 들였다가 다시 말했다.

"내일모레 이곳을 떠나."

"떠나다니?"

"우리 아버지가 내가 어릴 때 돌아가셨다는 건 알지?"

동병상련이랄까, 바로 그 때문에 둘은 더욱 가깝게 지낼 수 있었다. 이복재가 말했다.

"어머님이 재혼하시게 됐어."

청천벽력 같은 소리였다. 양반가에서 부인이 재혼하면 아들은 과거 시험을 치를 수 없도록 국법으로 정하고 있었다. 그것은 이제 그가 고생고생해가며 성균관에서 쌓았던 모든 노력이 수포로 돌아감을 뜻했다. 충격은 말할 수 없이 커 보였다. 그런데도 이복재는 놀라운 자제력으로 잘 참아내고 있었다.

"놀랄 거 없어. 언젠가는 이런 날이 오리라는 걸 예상하고 있었어. 우리 어머니야 내가 누구보다도 잘 알지. 사내 없이는 하룻밤도 홀로 지새기가 어렵다는 것을."

"형, 말이 지나쳐."

"그랬나, 내가?"

이복재는 씁쓸하게 웃었다.

박문수는 괜한 말을 꺼냈다 싶어 일방적으로 부탁을 취소한 후 말했다.

"술 한잔할까?"

"내일 하자. 오늘은 혼자 있고 싶어."

박문수는 이복재가 풀이 죽어 나가는 모습을 안쓰러운 눈길로 바라보았다.

(다음 호에 계속)

"소설은 문장의 예술입니다"

—소설 《파쇄》의 구병모 작가

인터뷰 진행★김소망

구병모 2008년 《위저드 베이커리》로 창비 청소년문학상을 수상하며 등단했다. 2015년 소설집 《그것이 나만은 아니기를》로 오늘의작가상과 황순원신진문학상을 수상했다. 장편소설 《파과》, 《한 스푼의 시간》, 《아가미》와 소설집 《빨간구두당》이 있다.

100쪽이 채 되지 않는 짧은 이야기가 오래 잊히지 않고 내가 사는 세상에서 실제 일어난 일처럼 영향을 주는 이유는 무엇일까. 구병모 작가의 신작 소설 《파쇄》를 읽은 지 시간이 제법 흘렀는데도 '조각'이라는, 이름부터 한 발짝 떨어져 바라보게 하는 이의 삶이 근방을 오래 머물고 있다. 조각의 직업은 미스터리·스릴러 장르물에 심심치 않게 등장하는 킬러이지만 누군가에게 쫓기거나 누군가를 죽여야 하는 임무를 수행하지 않는다. 그보다 《파쇄》는 '나는 어떻게 내가 되었는가'에 대해 이야기하는 소설이다. 한국 미스터리 소설이 기괴한 범죄와 기발한 트릭, 추리 과정으로 유희를 주는 것을 넘어, 그 모든 것을 통해 결국 한 사람의 어둡지만 따뜻한 내면과 삶을 들여다봐 주길, 세상의 그늘과 아름다움을 노래해주길 소망해보며 구병모 작가에게 《파쇄》에 대한 이야기를 들었다.

안녕하세요, 작가님. 《파쇄》에 대해 소개 부탁드려요.

안녕하세요. 《파쇄》는 2013년에 첫 발간된 장편소설 《파과》의 외전격인 단편소설입니다. 《파과》가 노년 여성 킬러의 쇠잔함과 그럼에도 강인할 수밖에 없는 순간들을 과거의 장면들과 삽화들을 통해 그려냈다면, 《파쇄》는 《파과》 속에 있었던 과거 삽화들 가운데 구체적으로 드러나지 않았던 장면들, 킬러가 되기로 하고 실제 훈련에 들어가는 한 달 동안 벌어진 일을 200자 원고지 175매 분량으로 쓴 것입니다.

《파과》가 출간된 지 10년 만의 외전인데요. 이 소설은 어떻게 기획된 건가요?

2018년에 《파과》의 전면 개정판을 발간하면서, 이런 내용의 짧은 외전이 있어도 괜찮겠다 정도로 가볍게 생각하고 지나갔습니다. 그러나 우리나라에서 어떤 소설의 외전이 별도로 집필, 발간된다는 것은 그 소설의 인지도 자체가

보통 이상으로 높다는 전제하에 가능할 것 같았습니다. 그래서 당시에는 쓸 수 없었고 써도 의미 없이 묻힐 거라고 판단했으며, 무엇보다 연이어 다른 일들이 많아서 계속 뒤로 미루어졌습니다. 그러다가 작년, 2022년 봄날이 끝나갈 무렵 위즈덤하우스 출판사에서 50인 작가의 중단편소설을 주 1회 게재하는 〈위픽〉 시리즈 론칭을 준비한다는 얘기와 함께 저에게 제안을 했습니다. 이때도 역시 웹사이트에 공개할 단편소설 한 편을 의뢰한 것일 뿐 조각에 대한 외전을 부탁한 것은 아니었습니다. 그러나 개정판 발간 이후로 5년이라는 세월이 흐르면서 《파과》를 기억해주는 독자들이 많아졌고, 그것을 발간한 출판사가 마침 위즈덤하우스라는 점, 그래서 지금 이 자리가 묻어두었던 외전을 내놓기에 적합한 때와 장소라는 판단이 들었습니다. 아마 〈위픽〉 시리즈가 계기가 되지 않았다면 끝까지 안 나왔을 이야기일지도 모르겠습니다.

《파쇄》의 첫 문장을 다섯 번 연거푸 읽었습니다.
"강선을 통과한 탄환이 일으키는 회전의 감각이 팔꿈치를 타고 나선형으로 흐른다. 어깨를 흔드는 진동을 견디며 그녀는 흔들리지 않는다." (구병모, 《파쇄》, 위즈덤하우스, 2018, 5쪽)
조각을 사랑하는 독자들의 오감을 깨우는 문장이 아닐까 생각합니다. 이 소설의 첫 문장을 쓰던 순간이 기억나시는지요.

이 경우는 첫 문장부터 소설 《파과》와 확실하게 관련이 있는 소설이라는 걸 알려주고 시작해야 한다고 생각해서, 《파과》의 일부 문장을 변형하여 다시 쓴 것입니다. 그 문장이 조금 길지만 인용해보자면 다음과 같습니다.
"탄환이 총신 안에서 요동치고 강선을 활주하듯이 미끄러져 나가는 느낌이 손아귀에 전해지며, 손목부터 팔꿈치를 타고 흐른 진동이 어깨뼈가 어긋나는 듯한 통증과 압박감으로 퍼져나가지만, 곧 그녀는 업자의 머리에 난 붉은 구멍을 가늠쇠 너머로 볼 수 있다." (구병모, 《파과》, 301쪽)
몇몇 공통되는 단어들을 바로 알아볼 수 있지요. 《파과》가 노년 여성이어서 신체 기능이 떨어진 상태로 발사 순간에 좀 더 무거운 통증과 진동을 동반하는 데에 비해, 《파쇄》는 10대 시절이어서 흔들림이 없다는 것도 비교해서 읽어볼 만한 부분이고요.

조각의 이야기를 오랜만에 다시 쓰시면서 어떤 부분을 가장 고심했을지 궁금합니다.

머릿속에 다 들어 있던 이야기여서, 제안을 수락한 뒤 한 달이 지나기 전에 집필을 마쳤습니다. 분량상 크고 복잡한 서사를 수반하는 게 아니라 딱 '요점만

간단히' 타입의 이야기였기 때문에, 나머지는 문장의 디테일에 달려 있었습니다. 이 소설 아닌 다른 어떤 소설을 쓰더라도 제가 가장 고심하는 것은 문장입니다. 영화가 감독의 의도에 따라 장면 하나하나에 숨겨진 미장센이 있지만 모든 관객이 그것에 숨겨진 상징 기호를 포착하지는 못하는 것처럼, 소설은 문장의 예술이라고 생각합니다. 예컨대 스토리만을 스피디하게 보여주기 위해서라면 단지 총을 쏘았다, 칼로 찔렀다, 라고만 써도 별문제는 없을 겁니다. 그러나 제게는 '무엇을' 쓰느냐가 아니라 '어떻게' 쓰느냐가 항상 중요합니다.

출판사가 서점 사이트에 소개한 《파쇄》의 설명글에 '조각이라는 인물이 어떻게 킬러가 되었는지 그 시작을 그린 소설'이라는 문장이 있었습니다. 《파과》를 읽은 독자라면 조각이 킬러가 된 방법적인 부분은 이미 알겠지만, 《파쇄》에서 작가님이 의도하신 '조각이 킬러가 되기 위해 반드시 겪어야 했던 순간'이란 어떤 것이었나요?

특별한 임팩트 있는 모먼트 하나를 의도하지는 않았고, 다만 아무도 믿을 수 없고 믿어서도 안 되고 그 어떤 상황에서도 안심해서는 안 된다는 것을 '알아가는' 과정 전부를 말한다고 보아도 좋겠습니다. 그 외에는 정확하게 꼽을 수는 없고 일부 힌트만 드리자면, 《파과》의 소녀는 자신을 방어하다가 엉겁결에 살해한 것에 가깝다면, 《파쇄》의 소녀는 작정하고 자신의 의지로 총을 겨누었지요. 굳이 자기가 안 쏘아도 되고 오히려 그러지 말라고 했는데 쐈다는 겁니다. 동일 인물인데 두 상황에서 차이가 나타난 거예요.

《파과》와 《파쇄》를 창작하실 때 참고한 인물이나 작품, 작가 등이 있을까요?

제가 《파과》를 집필하던 2012년경에는 어디를 자유롭게 나가서 다닐 수 있는 상태가 아니었습니다. 영화를 보러 극장에 가는 건 고사하고 공립도서관 한 번을 가기도 어려웠습니다. 지금처럼 OTT 콘텐츠 서비스가 정착된 시대 또한 아니었고, 전자책도 활발하게 출간되지 않았으며 책은 종이책이었습니다. 책 한 권을 느긋하게 볼 수 있는 여건 또한 아니었습니다. 그런 상태에서 저한테 남아 있는 킬러의 이미지, 제가 확실하게 '봤다', '기억난다'고 말할 수 있는 킬러는 오로지 대학 시절에 본 〈레옹〉뿐이었습니다. 〈니키타〉도 제목만 알지 실제로 본 적은 없습니다. 소설로는 김언수 작가님의 《설계자들》을 2010년 출간 당시 읽었는데, 그 무렵에는 언젠가 킬러가 등장하는 소설을 쓰고 싶다는 생각만 했고 구체화되지는 않았습니다. 그런데 레옹이든 래생이든 간에, 일단 다들 건장한 남성들이잖아요? 니키타는 젊고 강인한 여성이고요. 그들과 전혀 다른 길을 가려면 내 주인공은 힘 떨어지고 나이 든 약자에 가까운 사람이어야겠구나, 생각했습니다. 그런 결정을 하게 된 흐름을 두고 광범위한 의미에서의 참고 행위라고 볼 수 있겠지요. 주요 참고 도서는 총기류 서적이나 전투 방식을 다룬 서적이었습니다. 지금은 국내외 범죄 관련 서적이 넘쳐날 지경이고, 그 무렵에도 AK트리비아북스 시리즈에서 전투 관련 자료나 도감을 번역 출간하고 있긴 했지만, 저한테 가장 필요한 책이 미번역 상태였기 때문에 일본 서적을 구해다가 느릿느릿 단어별로 해석해가면서 참고했습니다(파파고는 없었고 완전히 사전에만 의존하느라 하세월이었습니다). 그 외에는 당시에도 이미 희귀본으로 구하기 어려웠던 멀티매니아호비스트의 《세계의 군용총기백과》 시리즈라든지, 전혀 모르는 분야의 물건이다 보니 이것저것 그림이라도 훑어보는 정도였습니다. 지금은 그것들이 어떻게 생겼고 어떤 구조였는지, 무슨 기종이 탄창에 몇 발이나 들어가는지 당연히 다 잊어버렸습니다.

킬러처럼 현실 세계에서 만나기 어렵고 자료 조사도 하기 어려운 인물을 주요 캐릭터로 삼으셨음에도 작가님의 인물 묘사에는 현실적인 생활감이 잘 녹아 있는 것 같아요. 캐릭터를 만들 때 작가님이 중요하게 생각하시는 지점은 무엇인가요?

《파과》의 경우 노년 여성 킬러라는 세 단어 외에는 무언가 특별히 세부 요소를 주도면밀하게 설정하지 않았습니다. 애초에 캐릭터의 중요도가 높은 소설을 쓰고 싶어 하지 않았고, 캐릭터가 강렬하다거나 살아 있다거나 그런 요소에 관심이 적은 편입니다. 작정하고 캐릭터를 직조한다는 관념, 소설을 일종의 기획 관점으로 접근하는 자체가 저의 글쓰기 방식과는 거리가 있습니다. 저에게 글쓰기는 운명과 본능이 큰 지분을 차지하고, 만약 제 소설의 캐릭터가 생생하다고 여겨진다면 그건 구체적인 캐릭터 설정에 치중해서가 아니라 공들인 문장이 주는 착시 현상일 수도 있습니다. 치밀하게 만들어진 캐릭터가 소설을 이끌고 가는 게 아니라, 문장이 소설을 이끌고 가며 캐릭터를 형상화하기도 하는 것입니다. 아무리 열심히 도표와 연표를 짜가면서 캐릭터를 만들더라도, 그것을 표현할 문장이 궁색하다면 이 인물이 얼마나 매력적인지를 전달하기 어려울 겁니다. 제 소설 중에 가장 널리 알려진 세 권만 읽은 분들은 자칫 속았다는 느낌이 들 수도 있습니다. 이렇게 "캐릭터가 다 했다"는 느낌의 소설을 쓰면서 캐릭터를 만드는 일에 딱히 신경 쓰지 않는다고? 진실은, 그 인물들이 모두 문장으로 빚어졌다는 사실뿐입니다.

원천 콘텐츠를 중심으로 세계관이 확장되거나 다양한 포맷으로 계속 이어지는 시리즈물을 기획하는 게 대세가 된 지 오래되었는데요. 작가님께 조각을 비롯한 '방역'의 세계를 계속 창작할 수 있는 기회가 주어진다면 응할 마음이 있는지 궁금합니다.

현재는 없습니다. 이걸로 충분하고, 《파쇄》는 여러 가지로 극히 예외적인 경우였습니다. 먼 훗날 언젠가 이 방역업자들의 이야기가, 예를 들어 영화나 드라마로 만들어져서 반응이 좋다고 한다면 속편이라든지 시즌제 같은 일이 세상에 절대 없으리라는 법은 없지만, 그 정도쯤 되면 그건 저의 일이 아니고 전문가 집단의 재능과 자본이 투입되는 사업일 겁니다. 소설에 한해서는, 제가 만일 총과 칼이 다시 등장하는 소설을 쓴다고 해도, 이 두 편의 소설과 배경을 공유한다든지 접점 같은 건 없을 거라고 생각합니다. 작가라면 자기가 편안히 발 뻗고 앉을 수 있는 자리에서 정착하지 않고 일어나 다른 의자를 찾아다니기 마련이니까요.

《파과》 출간 시 많은 독자가 이 작품의 가상 캐스팅을 하며 즐거워했는데요. 당시에 작가님이 작품을 집필하시며 떠올렸던 배우와 이번에 《파쇄》를 집필하시며 떠올린 배우는 같은가요?

이건 《파과》가 출간된 10년 전부터 제가 꾸준히 해온 얘기입니다만, 소설가는 소설 쓸 때 소설만 생각합니다. 집필하는 동안 배우는 물론 실존하는 어떤 인물도 떠올리지 않는 것, 그것을 원칙으로 삼는다 할 정도는 아닌데도 자연스럽게 그렇게 됩니다. 저의 경우는 아마 평소 텔레비전을 포함해 영상매체를 자주 안 보는 바람에, 어떤 이미지나 영상을 흡수하고 필요시 인출하는 능력이나 기반 자체가 취약해서 그런 것일 수도 있습니다. 의도치 않은 사이에 텍스트가 저의 전부가 된 상태라고 하겠습니다. 한편 책이 출간된 후에도 저는 조각 역으로 어느 배우가 좋겠느냐는 질문에 대부분 노코멘트였고, '네티즌 가상 캐스팅에서는 누구누구 배우님들이 언급되더라' 정도만 밝히는 선에서 더 나아가지 않습니다. 원작자가 무언가를 직접 말하는 순간 그것이 오피셜로 둔갑할 수 있기 때문입니다. 독자들 마음속에서 자유롭게 변주되고 펼쳐져야 할 이미지가, 원작자가 말하는 한 점으로 수렴 고정되어버리면 안 되겠지요.

평소 작가님이 '이 작가(작품)의 팬이다'라고 생각하실 정도로 애정하는 작품들은 어떤 건가요?

저는 무언가에 혹은 누군가에게 깊이 빠져들거나 열광하는 성격이 아닙니다. 그러므로 팬의 정의를 다만 '그의 작품이 출간되는 대로 다 사서 읽는(혹은 사 놓고 읽지 않는) 사람'이라고 해두는 편입니다. 그런 작가들의 목록부터가 국내외 너무 많아서 다 공개하기 어렵고, 생존 외국 작가들 가운데 우선 한 명만 꼽자면 실비 제르맹의 소설을 전작하고 있습니다. 망각과 악의와 폭력과 정체성에 관한 소설 《마그누스》가 특히 기억에 남습니다. 올리비아 로젠탈의 작품도 만약 번역된다면 계속 따라 읽을 생각이지만, 아직 국내에는 《적대적 상황에서의 생존 메커니즘》 한 권만 나와 있습니다. 죽음과 죽음 직전, 죽음 이후가 어지럽게 교차하는 한 권의 캐스트퍼즐 같은 책입니다.

마지막으로 작가님의 차기작 계획에 대해 말씀해주세요.

올해 여름에는 소설집이 발간될 예정입니다. 최근 몇 년간 각종 문예지에 수록했던 단편소설들을 모은 책입니다. 그 이후로도 쭉 일정표가 촘촘하게 짜여 있지만 그걸 다 수행할 수 있을지는 알 수 없고, 현재 집필 중인 소설의 주요 정서가 환멸, 염증이라는 것까지만 말씀드릴 수 있습니다. 감사합니다.

김소망 평생 영화와 책 사이를 오가고 있다. 대학에서 영화 연출을 전공했고 현재 직업은 출판 마케터. 마케터란 한 우물을 깊게 파는 것보다 100개의 물웅덩이를 돌아다니며 노는 사람과 비슷하다는 생각을 한다. 운 좋게 코로나 전에 다녀온 세계 여행 그 후의 삶을 기록한 여행 에세이 외전, 《세계 여행은 끝났다》를 썼다.

한국적 장르 서사와 미스터리 ④

—미스터리라는 게임의 형식

★박인성

문학평론가. 2011년 〈경향신문〉 신춘문예로 등단하여 활동 중. 현재 부산가톨릭대학교 인성교양학부 조교수로 재직 중이다.

게임으로 이행하는 미스터리

《계간 미스터리》에 두 번째 연재를 시작하고 어느새 마지막 연재 순서가 되었다. 마지막 연재인 만큼 이번에는 좀 색다른 미스터리의 계열에 대해 말하고 싶은 욕심이 생겼다. 다름이 아니라 '미스터리 게임' 분야다. 지난 세 번의 계절 동안에는 멜로드라마, 오컬트, SF라는 인접 장르와 함께 미스터리를 읽는 방식에 관해 이야기했다면, 이번에는 매체를 전환해 비디오 게임 혹은 디지털 게임이라고 불리는 오늘날 게임 장르에서의 미스터리란 어떤 방식으로 존재하며 구체화되고 있는지를 거칠게나마 살펴보려 한다. 이러한 작업은 미스터리가 대중화되며 동시에 호흡하는 장르로 발전하고 있는지에 대해 이해하는 과정과 아울러, 오늘날의 미스터리 소설이 함께 호흡하고 있는 동시대적인 문화 콘텐츠의 경향을 요약하는 일이 될 것이다.

앞선 연재에서 언급했듯이 미스터리 장르의 기원이 19세기 부르주아들의 지적 유희에 해당하는 일종의 계급적 놀이였다는 사실을 기억한다면, 오늘날 미스터리라는 장르가 문자 그대로 게임 텍스트로서 플레이어들에게 소비되는 것은 그다지 놀랍지 않다. 오히려 한정된 계급의 지적 능력과 이성적 믿음에 대한 과시적 유희였던 성격을 벗어나, 누구나 쉽게 접근할 수 있고 참여하면서 피드백을 얻을 수 있는 게임 장르는 미스터리의 대중화 가능성을 가진다. 게임이 가지고 있는 캐주얼한 특징과 미스터리의 결합에 대해서는 그 다양한 결과물을 살펴볼 필요가 있으며, 미스터리 자체의 게임으로서의 성격이 실제로 비디오 게임이라는 매체를 통해 어떻게 구체화되거나 변형되는지를 고려해야 한다.

소설로서의 미스터리가 훌륭한 게임으로 발전 가능하다는 것을 알려준 것은 한때 대단한 인기를 끌었고 지금도 엄연히 존재하는 게임북gamebook이다. 1970~1980년대생이라면 누구나 어린 시절 두근거리는 마음으로 게임북을 펼쳐서 난생처음 선형적인 독서에서 벗어나 페이지를 찾아가며 책을 통해 게임을 하는 과정에 빠져든 경험이 있을 것이다. 과거의 게임북은 오늘날 인터랙티브 무비나 텍스트 어드벤처류 게임의 시조라고 할 수 있을 텐데, 그 당시부터 어드벤처, 오컬트, RPG까지 아우르는 다양한 장르가 존재했지만, 미스터리는 게임에 대한 참여적 과정 전반에 걸쳐 분포된 이야기의 내적 논리 같은 것이었다. 우리는 퍼즐처럼 조각난 이야기를 짜맞추는 방식으로 하나의 이야기적 진실을 추구하는 탐정의 역할을 경험하는 셈이다.

이후 게임북의 형식적인 이야기 전개가 비디오 게임으로 구현된 대표적인 사례가 〈킹스 퀘스트King's Quest〉(1984~1998)나 〈원숭이 섬의 비밀〉로 유명한 〈원숭이 섬Monkey Island〉(1990~2022) 시리즈일 것이다. 이러한 어드벤처 게임의 핵심 전개 방식은 퀴즈이며, 결과적으로 단서를 찾아서 문제를 해결하는 논리적 추리 과정을 내포하고 있다. 게임으로서의 미스터리는 우리가 '장르로서의 미스터리'를 다뤄온 방식과는 조금 다르다. 퀴즈는 본격적인 미스터리의 영역에서 벗어나 포괄적인 게임 장르의 플레이 요소로 독립되며, 일종의 퀴즈 풀이 과정으로 압축되면서 다양한 장르적 서사와 결합한다. 이러한 게임 장르에서 미스터리가 활용될 경우, 독자의 참여와 이야기의 퍼즐을 짜맞추는 방식으로 의미를 구성해나가는 능동적인 스토리텔링의 과정을 늘 포함한다는 사실을 상기해야 한다.

이러한 미스터리적 추리 과정이 다양한 스토리 확장과 긍정적인 시너지를 일으킨다는 점에서, 일본의 게임 산업은 어드벤처나 퀴즈에 중점을 두기보다는 텍스트를 중심으로 소설적 서사 전개 과정에 좀 더 중점을 두었다. 특히 일본의 인터랙티브 스토리텔링은 선택지 중심으로 이야기를 멀티플롯으로 발전시키고, 장르를 넘나드는 복합적 이야기로 구성하는 것을 선호한다. 이는 사실상 컴퓨터로 즐기는 게임북, 혹은 게임과 소설의 경계에 있는 장르처럼 보인다. 춘소프트에서 발매된 〈카마이타치의 밤かまいたちの夜〉(1994)은 대표적인 사례다. 이 게임은 국내에서도 《살육에 이르는 병殺戮にいたる病》(1992)으로 유명한 신본격 미스터리 작가인 아비코 다케마루의 작품으로, 미스터리를 표방하는 사운드노벨 게임이다.

〈카마이타치의 밤〉은 폭설로 인해 고립된 스키장의 산장에서 벌어지는 연쇄살인이라는 점에서 고전적인 클로즈드 서클을 표방한다. 이 클로즈드 서클의 고립된 상황에서 발생할 수 있는 다양한 이야기적 가능성을 위해 다회차 플레이를 지향하고 있는데, 이를 위해서는 우선 1회차에서 진지한 본격 미스터리 추리에 성공해야만 한다. 이러한 1회차 미스터리 파트 역시 여러 차례 배드엔딩을 보고 반복 플레이를 수행해야만 전체 미스터리의 전모를 파악할 수 있다는 점에서, 이 게임은 미스터리 소설이 일회적 독서만으로는 제공할 수 없는 깊이 읽기의 과정을 게임이라는 매체적 특성을 통해서 유도하는 셈이다. 미스터리 파트에서 정확하게 범인을 찾아내 엔딩을 보고 나면, 이제 게임은 걷잡을 수 없이 키치한 서사적 가능성으로 변형된다. 앞서 선택했던 것과는 다른 선택지를 고를수록 이야기는 1회 차와 완전히 구별되는 공포, 오컬트, 코미디, 각종 B급 장르 서사로까지 파생된다. 1회 차에서 경험했던 인물들 간의 관계성이나 캐릭터성이 완전히 전복되고 재구성되는 과정을 통해서 플레이어는 미스터리 장르의 복합적인 장르적 결합을 게임이라는 매체적 특수성과 함께 간접적으로 경험하게 된다.

〈카마이타치의 밤〉은 분명 본격 미스터리를 표방하는 고전적인 미스터리 소설에 속한다. 하지만 동시에 미스터리는 이제 정답만을 추구하고 범인을 색출해야만 끝나는 경직된 추리게임에서 벗어나 다양한 선택지 속에서 스토리텔링의 가능성을 확장하게 된다. 이러한 경험 자체가 게임이라는 매체에서 미스터리가 가지는 유동적인 성격을 암시한다. 본격 미스터리를 표방하지 않는 사운드노벨이라고 할지라도, 플레이어는 각각의 선택지가 가지는 논리적인 추리 과정과 스토리텔링의 연속성을 통해서 매우 연성화된 형태의 미스터리적 즐거움을 경험하게 된다. 미스터리라는 장르는 본질적으로 단서를 통해서 전체의 이야기를 구성하는 퍼즐과 같은 이야기 구성을 지향한다는 사실을, 아주 자연스럽게 게임이라는 매체가 구성하는 셈이다.

캐주얼 미스터리의 확장성: 일본의 미스터리 게임

일본은 소설에서만이 아니라, 게임의 영역에서도 미스터리물의 선구자라고 할 수 있다. 특히 우리가 흔히 생각하는 본격 미스터리의 왕국이라는 이미지와 달리, 게임에서는 미스터리에 대한 이해를 훨씬 자유롭고 대중적인 방식으로 변화시킨 것 역시 일본 미스터리 게임의 특징이다. 즉 앞서 언급한 것처럼 게임 장르에서의 미스터리를 다소 본격적인 것에서 멀리 떨어진 연성화된 개념으로 만든다고 할지라도, 게임을 통해서 미스터리 장르에 대한 저항을 줄이고 아주 기초적인 차원에서부터 미스터리를 받아들일 수 있게 해주는 것이 캐주얼한 미스터리 게임들의 강점이다.

물론 대중적인 미스터리 게임 이전에 〈탐정 진구지 사부로探偵神宮寺三郎シ〉(1987~) 시리즈처럼 본격적인 하드보일드 장르를 추구한 게임도 존재한다. 이 작품은 클래식한 미스터리의 문법을 그대로 살려 일직선의 스토리를 전개하지만, 수사와 탐색이라는 미스터리 게임 파트의 기본적인 플레이 요소와 추리를 통한 이야기 전개를 단편적인 퀴즈 이상의 고급스러운 사유 과정으로 종합할 수 있게 만들었다. 플레이어는 능동적으로 단서를 모으고 추리를 수행할 뿐 아니라, 이 게임의 시그니처가 된 대사인 "나는 담배에 불을 붙였다"는 플레이어가 입력할 수 있는 커맨드에 따른 스크립트이기도 하다. 커맨드 입력을 통해서 담배를 피우는 행위는 하드보일드 특유의 분위기를 플레이어가 직접 체감할 수 있게 해주는데, 이 점은 물론 독특한 게임 특성을 반영한다. 담배 피우는 행위를 통해서 진행상의 과정에서 추리의 막막함을 대변해주는 것과 동시에 추리 과정에서의 힌트를 환기할 수 있는 커맨드를 게임의 특수성을 살려 입력할 수 있게 한 것이다. 전체 이야기를 통한 서사적 이해뿐만이 아니라, 압축적이고 시각적인 전달은 게임이기에 가능한 강한 장르적 인식을 제공한다.

〈탐정 진구지 사부로〉 시리즈가 나름대로 유의미한 마니아들을 만들어낸 것은 사실이지만, 2000년대 이후 가장 대중적으로 성공한 미스터리 게임 프랜차이즈라고 하면 〈역전재판逆転裁判〉(2001~) 시리즈와 〈단간론파ダンガンロンパ〉(2010~2017) 시리즈를 빼놓을 수 없다. 두 작품은 지향하는 게임의 장르적 특징이나 분위기에서는 다소 차이가 있을지언정, 근본적으로 미스터리 장르를 통해서 캐주얼한 미스터리 향유자를 확장하는 데 성공한 기념비적인 게임들이다. 무엇보다도 선형적인 스토리 구조에도 불구하고, 본격적으로 미스터리 장르가 일련의 게임 플레이로서 개성화되기 시작한다. 단서 찾기와 탐문 과정은 〈탐정 진구지 사부로〉 시리즈에서 이미 제시되었지만, 무엇보다도 추리 과정 자체를 단계적으로 논리화하고 대화 과정을 통해 풀어나가는 효과적인 플레이 구조를 제시했다.

캡콤(CAPCOM)의 〈역전재판〉 시리즈는 2001년 〈역전재판〉 1편 출시를 시작으로 최근작 〈대역전재판 2〉(2016)까지 20년이 넘는 세월 동안 사랑받아왔다. 이 게임의 가장 혁신적인 점은 변호사로 재판 과정에 직접 참여함으로써, 증인들의 진술을 추궁하고 모순을 지적함으로써 진실을 규명한다는 단순하면서도 큰 쾌감을 주는 플레이 구조를 미스터리 게임의 전범이 되도록 만들었다는 사실이다. 증인의 진술에서 모순을 찾아내기 위해, 추궁과 제시를 통해 새로운 정보를 끌어내는 과정 전반이 우리가 알고 있는 재판 과정을 하나의 엔터테인먼트로 구성한다. 플레이어는 진지한 법정의 변호사인 동시에 흥미진진한 재판 과정의 방청객이기도 하다. 이러한 양면적인 관점은 실제로 주인공인 나루호도 류이치가 셜록 홈스와 같은 탐정처럼 사건의 전모를 미리 꿰맞춘 채로 재판에 참여하는 것이 아니라, 임기응변과 모든 것에 트집을 잡는 방식으로 예상치 못한 전개를 끌어내기 때문이다. 모든 미스터리의 전모는 재판 과정에서 실시간으로 갱신되며, 추리를 수행하는 플레이어 자신조차 추리하며 발전하는 이야기 전개에 몰입하게 된다.

이처럼 〈역전재판〉의 플레이 구조는 크게 탐색 파트와 재판 파트로 이중화되어 있으며, 기존의 〈탐정 진구지 사부로〉에서 보여주었던 추리 과정을 훨씬 다이내믹한 게임성을 추구하는 방식으로 갱신했다. 무엇보다 이 게임의 독특한 게임성은 미스터리의 진지함과 캐주얼함 사이에서 절묘하게 줄타기를 하는 데 성공했다. 게임 속의 세계관이나 캐릭터들은 황당무계할 정도로 과장된 측면도 있지만, 추리의 논리를 구성하기 위한 단서만큼은 철저하게 게임 내부 세계의 핍진성을 벗어나지 않기 때문이다. 따라서 플레이어들은 때로는 이 게임의 추리가 정말 합리적인 논리를 따르고 있는지 의심할 수도 있는 반면에, 게임 전체의 규칙성과 그에 대한 믿음을 저버리지 않는다는 사실을 단계적으로 확인함으로써 다소 황당한 세계 속의 미스터리라는 장르에 적극적으로 참여할 수 있게 된다.

특히 재판 파트에서는 일반적인 법정 소설과는 달리 말 그대로 추리 과정을 재판을 통해서 수행한다. 이 게임만의 캐주얼한 게임성을 위해서 현실의 법정과는 구별되는 허구적 세계를 인식시키는 과정 역시 중요하다. 〈역전재판〉의 세계관은 의도적으로 현실의 법리적 시스템이나 재판의 리얼리티를 희생하고서, 게임 특유의 극적인 연출을 위해 즉각적인 추리 과정 내부로 재판의 전체 전개를 포함한다. 이러한 게임성 측면의 강조는 미스터리란 진지한 것이며, 법정은 엄숙해야 한다는 우리의 일반적인 인식을 완전히 전복한다. 진지한 오컬트 장르가 아님에도 불구하고 빙의를 포함하는 초자연적 요소가 자연스럽게 미스터리 내부로 들어올 수 있다는 점, 각종 단서나 추리 방식 자체는 황당하고 극단적인 측면이 있지만 결과적으로 말이 되게끔 들어맞는다는 사실에서 오는 쾌감이 미스터리 과정 전반의 엄밀함과 매력적인 조화를 이룬다. 〈역전재판〉은 본격 미스터리에 대한 대중 플레이어들의 거부감과 편견을 극복하고 관심을 갖도록 유도했을 뿐 아니라, 미스터리 게임의 장르적인 구체성을 거의 완성했다고 봐도 무방하다. 〈역전재판〉 1편에서 3편으로 이어지는 시리즈 전반의 완성도 높은 이야기 구성, 〈대역전재판〉 1~2편에서 다시금 확인되는 서사적 완성도는 앞서 강조한 미스터리 게임의 구조적 짜임새와 맞물려 미스터리 게임이라는 장르 내부에서 거의 클래식한 위상을 확보했다고 봐도 무방할 것이다.

이처럼 〈역전재판〉으로 구체화한 일본식 미스터리 게임 장르의 계보에서 등장한 〈단간론파〉 시리즈는 밀폐된 학교 공간에서 펼쳐지는 데스게임과 그에 따른 '학급재판'이라는 요소를 통해서 더욱 개성적인 게임성을 완성했다. 〈단간론파〉 시리즈는 〈역전재판〉으로부터 영향을 받았음이 분명한 동시에, 게임 시스템적인 변화를 통해서 거의 새로운 장르적 갱신을 수행했다. 무엇보다도 이 게임 특유의 캐주얼함은 액션 요소를 통해 추리 과정 전반에 리드미컬함을 제공했다는 점이다. 증거를 탄환 모양으로 형상화한 말탄환(코토다마)을 통해서 상대방의 증언을 직접적으로 맞추어 파괴하거나 동조하는 액션 시스템을 통해서 정적이고 순차적이던 추리 과정을 좀 더 입체적이고 역동적인 개입으로 만든다. 또한 〈역전재판〉에서 증인의 발언에 대해서만 그 논리적 정합성을 따져야 했던 것과 달리, 학급재판의 증언은 동시적이며 다수의 발언에 대한 동시적인 대응을 위한 순발력이 요구된다.

액션 게임, 퍼즐, 리듬 게임의 요소 등을 결합해 추리 과정이 지루하지 않게 하는 것 또한 〈단간론파〉 시리즈가 추구하는 미스터리 게임으로서의 스타일이다. 전체 게임의 컬러는 가볍고 게임성은 캐주얼하게 제작되었음에도 불구하고 학급재판의 결과에 따른 '처벌'로 인해 동료가 한 명 한 명 실제로 죽어야 하는 심각성이 연출된다는 점, 전반적으로는 유머러스하고 발랄한 분위기와 과격하고 파괴적인 설정 및 소재가 결합한 부조화의 효과가 이 게임의 복합적이고 입체적인 추리 과정과 맞물리는 셈이다. 플레이어는 반드시 사건의 전모를 미리 추측해 재판에 참여하는 것이 아님에도 불구하고, 단서의 제시에 있어서 코토다마의 배열과 캐릭터 증언 속에 색이 다르게 표시되는 핵심 포인트를 타격하는 방식 자체를 즉각적인 힌트로 활용해 정답을 맞혀 나갈 수 있다.

일단 게임의 플레이 과정에 적극적으로 참여함으로써, 먼저 정답을 맞히고 그에 따라서 추리가 전개된다는 점은 〈역전재판〉 이후 미스터리 게임의 전개 방식이 되었다. 플레이어는 자신의 인식과 느낌, 단서에 대한 직관적인 이해나 힌트를 활용해 반드시 고차원의 추리를 수행하지 않더라도 정답을 맞히고 그에 따른 사후적 해석 과정을 확보할 수 있다. 이러한 사후적 추리 과정이야말로 캐주얼한 미스터리 게임이 주는 지적인 즐거움이다. 누구나 풀 수 있는 미스터리, 그런데도 미스터리 소설에서 홈스를 바라보는 왓슨의 소외된 심정이 아니라, 어쨌거나 미스터리를 풀었다는 성취감을 맛보게 된다. 그렇게 미스터리 게임은 플레이어들에게 기존 미스터리 마니아들만이 얻을 수 있었던 순수한 추리의 즐거움을 캐주얼하게 제공하는 데 성공한다.

게임성의 갱신과 개성적 미스터리 게임

〈역전재판〉이나 〈단간론파〉가 일본 미스터리 게임의 전형적인 구조를 형성했다면, 미스터리 게임은 큰 틀에서 이러한 게임성에서 완전히 벗어나지 않고도 특유의 장르적 게임성을 성취하는 것이 가능하다. 따라서 미스터리 게임 장르를 개성화하고 독창적으로 만들기 위해서는 당연히 미스터리라는 장르적 요소를 뒤집기보다는, 게임성에 대한 접근 방식이나 플레이어의 기존 인식에서 벗어나는 방식의 추리 과정을 게임 형식에 도입할 필요가 있다. 이러한 방식으로 개성화된 미스터리 게임들은 개개의 매력을 가지지만, 앞서 언급한 미스터리 게임의 핵심적 효과로서 플레이어들이 즐길 수 있는 직관적인 추리의 매력을 여전히 간직하고 있다.

〈페이퍼 플리즈Papers, Please〉(2013)로 유명한 1인 개발자 루카스 포프Lucas Pope의 후속작 〈오브라딘호의 귀환Return of the Obra Dinn〉(2018)은 오컬트와 미스터리가 적절하게 결합해 있으며, 게임성의 차원에서 기존의 미스터리 게임과는 완전히 차별화된 방식으로 추리 과정을 제공하는 데 성공했다. 1803년에 행방불명되었다가 1807년에 발견된 선박 오브라딘호의 탑승객 60명 전원이 사망했다. 플레이어(이자 주인공)는 바로 이 60명의 사망 원인을 규명해야 하는 동인도회사 소속의 보험조사원이다. 플레이어는 주인공이 얻게 되는 회중시계의 신비한 힘을 빌려서, 60명이나 되는 사망자들의 죽음의 기억을 단편적으로나마 복원할 수 있게 된다. 이를 통해서 각각의 신원과 그들의 사인에 대해 빈칸을 채워나가는 방식으로 모든 죽음을 설명하는 것이 이 게임의 목표이자 전체 추리 과정이다.

따라서 이 게임에는 미스터리 게임에서 손쉽게 구분하여 활용하기 위한 '탐색'과 '추리'의 이분화된 구조가 없다. 오히려 탐색이 추리의 단서를 제공하는 한편, 추리를 통해서 다음 탐색의 단서가 제공되는 방식이다. 탐색과 추리 과정이 서로 맞물려 작동하기 때문에 기계적인 구분이 무의미해진다. 물론 신원과 사인에 대한 사건 기록을 채워나가면서 이야기는 다음 챕터로 넘어가도록 설계되어 있지만, 이 챕터 역시 실제 사건의 발생 시간 순서에 따르면 선형적이지 않다. 시간은 오히려 선형적인 순서를 뛰어넘어 불규칙하게 연결된다. 회중시계의 초자연적인 힘을 빌려서 거의 무시간적인 방식으로 무제한적인 추리를 수행할 수 있게끔 하는 것이 〈오브라딘호의 귀환〉의 가장 큰 매력이다. 마치 형식실험을 하는 누보로망 소설을 보는 것처럼, 해체적이고 다중적인 초점으로 미스터리를 풀어나가는 즐거움을 준다.

챕터가 진행됨에 따라서 새롭게 개방되는 공간을 조사하거나, 시간을 넘나드는 방식으로 제한된 정보들을 짜맞추게 된다. 선형적인 서사 구조 안에서 사실상 발견되기 위해 존재하는 단서를 찾아야 했던 기존 미스터리 게임의 탐색 과정과 달리, 〈오브라딘호의 귀환〉에서의 탐색 과정은 말 그대로 능동적인 추리 과정을 내포하고 있다. 플레이어들은 자신이 채워야 하는 전체 사건 보고서에 익명화된 죽음을 건져 올려 그 전모를 밝혀나가게 된다. 따라서 게임은 오브라딘호 선원들의 죽음에 대한 근본적인 미스터리를 밝혀내는 데 그치지 않고 모든 죽음에 대해 그 이름과 원인을 정확하게 채워 넣는 것을 목표로 한다. 이 과정에서 플레이어는 하나의 죽음이 다음 죽음으로, 한 사람의 서사가 다른 사람의 서사로 유기적으로 연결되어 있음을 반복적으로 확인하게 된다.

우리가 흔히 미스터리 소설에서 미스터리의 핵심인 사건의 원인, 그리고 범인의 정체를 밝히는 데 집중하는 것과 달리, 〈오브라딘호의 귀환〉의 목적은 범인을 밝혀내는 것이 아니라 피해자들의 죽음을 복원하는 데 있다. 4년 동안이나 유령선으로 바다를 떠돌다가 비로소 산 사람들에게 발견된 죽음의 공간으로부터 익명화되어 있던 사자들에게 다시금 이름을 부여하는 행위, 그리고 그들의 마지막 순간이라고 할지라도 일련의 인과관계를 구성하는 서사적 연결성을 확보하는 과정에서 그들 각각은 서로의 죽음을 매개하는 연결점을 제공한다. 이러한 추리 과정은 분명히 클래식한 미스터리 소설과는 구별되는 미스터리 게임만의 독자적인 게임성을 제시하는 데 이르렀다고 말할 수 있을 것이다. 그리고 이 독립적인 즐거움은 미스터리 소설에 대한 기대와는 다른 층위에서 미스터리에 대한 새로운 기대와 만족감을 제공해준다.

게임 초반부에 탐사를 시작할 때만 해도 선상 반란과 그에 따른 폭력의 결과를 예측하게 되는 것과 달리, 사건에 대한 탐사가 이어질수록 모든 것이 인간의 욕심으로부터 빚어진 초자연적 존재들의 개입에 의한 통제할 수 없는 파괴적 결과라는 사실이 밝혀진다. 서사적인 차원만을 떼어놓고 보자면 '크툴루 신화'의 변형이라고 할 수 있는 이 게임이 미스터리의 외양을 가지게 되는 이유다. 단순히 공포에 대한 전율과 그에 따른 인간성의 상실로 인해서 미스터리의 의미가 사라지는 것은 아니다. 오히려 비이성과 혼란에 빠져 자신의 존엄을 잃어버릴 수 있는 평범한 사람들에게 마지막 죽음의 순간에서나마 인간적 영역을 복원하고 잃어버린 이름을 되찾아주는 작업, 구체적이고 사후적인 방식의 애도 행위 속에도 미스터리는 존재한다는 사실을 알려주는 것이다.

〈괭이갈매기 울 적에〉: 사운드노벨과 메타-미스터리라는 해석학

지금까지 좀 더 캐주얼한 미스터리의 장르화 및 그에 대한 개성적인 발전으로서 미스터리 게임에 대해 논의했다. 마지막으로 한 가지 예외적인 사례에 대해 추가로 이야기하고자 한다. 다소 극단적인 방식으로 메타-미스터리를 밀어붙인 사례로서, 〈괭이갈매기 울 적에うみねこのなく頃に〉(2007~2010)라는 사운드노벨 게임이다. 앞에서 언급했던 〈카마이타치의 밤〉처럼 사운드노벨이라는 고전적이고 제한적인 형태의 게임 장르로 되돌아가는 것에 대해 의아해할 수도 있다. 분명히 〈역전재판〉, 〈단간론파〉, 〈오브라딘호의 귀환〉처럼 발전한 게임성의 차원에서 우리는 미스터리 게임의 본질적인 새로움을 경험하는 것이 가능했다. 사운드노벨의 경우 어디까지나 그 의미는 클래식

한 미스터리 소설의 범주를 크게 벗어나지 않는다. 게임이라는 매체로 구분될 뿐, 독창적인 게임성을 가진다기보다는 서사적 전개를 시각적이고 청각적인 방식으로 보완할 뿐이다. 그런데도 〈괭이갈매기 울 적에〉는 서브컬처로서 연속 출시된 게임이기 때문에 가능한 극단적인 서사적 실험을 끝까지 밀고 나갔다는 점에서 그 의미를 찾을 수 있다.

제작자 용기사07竜騎士07은 동인 게임 업계에서 선풍적인 인기를 끈 사운드노벨계의 기념비적인 작품 〈쓰르라미 울 적에ひぐらしのなく頃に〉(2002~2006)를 통해서 이미 상당한 인지도를 얻고 있었다. 용기사07이 〈쓰르라미 울 적에〉의 성공을 이어가면서도, 〈쓰르라미 울 적에〉에 대한 본격 미스터리로서의 비판에 대해 응답하고자 만든 작품이 바로 〈괭이갈매기 울 적에〉다. 〈쓰르라미 울 적에〉는 분명 미스터리 요소를 가지고 끊임없이 플레이어에게 추리 가능성에 대해 질문을 던지는 작품이었지만, 실제로 그 저변의 문제 해결에 있어서는 초자연성과 크게 구별되지 않는 상식 이상의 요인이나 '기적'이라는 요소에 기대어 문제를 해결하는 과정상의 변칙들이 존재했기 때문이다. 사실 이 작품이 여러 에피소드를 순차적으로 공개하는 과정에서 일종의 루프물이라는 점이 드러남과 동시에, 본격 미스터리와는 거리가 멀다는 사실이 분명해졌음을 고려한다면 이에 대한 비판이 온당하다고 보기는 어려울 수 있음에도 불구하고 용기사07은 이러한 본격 미스터리 팬들에 대해 대결 의식을 가지게 되었던 것 같다.

그 결과물이 바로 〈괭이갈매기 울 적에〉이며, 이 작품은 의도적으로 에피소드를 거듭할수록 플레이어들에게 이 작품이 본격 미스터리인지, 아니면 판타지인지에 대한 장르적 구분을 요청한다. 그러면서도 이 작품을 판타지로 보는 플레이어들을 '사고 정지'한 부류, 본격 미스터리로서의 해석을 포기하는 행위로 몰아붙이는 과정은 본격적인 메타-미스터리로서의 장르적 특징을 독자들과의 머리싸움으로 수행하고자 하는 의도로 읽힌다. 게임의 에피소드 1까지 플레이했을 때, 플레이어는 이 텍스트가 애거사 크리스티의 《그리고 아무도 없었다》를 흥미롭게 재해석한 본격 미스터리처럼 보이지만, 에피소드의 후일담이라 볼 수 있는 '티타임' 파트에 이르러 본편에서는 존재를 확인할 수 없었던 '마녀'가 본격적으로 등장함으로써 독자들에게 인지적 혼란을 불러일으킨다. 마녀의 존재를 인정하고 이 작품의 미스터리를 초자연적 오컬트와 판타지의 결합 장르로 해석할 것인가, 아니면 어디까지나 이러한 초월적 존재들이 실제 미스터리의 트릭을 은폐하고 독자의 추리 과정을 혼란스럽게 만드는 인지적 착란, 혹은 비유적 존재에 불과한 것인지를 끊임없이 대결 구도 속에서 주장해야 하는 것이다.

메타-미스터리 장르는 의외로 고전적인 형태의 미스터리 장르로서, 이미 1900년대 초반에는 기존의 미스터리물을 두고 그 사건 외부에서 해석을 수행하거나 순수한 해석자로서의 추리 과정을 즐기는 형태의 시도들이 존재했다. 더 나아가 오늘날 수많은 범죄사건, 미제 사건들에 대해 추리를 수행하는 다양한 사건의 향유자들을 생각할 때, 메타-미스터리는 그 자체로 끔찍한 사건을 하나의 해석적 영역으로 몰아놓고 그에 대한 외부적 해석의 특권을 즐기는 형태의 장르로 시작했다. 〈괭이갈매기 울 적에〉에서는 게임 마스터라는 존재가 게임이라는 체스판을 두고 등장인물이라는 말들을 움직이는 과정을 통해서, 전체 미스터리를 연출하고 이를 상대방이 해석하는 방식에 따라 근본적인 미스터리가 해결되었는지를 검증하는 방식으로 전개된다.

따라서 메타-미스터리는 단순히 사건에 대한 해석학적 관점만이 아니라, 오늘날 미스터리 장르에 대한 비평적 시선, 독자로서의 의견 제시, 갱신의 필요성을 요구하는 장르이기도 하다. 사건이란 결코 내부의 추리 과정에 의해서만 진행되고 완결되는 것이 아니라, 그것을 외부에서 지켜보는 사건의 해석 과정에 의해서 복잡화되고 단순한 해결이 아니라 진행 중인 문제의식으로 발전하기도 한다. 따라서 조야한 인과관계의 영역에서는 단순한 사건의 진실이 그것을 목격하고 인지하는 관찰자의 관점에 따라서는 완전히 다른 방식의 해석적 진실의 위상을 가질 수밖에 없다. 〈괭이갈매기 울 적에〉는 이를 '슈뢰딩거의 고양이', 즉 상자 속에 존재하지만 아직 관측되지 않은 고양이의 비유를 들어서 미스터리의 중첩된 진실에 대해 역설한다. 실제로 1986년에 발생한 '롯켄지마 대량 살인사건'은 우시로미야 일족 전체와 롯켄지마라는 섬에서 생활하던 사용인 전원이 처참하게 죽었다는 진실을 제시한다. 그것을 초월적인 마녀의 잔인한 장난질로 볼 것이냐, 아니면 우시로미야 일족 내부에서 발생한 추악한 이권 다툼의 결과로 볼 것이냐는 고양이 상자 속에 있다.

〈괭이갈매기 울 적에〉의 추리 과정은 마녀와 판타지를 오히려 적극적으로 본격 미스터리에 대한 대결의 차원에서 환기함으로써, 모든 것을 조야한 객관적 진실로 파악할 수 있다고 믿는 미스터리 마니아들에 대한 의도적인 대결 의식을 부추긴다. 메타-미스터리의 차원에서 발생하는 해석적 공백이 잔인한 사건의 당사자들에게는 오히려 인간적 차원의 구원을 제공할 수 있다는 사실을 강조하기 위해서 말이다. 이 작품의 핵심적인 주제 의식인 "사랑이 없으면 보이지 않는다"는 해석학적 태도에 관한 것이다. 플레이어가 이 일족 몰살 사건을 오직 유흥의 영역에서 기존의 미스터리 관습으로만 바라볼 경우, 그가 발견할 수 있는 것은 끔찍한 살인사건과 친족 간의 끔찍한 동족상잔뿐이다. 반면에 마법이란 의도적인 방식으로 미스터리의 진실에 대한 추구로부터 거리를 두고, 여전히 다른 방식의 해석이 가능함을 주장하는 해석학적 태도를 지지하고 있다. 이는 본격 미스터리 장르에 대한 폄하나 비난의 태도만은 아니다. 오히려 미스터리라는 장르의 복합적인 갱신화 과정에서, 본격 미스터리와 구별되는 방식으로 진실을 주장하고 해석할 수 있는 더 넓은 장르적 가능성을 긍정하기 위한 것이다.

믿고자 하는 태도와 관점이 오히려 진실의 위상과 그 해석적인 현실을 바꿀 수 있다는 주장은 단순한 정신 승리의 태도일까? 물론 여전히 그에 대한 해석적 위험은 남아 있다. 하지만 〈괭이갈매기 울 적에〉에서 보여주는 주제적 의도는 그러한 정신 승리가 진실보다 중요하다는 방식의 일방적인 주장은 아니다. 오히려 이미 발생한 죽음이라는 바꿀 수 없는 진실에 대한 해석적 관점이 아직 죽지 않은 사람들, 그러나 그 죽음을 기억하고 죽어간 사람들을 애도해야 하는 산 사람들의 관점에서 진실보다도 중요한 의미를 생산할 수 있다는 점을 강조하고자 하는 것이다. 어떤 미스터리는 그러한 의미에서 범인을 찾아서 처벌하는 사회적 효과만을 의도하지 않는다. 오히려 어떤 미스터리는 살아남은 사람들에게 삶의 의미를 제공하고 범죄만으로는 소멸하지 않는 인간적 영역의 자리를 발견한다. 그렇게 미스터리의 추리 과정이란 모든 빈칸을 채우지 않고 오히려 괄호를 남겨놓기도 한다.

미스터리 장르를 다루는 여행을 밟아온 이 연재도 미스터리에 대해 많은 괄호와 여백을 남겨두는 것으로, 1년간 진행되었던 연재를 마치고자 한다. 부족함이 많은 연재물을 읽어준 독자들에게 감사드린다. 미스터리 장르가 장르적 결합이나 매체적 전환에 이르기까지 끊임없이 발전해온 것처럼, 더 흥미롭고 재미있는 미스터리 작품들이 지속해 나타날 것이다. 기회가 된다면 《계간 미스터리》를 통해 그러한 작품들을 다시 논할 수 있기를 바란다.

인물 창조의 산고 Ⅳ
—부모 잃은 소년, 탐정이 되다

★공원국

《춘추전국이야기》(전 11권)를 비롯해, 《유라시아 신화 기행》, 《여행하는 인문학자》, 《가문비 탁자》(소설) 등을 쓰고, 《중국의 서진》, 《말, 바퀴, 언어》, 《조로아스터교의 역사》, 《하버드-C. H.베크 세계사 1350~1750》(공역), 《리그베다》(전 3권, 근간) 등을 옮겼다. 역사인류학의 시각으로 대안적 세계사를 제시하겠다는 포부를 품고, 유라시아 초원 지대에서 현지 조사를 수행하며 《세계사의 절반 유목인류사》(전 7권)를 집필하고 있다.

남의 감정은 눈에 보이지 않으므로 1인칭 시점으로 묘사할 도리가 없다. 작가가 표정이나 몸짓 따위로 표출되는 감정을 묘사하더라도 결국 그 모든 것이 오해일 수 있다. 특히나 과거의 일이라 기억에 의존한 묘사는 더욱 오해에 가까워질 것이다.

뇌과학을 들먹이지 않더라도 우리는 기억이 시간에 깎이고 현재의 감정에 의해 왜곡된다는 것을 안다. 그러므로 모든 기억은 '듯하다' 혹은 '그렇게 기억한다'로 서술되어야 한다. 개인마다 감정이 있다면 기억은 사람 수만큼 묘사될 수 있을 것이다. 그런 방식으로 객관적인 사실을 밝힐 수 있을까? 나아가 그 수많은 기억이 모인 결과를 객관적인 무엇이라고 부를 수나 있을까? 추리소설은 객관적인 사실을 그대로 드러내는 것에 특화된 장르다. 그런데도 가즈오 이시구로는 그런 기억의 조각들을 모아 숨겨진 진실을 추리하고자 한다.

이시구로의 독자들은 그런 추리의 허망함을 자주 경험할 것이다. 그의 소설에서 기억의 파편들은 진실로 이끄는 열쇠가 아니라 오해를 부르는 실마리만 잔뜩 품은 채 개인의 내면 안에 가라앉아 있다. 다양한 오해에 기반한 추리는 대개 목표를 빗나가지만 1인칭에 갇힌 화자에게 진실에 접근할 다른 방법도 없어 보인다. 1인칭 서술의 그런 수많은 결점에도 불구하고, 지금 이야기할 두 개의 텍스트 《우리가 고아였을 때》(김남주 옮김, 민음사, 2015)와 《나를 보내지 마》(김남주 옮김, 민음사, 2021)에서 그의 이야기는 전지적 작가 시점으로 쓰인 이야기보다 더 거침없이 과거와 현재의 구체적인 상황 안으로 들어가 자리 잡는다.

그의 이야기가 존재의 바닥에 있는 기억으로 침잠하는 듯하지만, 오히려 외부 세계의 진실과 맞서는 구도를 획득하는 이유는 무엇일까? 내면과 사회를 연결하는 고리를 찾아내고자 하는 인간의 **추리 본능**을 그가 가장 잘 포착했기 때문일 것이다. 소설은 현실이든 상상이든 모든 소재를 모든 시점에서 다룰 수 있다. 그러나 인간의 내면을 세계와 연결하여 이야기가 진실과 대면케 하는 방식은 **추리**밖에 없음을 이시구로는 추리소설의 일반적인 문법과는 다른 방식으로 증명한다. 그의 소설 안에서 추리를 수행하는 주인공들은 강하지도 유능하지도 않지만, 실마리를 파고드는 탐정처럼 끈질기다. 그들은 세계 속 미스터리의 존재를 믿기 때문에 기억을 되짚으며, 기억은 모두이 미스터리와 관련이 있기에 발화되는 즉시 세계와 연결되어 사회적으로 존재하게 된다.

이시구로의 기억은 대개 내밀하고 소소해 보이지만 그가 다루는 세계는 전혀 미시적이지 않고 역사에서 벗어나 있지도 않다. 인간의 역사와 실존 자체인 이 세계는 흐린 것과 맑은 것이 서로 뒤엉킨 소용돌이이며 대개는 추하다. 하긴 제국주의 전쟁을 겪고(《우리가 고아였을 때》) 인간을 사육하는 세계(《나를 보내지 마》), 정의의 부스러기도 찾아보기 힘든 세계에서 진실이 향기 나는 것이라고 강변한다면 그것은 언어도단일 것이다.

이시구로는 문학이 진실을 밝히는 작업이라면 진실의 추악함을 직면하겠다는 노력이 없다면, 즉 존재의 미스터리를 밝히려는 추리 정신 없이 그 자체로 존재할 수 없다고 말하는 듯하다. 고아 소년은 그런 진실을 보고자 하기에 탐정으로 자란다.

나약한 너무나 나약한,[1] 그래서 인간

《나를 보내지 마》에서 밝혀진 진실은 확고하게 잔혹하다.

이제는 폐교되었지만 영국 어느 곳에 헤일셤이라는 기숙학교가 있었다. 학생들은 여느 학교 학생들과 외모나 행동이 전혀 다르지 않으며 남들과 똑같이 이런저런 교과목을 배운다. 게다가 그들은 미술을 즐기고 작품을 만들도록 고무되며 자란다. 그러나 이 아이들은 부모에게서 태어난 '정상적인normal' 인간, 어떤 '근원자possible'[2]에게서 나온 복제물clone이다. 실상 그들은 '정상적인' 인간들에게 장기臟器를 제공할 목적으로 키워지는 장기 공급용 배양물이다.

전국에 이런 목적으로 키워지는 복제인간 아이들이 모인 곳은 많지만 그런 곳은 모두 가축우리 같은 배양 공장에 불과했다. 그런데 헤일셤의 복제인간들은 어쩌다 정상적인 교육을 받게 되었을까? 헤일셤은 일군의 사회운동가들이 '동물도 고통을 느낀다'는 주장을 복제인간에게 적용해서 '복제인간도 영혼이 있다'는 가정하에 세운 일종의 실험학교다. 그러나 이 기숙학교의 학생들이 인간적으로 양육되는 특권을 누린다

---

1 니체의 《인간적인 너무나 인간적인Menschliches, Allzumenschliches》을 떠올리겠지만 이시구로나 니체가 서로를 긍정할 법하지 않다. 니체의 인간은 자체로 존재하는 인간이라기보다는 신의 변증법적 대립자인 초인(超人)이다. 니체라면 이시구로가 묘사하는 클론 인간들을 경멸할 것이다. 클론은 어떤 초인적인 덕성도 갖추지 못하고 있기 때문이다. 하지만 그들은 신의 반대편에 세운 또 하나의 허상인 초인이 되기를 포기한 존재 자체로서의 인간이기에 초인보다 아름답다.

2 유명 블로거 로쟈가 지적했듯이 '근원자'라는 번역어는 어감이 지나치게 거창하지만(https://blog.aladin.co.kr/m/mramor/9745584?Partner=) 대체 어휘도 보이지 않으므로 그대로 쓴다.

고 해서 복제인간의 운명을 벗어날 수는 없다. 그들 역시 성년이 되면 차례로 장기를 적출당해 죽음에 이른다.

헤일셤의 아이들은 청소년기를 거치면서 자신들이 장기기증자가 될 운명이라는 것을 알아차리지만 그 사실에 대해 직접 말하기를 서로 꺼린다. 고통을 유예하고자 하는 암묵적인 연대가 형성된 것이다. 대신 그들은 '헤일셤 출신 복제인간 쌍이 진정으로 서로를 사랑한다면 장기기증이 3년간 유예되고 그동안 함께 지낼 수 있다'는 환상을 만들어냈고, 이 실체 없는 희망은 그들 사이에 은밀하게 퍼져 있다.

겨우 3년간의 유예가 전부라니! 아무리 거장을 존중한다고 해도 어떻게 이시구로는 그따위를 삶의 희망으로 내세울 수 있을까? 소설 속의 복제인간 누구도 이 운명의 조종자들에게 도전하지 못하며 그런 시도도 하지 않는다. 《멋진 신세계》의 그 누구보다 '멋진' 삶을 살고 있음에도 불구하고 그들은 야성과 도전을 버린 채 운명을 거의 그대로 받아들인다. 다만 그들은 미지의 3년간의 유예를 희망으로 간직한 채 사랑의 의미를 탐색해나갈 뿐이다. 사랑의 의미를 안다면 3년간 자유롭게 사랑할 수 있다는 믿음을 간직한 채.

사실 그들도 혹독한 진실을 직접 들은 적이 있다. 예컨대 여교사 루스는 이렇게 말한 적이 있다. 물론 여러 개인의 기억에 의존한 것이지만, 그녀는 이렇게 말했다고 한다.

> "다른 누군가가 너희한테 얘기해주지 않는다면, 내가 말해주마. 전에 말한 것처럼 문제는 너희가 들었으되 듣지 못했다는 거야. (…) 너희 중 아무도 미국에 갈

수 없고, 너희 중 아무도 영화배우가 될 수 없다. 또 일전에 누군가가 슈퍼마켓에서 일하겠다고 얘기하는 걸 들었는데, 너희 중 아무도 그럴 수 없어. 너희 삶은 이미 정해져 있단다. 성인이 되면, 심지어 중년이 되기 전에 장기기증을 시작하게 된다. (…) 너희는 하나의 목적을 위해 이 세상에 태어났고, 한 사람도 예외 없이 미래가 정해져 있지. (…) 너희는 얼마 안 있어 헤일셤을 떠나야 하고, 머지않아 첫 기증을 위한 준비를 해야 해. 그 사실을 잊어서는 안 된다. 너희가 앞으로 삶을 제대로 살아내려면(to have decent lives), 너희 자신이 누구인지 각자 앞에 어떤 삶이 놓여 있는지 알아야 한다." (146~147쪽)

언젠가는 역시 기증인이 될 테지만 꽤 오랫동안 다른 기증인을 위한 간병인으로 일하고 있는 캐시. 신체적으로 강건한 탓에 장기를 세 번이나 기증했지만 아직 살아남은 토미. 그들은 오랫동안 서로 사랑하는 줄도 모르고 혹은 고의로 사랑을 숨기며 사랑해온 두 복제인간이다. 삶이 곧 사그라질 시점에 서로에게 남은 시간이 많지 않음을 확신한 그들은 그동안 들어온 '3년의 집행유예'를 시도하기로 한다. 그들은 집행유예를 허락해줄 수 있는 배후의 인물이 '마담' 마리클로드라고 믿고 있다. 그들의 죽은 친구가 마지막 선물로 건넨 마담의 주소를 찾아가지만 거기서 '정상적인' 인간들의 추악한 진실을 직면한다. 마담은 헤일셤에서 복제인간들을 가르친 교사 에밀리와 함께 생활하고 있었다. 토미는 마담이 헤일셤 학생들의 미술작품을 걷어간 이유는 '언젠가 그들이 찾아와 서로 사랑하는 사이라 할 때 그 작품을 통해 그들의 진심을 알 수 있기 때문'이라고 믿어왔기에, 자기 작품을 챙겨온 터였다. 그러나 그 작품은 그들의 운명을 바꿀 힘이 전혀 없었다. 에밀리는 캐시에게 말한다.

"우리가 너희 작품을 걷어온 건 거기에 너희의 영혼이 드러나 있다고 생각했기 때문이야. 좀 더 세련되게 말하자면 그걸로 너희에게도 영혼이란 게 있음이 증명되기 때문이야."

캐시는 되묻는다.

"어째서 그런 걸 증명하셔야 했죠, 에밀리 선생님? 우리에게 영혼이 없다고 생각하는 사람이라도 있었나요?"

에밀리는 자신들이 헤일셤 일을 시작할 무렵 "대부분의 사람들의 일반적인 견해"였다고 응수한다. 정상인들은 복제인간은 장기를 제공하기 위해 사육되는 유기물에 불과하기에 영혼은 없다고 믿었다는 것이다. 에밀리는 자신들 행위의 정당성을 강변한다.

> "적어도 우린 너희를 위해 그런 많은 일을 했단다. 하지만 '집행 연기'에 대한 그런 꿈을 허용하는 건 아무리 우리라도 한계를 벗어나는 일이었어. (…) 우리는 주류는 아니었지만 상당히 영향력 있는 운동을 전개하면서 기존의 장기기증 방식에 정면으로 도전했단다. 무엇보다도 우리는 인간적이고 교양 있는 환경에서 사육된다면[3] '학생'들 역시 일반인들처럼 지각 있고 지성적인 사람으로 성장할

---

3 결과적으로 학생들을 사육한 셈이지만, 소설에서 에밀리 선생이 한 말은 "길러진다면(were reared)"으로 직역하는 것이 옳겠다. 이시구로는 아무리 역겨운 위선일지라도 어떤 가치판단도 없이 기억된 그대로 들이민다.

수 있음을 세상에 증명했어. (…) 헤일셤 이전의 클론들은 (…) 그저 의학 재료를 공급하기 위한 존재에 지나지 않았지." (445쪽)

캐시와 토미는 기억의 조각들을 기워 붙여 이 "수치스런" 진실에 도달했지만, 복수는커녕 그 흔한 주먹질 하나 없이 상황을 그대로 받아들인다. 마지막으로 살아남은 그들의 장기가 정상 인간들의 몸속으로 들어갈 때 그들의 영혼은 흩어질 것이다.

이쯤 되면 이시구로가 말하는 정의正義는 무엇일까 되물을 수밖에 없다. 이런 추악한 현실에 저항하지 않는 이를 영혼이 있는 존재라 부를 수 있을까? 자식을 낳을 수 없도록 선천적으로 불임으로 설계된 복제인간들은 정신적인 덕목마저 선천적으로 거세된 것일까? 이시구로가 말하는 정의란 진실 앞에 멈춰서 체념하며 바라만 보는 것일까?

그러나 독자들은 이 순간 역설적인 감동을 경험한다. 복제인간들의 나약함, 그 참을 수 없는 나약함 때문에 그들 옆에 서고 싶어진다. 우리가 그들 옆에 서지 않으면 그들은 무너질 것이다. 이시구로는 역사와 인류의 존재 이유를 영웅이 아닌 이 무기력한 인간들을 통해 역설적으로 드러낸다. 네 번째 기증을 앞두고 토미는 캐시의 간병을 거부하며 말한다.

"어딘가에 있는, 물살이 정말이지 빠른 강이 줄곧 떠올라. 그 물속에서 두 사람은 온 힘을 다해 서로 부둥켜안지만 결국은 어쩔 수가 없어. 물살이 너무 강하거든. 그들은 서로 잡았던 손을 놓고 서로 헤어지게 되는 거야. 우리가 바로 그런

것 같아." (482쪽)

독자로서 나는 이렇게 생각했다. '좋아, 사랑하는 그들이 그런 추악한 운명의 강에 빠져 있다면 내가 나설 거야. 그들을 그렇게 만든 운명이 무엇이든, 수천 개의 머리를 단 그 괴물의 심장을 찾아내 뽑아버릴 거야.'

그렇게 나약한 작가는 무엇인가가 되기로 결심한다. 무엇이 된다는 말인가?

고아 소년, 탐정이 되다

탐정은 돋보기로 시체를 살피는 사람이다. 진실이 썩어가는 시체마냥 악취를 뿜더라도 그것을 가까이 당겨 바라본다는 점에서 탐정과 작가는 같은 직업군에 속하지만, 탐정은 작가가 멈춰 바라보는 지점을 넘어 무언가를 바로잡고자 진실 안으로 들어간다. 소설《우리가 고아였을 때》에서 소년이 자라 탐정이 되었던 이유도 무언가를 바로잡고자 했기 때문이다.

1930년대 이제는 유명한 탐정이 된 크리스토퍼 뱅크스. 그는 상하이 국제 조계지에서 유년을 보낸 영국인이다. 그가 아직 소년이던 어느 날 아버지와 어머니가 차례로 사라진다. 아편 근절 운동을 하던 어머니는 정의감이 넘치는 아름다운 여인이었다. 한편 아버지는 아편 거래로 돈을 벌어들이던 영국 상사의 직원이었다. 중국을 병들게 하여 버는 돈으로 아버지는 가족의 생계를 책임지고, 어머니는 그런 아버지를 경멸하면서도 인정할 수밖에 없다. 제국주의의 거악巨惡은 이렇게 한 집안으로 들어와 갈등의 씨앗을 심고 버젓이 한자리를 차지한다.

소년은 아버지를 찾아야 했다. 크리스토퍼의 기억에 의하면, 중국인들의 비참한 상황을 동정하던 아버지는 회사와 갈등을 빚다가 악당들에게 납치되었다. 아버지가 사라지자 조계지의 일본인 친구 아키라는 이렇게 제안한다.

"그래, 네가 원한다면 우리 탐정 놀이 하자. 아저씨를 찾는 거야. 우리가 네 아버지를 구하는 거라고."

두 소년은 탐정이 되어 아버지 구출 작전을 연출하고 또 연출한다. 두 어린 탐정이 주인공인 행위극에서 매번 아버지는 털끝 하나 다치지 않고 구출된다. 그러나 현실의 아버지는 다시 돌아오지 않는다. 그리고 얼마 후 어머니마저 사라진다.

소년은 자라 탐정이 된다. 탐정이 아니면 아버지와 어머니를 어떻게 찾겠는가. 영국으로 돌아가 명문대학을 나오고 탐정을 준비하던 크리스토퍼에게 런던의 노정객老政客 세실은 이렇게 말한다.

> "하지만 악은 언제나 한구석에 도사리고 있다네. 오, 그렇고말고! 이렇게 우리가 대화를 나누고 있는 지금 이 순간에도 그들은 문명에 불을 지를 음모를 꾸미느라 바쁠 거야. 게다가 그들은 똑똑하다네. 사악할 정도로 똑똑하지. 선한 이들은 자신들이 할 수 있는 일을 하면서 사악한 자들을 궁지에 몰아넣기 위해 헌신하지만, 내 생각으로는 그것만으로는 충분치 않네, 친구. (…) 악은 평범하고 예의 바른 자네 같은 사람들에 비해 훨씬 교활하지. (…) 바로 그 때문에 우리에게

자네 같은 이들이 더욱더 필요한 거야, 젊은 친구. 우리 편 가운데 어느 모로 보나 그자들 못지않게 똑똑한 소수의 사람이지. 자네 같은 이들은 그들의 음모를 재빨리 알아채, 균이 자리 잡고 퍼지기 전에 장악할 걸세." (67쪽)

1930년대. 나치는 독일을 재무장시켰고 일본은 중국 대륙 침략에 박차를 가하며 문명에 불을 지르려는 참이었다. 실로 거악이 세상을 집어삼키기 위해 음모를 꾸미고 있었다. 하지만 이 노정객의 입에서 나온 거창한 말이 젠체하는 영국식 위선에 찌들고 늙어 자존심만 붙들고 있는 반송장의 넋두리에 불과한 것은 아닐까? 세상은 악의 편과 선의 편으로 분명하게 그어지는 평면일까? 어쩌면 이 영국인 정치가 역시 침략당한 상하이의 중국인 책임자들과 비슷한 부류일지 모른다. 마침 일본이 상하이를 침공해 불바다로 만들던 1937년, 사라진 부모를 찾기 위해 상하이를 찾은 크리스토퍼는 상하이의 책임자들에게 이렇게 내뱉는다.

이곳에 온 이후 나는 정직하게 부끄러움을 드러내거나 잘못을 솔직하게 시인하는 경우를 단 한 차례도 보지 못했다. 책임을 맡은 자들의 발뺌이나 잔재주, 노골적인 거짓말만 아니었더라도 상황이 지금처럼 위험한 수준에까지 이르지는 않았을 것이다. (304쪽)

바다 양편의 정치가들은 모두 진실을 직면하고 그것을 말해줄 솔직함을 결여하고 있었다. 그래서 거물 정객 세실마저 세상의 악을 소독으로 없앨 일차원적인 존재로 그리며 자기기만에 빠져 있었을지도 모른다.

악과 싸워야 한다고 생각하는 정직한 경찰은 그나마 정치가에게는 없는 솔직함을 갖추고 있다. 밀정 "노란 뱀"으로 인해 무고한 사람들이 참혹하게 죽은 현장에서 상하이의 중국인 경감은 분노에 차 크리스토퍼에게 답했다.

> "그 뱀 같은 자의 심장 말입니다. 그걸 파고들 거예요. 그자의 수많은 머리통과 씨름하느라 시간을 허비하는 대신 말이지요. 오늘 당장 그 뱀 같은 작자의 심장이 있는 곳을 파고들어 그놈을 완전히 죽여버릴 겁니다." (194쪽)

탐정 크리스토퍼는 그의 말을 듣고 '그것이 그렇게 쉽지 않을 것'이라고 혼자 웅얼거린다.

진실은 어김없이 기억에 기댄 추리를 배신한다. 《우리가 고아였을 때》에 나오는 진실도 마찬가지로 참혹하다. 어머니와 더불어 아편 근절 운동을 하다 공산주의자가 되고, 다시 변절해 장제스의 밀정 노릇을 하는 '노란 뱀'은 바로 그가 삼촌으로 믿고 아버지처럼 따르던 사회운동가 필립이었다. 이 '노란 뱀'은 공산주의자였을 당시의 정보를 팔아먹으며, 밀정을 처단하려는 공산주의자들 손에 무고한 사람들이 속수무책으로 당하도록 내버려둔 채 비겁하게 권력자의 비호 뒤에 숨어 있었다. 아편으로부터 중국인들을 구하기 위해 회사와 싸웠다고 기억되던 아버지는 실상 납치된 것이 아니었다. 그는 정의로운 아내가 부여하는 높은 기준이 버거워 정부情婦와 달아난 졸장부였다. 고아가 탐정이 되어 그렇게 찾고 싶었던 아버지는 영웅이 아니라 도망자였다.

사라진 어머니의 진실은 더 참혹했다. 그녀는 중국 군벌 왕쿠에게 노예로 팔려 갔다. 필립은 자신이 몰래 사모하던 이 도도한 영국 부인을 무슨 수로도 차지하지 못하자 노예로 팔아넘겨 좌절된 정념의 희생양으로 삼은 것이다.

그렇다면 필립은 치절한 악의 화신일까? 그는 그녀의 선택을 존중했을 수도 있다. 어머니는 군벌 왕쿠의 노예가 되는 것을 피할 수 없음을 직감하자 아들의 안전한 귀국과 교육비를 대가로 요구했던 것이다. 자신이 영국의 명문대학을 나오고 유명한 탐정이 되게 만든 기반이었던 그 돈이 바로 어머니의 몸값이었다는 것, 그것이 탐정이 기나긴 추리 끝에 마주한 진실이었다. 그러니 필립도 한마디 할 자격이 있다.

> "(…) 이제 세상의 실상을 알겠니? 너로 하여금 영국에서 안락한 생활을 할 수 있도록 한 것이 무엇인지 알겠느냐고? 네가 어떻게 유명한 탐정이 될 수 있었을까? 탐정이라니! 그게 대체 무슨 소용이겠니? 도둑맞은 보석, 유산 때문에 피살된 귀족 나부랭이들. 너는 우리가 맞서 싸울 게 그것밖에 없다고 생각하는 거냐?" (414쪽)

그러나 거악이 배설한 돈이었지만 그것은 여전히 어머니의 선의의 대가다. 그는 이미 탐정이기에 맞서 싸울 것이 있다. 그는 '노란 뱀' 사건으로 분노하던 그 중국인 경감에게 이렇게 말했다.

> "(…) 악과 싸워야 할 의무가 있는 우리는 (…) 어떻게 표현하면 좋을까요? 나무

블라인드의 가로대를 연결해놓은 실 같은 존재지요. 우리가 튼튼하지 못하면 모든 것이 흩어지고 말 것입니다. 경감께서 맡으신 일을 수행하는 일은 아주 중요하답니다." (193쪽)

사실 이 말은 어릴 적 친구 아키라가 일본의 어떤 승려에게 전해 들은 걸 다시 크리스토퍼에게 옮긴 것이다. 승려는 이렇게 말했다고 한다. '아이들은 단지 한 가족을 결합시킬 뿐 아니라 온 세상을 묶는 존재라는 것이다. 그런 우리가 제 몫을 다하지 못하면 발은 바닥에 떨어져 흩어져버리고 말 것이다.' (108쪽)

아이가 자라 탐정이 되었지만 둘은 모두 세상을 묶는 끈이기에 탐정은 여전히 아이이다. 이 허술한 탐정은 그예 악의 심장을 파헤치는 데 실패하더라도 세상을 연결하는 끈이 끊어지지 않도록 잡고 버틸 것이다.

그러니 동네 축구는 계속되어야 한다

비 내리는 5월 봄 어느 날, 충청도의 어딘가 작은 시골 카페에 앉아 이시구로의 책을 반복해서 읽고 있다. 탁자 맞은편 창틀 오른쪽 끝에 봉제인형 닭 한 마리가 놓여 있다. 흐린 날이라 실내가 좀 어두워서 닭의 시선이 어디로 향하고 있는지는 알 수 없다. 이 장면을 가즈오 이시구로는 어떻게 기억할까? 여러 날이 지나고 나는 이 장면을 이렇게 기억해보련다.

우리가 충청도 작은 마을의 그 카페에 들어간 것은 그저 허기를 채우기 위해서였던 듯하다. 5월 초 비 오는 날이었다. 그녀는 왠지 4월 말이라고 했다. 그해 봄은 매우 가물었고, 비가 오는 날이 하필 어린이날이라고 조카가 투덜거리는 것을 들은 장면이 떠오르기에 내 기억이 더 정확할 수 있겠지만, 그녀가 단호하게 말할 때는 대개 확신이 있었기에 4월 말일 수도 있겠다. 창틀 위에는 격자무늬 헝겊으로 몸통을 두른 닭 인형이 하나 있었다. 그녀는 헝겊 닭의 날개가 너무 작다고 말했던 듯하다. 나는 어릴 적 내 고향의 닭은 날개가 커서 날아다니고 여기저기 풀밭에 알을 낳는다고 말해줬다. 그녀는 닭이 나는 것을 본 적이 없고 풀밭에 알을 낳는 것도 본 적이 없다고, 그런 이야기를 몇 번 들었을 뿐이라고 했던 듯하다. 지금 생각하니 정말 날개가 비정상적으로 작았다. 그런데 그런 날개로 어떻게 창 위에 올라갔을까?

헝겊 닭을 보며 캐시와 토미와 크리스토퍼를 기억한다. 한 뼘짜리 닭장에 들어가 부화하지 못할 알을 낳을 암탉이나 곧 분쇄기에 들어갈 수컷 병아리에게 큰 날개와 풀밭이 무슨 소용일까만, 날개와 풀밭의 전설이 퍼지는 것을 막을 수 없을 것이다. 이 시구로는 말하는 듯하다.

'나는 당신을 데려와 여기 문 앞에서 멈췄다. 들어가고 말고는 당신의 몫이다.'

그러므로 아무리 허술한 아마추어라고 해도 우리는 탐정이 되고 써야 한다. 어딘가 리오넬 메시가 있어도 동네 축구는 계속되어야 하기에.

미스터리 영상 리뷰

웰메이드 미스터리 수사극 〈마천대루〉, 중국 드라마의 새로운 발견

-거짓 진술 속에 숨은 묵직한 진실, 감당하실 수 있겠습니까?

★쥬한량(https://in.naver.com/netflix)

네이버 영화 인플루언서. 장르를 가리지 않고 영화와 드라마를 리뷰하지만 범죄, 미스터리, 스릴러를 특히 좋아합니다. 2022년 버프툰 '선을 넘는 공모전'에 〈9번째 환생〉이 당선되면서 웹소설 작가로도 활동을 시작하였습니다.

저는 재미있는 영화나 드라마는 장르 불문, 국적 불문하고 찾아보는 편입니다만, 유독 플레이 버튼이 잘 눌러지지 않는 작품들이 있습니다. 바로 중국에서 제작한 현대 배경의 작품입니다. 그 이유는 아직 정확하게 파악하지 못했지만(아무래도 현대식 중국 발음의 캐릭터 이름이 어려워서일 가능성이 높다는 추측을 합니다만), 그렇다 보니 그쪽 작품은 특별한 매력이 있지 않고서는 저의 선택을 받기가 쉽지 않았습니다.

그런데 이 작품 〈마천대루摩天大楼〉가 종편에서 방영되었을 당시, 상당한 호평이 저에게까지 전해졌고, 최근 OTT 트렌드를 생각하면 상당히 긴 회차인 16부작이지만 곧장 정주행했습니다(다행히 오프닝과 엔딩을 건너뛰면 회당 40여 분이 채 안 됩니다). 그런 후 블로그에 제법 만족스러운 후기까지 올렸던 작품이죠.

그리하여 이번엔 혹여나 저처럼 중국 현대물이 익숙하지 않다는 이유로 훌륭한 미스터리 작품을 놓칠지도 모를 독자님들을 위해 준비해봤습니다.

이 작품의 어떤 매력이 저를 사로잡았는지, 또한 여러분을 사로잡을지, (이번에도 스포일러를 피하기 위한 안간힘을 쓰며) 정리해볼게요!

미스터리는 어떻게 시작되는가

간략히 드라마의 시작을 요약하자면, '마천대루'라 불리는 고급 레지던스가 갑작스럽게 정전이 된 어느 날, 미모의 여성 중메이바오(안젤라 베이비)가 뒤통수를 가격당한 상태에서 유독 가스에 중독된 사체로 발견됩니다.

사건을 담당하게 된 양 형사(양자산)와 중 팀장(곽도)은 즉시 피해자와 관련이 있어 보이는 거주자들을 경찰서로 소환해 진술 조사를 진행하죠.

레지던스 관리인, 중메이바오와 불륜관계로 밝혀진 집주인, 집주인의 아내, 중개인, 옆집 사는 판타지 소설가 등 여덟 명의 증언을 각 에피소드 2화씩 구성하여 보여줍니다. 에피소드들은 반복되는 패턴(진술 조사)으로 인해 자칫 시청자가 지루해하지 않도록 사건을 수사하는 중 팀장과 양 형사의 개인사도 슬쩍 버무리면서 긴장 조절을 해냅니다.

시청자는 그러한 과정을 통해 자연스럽게 진술자의 관점으로 죽은 피해자와 그들의 관계, 그리고 피해자에 관해 보게(알게) 됩니다.

그런데 다른 사람들의 입을 통해 묘사된 중메이바오라는 사람과 그녀의 인생은, 정말 그게 '진짜'가 맞을까요?

용의자, 목격자, 증인의 진술을 어디까지 믿을 수 있을까

관련자들의 진술은 시청자를 위한 것이기도 하지만, 드라마 안에서는 일차적으로 사건을 수사하는 중 팀장과 양 형사에게 사건 해결의 단초를 제공하기 위한 것입니다.

중 팀장은 처음에는 중메이바오에게 관심이 있는 듯 보였던 레지던스 관리인을 범인으로 의심하지만, 이어진 여러 진술에 근거해 곧바로 중메이바오와 불륜관계로 드러난 집주인 남자에게로 혐의를 옮깁니다.

시청자는 이미 드라마 오프닝에서 그 남자가 한껏 당황한 모습으로 중메이바오의 아파트에서 열심히 지문을 닦던 모습을 보았기에 이를 당연하다고 여기게 됩니다. 이후 두 사람의 불륜 현장을 목격했다는 중개인의 증언까지 더해지면서 집주인 남자는 더욱 유력한 용의자로 부상하죠.

다들 아시겠지만, 사건 현장이 찍힌 CCTV가 있다면 모를까, 대부분 어떤 상황과 인물을 파악하는 데 있어서 유관자의 진술은 상당히 큰 영향력을 가질 수밖에 없죠.

그런데 말입니다. 만약에 유관자들의 진술이 한 편의 연극처럼 완벽하게 짜인 각본이었다면 어떨까요? (두둥!)

양 형사는 중메이바오의 옆집에 사는 판타지 소설가가 사건 전날 버린 원고에서 피해자의 상황과 유사한 내용을 발견하면서, 사건의 이면은 증인들의 증언이나 현재 눈에 보이는 것과 다를 수 있다는 걸 깨닫게 됩니다. 이러한 관점의 전환은 사고의 전환으로 이어지면서 더욱 집요하게 사건을 파헤치기 시작합니다.

그리고 사건의 시작점에 있던 한 남자의 등장과 그를 둘러싼 진실로 대대적인 상황의 역전이 휘몰아칩니다.

여성들은 사회에서 어떤 식으로 핍박받고 위험해지는가?

이 드라마는 미스터리 범죄 수사극의 형태를 띠고 있지만, 원작자가 이야기하고자 하는 바는 바로 저 주제일 것입니다. 역시나 동명의 제목으로 대만에서 2017년에 출간된 첸슈에陳雪 작가의 원작 소설에서는 형사 캐릭터가 아예 등장하지 않는다고 합니다. 드라마로 각색하면서 사건을 좀 더 극적으로 끌고 가기 위해 형사를 추가해 수사를 전개하는 방식으로 바꾸지 않았을까 싶습니다.

극 초반에는 진술을 기준으로 사건과 인물들의 표면적인 이야기만 전달되기 때문에 범인의 윤곽이 조금은 빤해 보이는 것처럼 진행됩니다. 하지만 중반을 넘어가면 중메이바오와 관련된 '진짜 이야기'가 입체적으로 펼쳐지면서 시청자들에게 훨씬 복잡하고 무거운 생각거리를 던집니다. 악마와 같은 가해자 하나로 인해, 피해자인 여성과 그녀가 가장 아끼던 사람이 겪어야 했던 파란만장한 고난과 생애가 묵직하게 드러납니다. 더불어 그것을 끊어내기 위해 엄청난 희생을 감수한 다른 여성들의 연대로 사건의 실체가 완성되면서, 후반부에는 충격적이고도 가슴 아픈 반전까지 선사합니다.

인상적이었던 추가 감상 포인트

하나. 1화 오프닝을 정말 잘 만들었습니다. 피아니스트가 격정적인 곡을 연주하는 가운데 여러 군상의 모습과 주요 사건의 장면들이 펼쳐지는데, '중국 드라마가 이런 퀄리티를?!' 하고 경탄한 시청자들이 많았다는 후문이 있습니다.

둘. 처음엔 여성인 양 형사가 너무 감정적이고 어설픈 캐릭터로 묘사되어서, 결국 남성이자 베테랑인 중 팀장이 사건을 해결하는 인물이 되는가 싶어 조금 아쉬운 감이 있었습니다. 하지만 후반부로 갈수록 양 형사가 성장하는 모습을 보여줍니다. 상사인 중 팀장이 강조한 '경찰은 사실과 증거에 기반해서 사건을 판단해야 한다'라는 원칙을 맹신하지 않고 자신이 할 수 있는 최선을 끝끝내 찾아내어 '진짜 범죄자'가 벌을 받도록 범죄를 증명해냅니다.

셋. 주인공인 중메이바오의 인생이 너무도 불쌍하고 안타깝게 느껴질 수밖에 없는 데다, 진짜로 때려죽여야 마땅할 나쁜 놈이 등장하는 바람에 보는 내내 암울하지만, 그 모든 걸 여성들의 연대로 극복하고 결국엔 마무리까지 하면서 아름다운 엔딩을 완성합니다.

마무리하며

앞서 기술했지만, 이 드라마는 이야기를 끌고 가는 주된 방식이 증인의 진술에 의한 것이고, 그 진술에는 거짓과 진실이 복합적으로 얽혀 있습니다.

따라서 시청자들에게 보여주는 화면(내용)만으로는 어느 장면이 진짜(실제 일어난 일)이고 가짜(꾸며낸 일)인지 구별해내기가 쉽지 않습니다. 그래서 초반에는 극을 따라가기 힘들거나, 장면을 잘못 인식하는 상황이 벌어지기도 합니다(제 경우에는 레지던스 관리인의 진술에서 날짜나 정전 시기 등이 맞아떨어지지 않는 게 연출이나 편집의 오류라고 오해했습니다).

그러니 모든 상황을 너무 짜맞추려고 노력하진 마세요. 각각의 인물들이 풀어놓는 서사를 차분히 따라간다면 그것만으로도 얼마든지 재미있게 볼 수 있습니다.

특히 미스터리물을 좋아하는 《계간 미스터리》 독자라면 분명 흥미로울 거라고 단언합니다. 그러니 놓치지 말고 꼭 보세요!

《굿 걸 배드 걸》

마이클 로보텀 지음 · 최필원 옮김 · 북로드

한이　끔찍한 기억을 가진 사이러스 헤이븐과 이비 코맥은 각자의 구원에 이를 수 있을까?

《러브 몬스터》

이두온 · 창비

김소망　영화 〈비밀은 없다〉가 떠오르는 기묘한 색채의 K-러브 서스펜스 난장극.

《묵찌빠》

김세화 · 책과나무

박상민　어쩌면 현실일 수도 있는 이야기.

조동신　보통 사람들이 보통이 아닌 사건을 겪으면 어떻게 될까.

한수옥　있을 법한 이야기를 흥미롭게 풀어낸 이야기. 세상이 아무리 힘 있고 능력 있는 소수에 의해 움직인다고 해도 그들의 야욕을 무너뜨릴 수 있는 건 바로 의식 있는 소시민이다.

《바람아 우리의 앞머리를》

야요이 사요코 지음 · 김소영 옮김 · 양파

한새마　서정적이고 명징한 문장이 아름다운 학원 미스터리.

《심심포차 심심사건》

홍선주 · 네오픽션

박상민 제목과 표지는 일종의 낚시였다. 함부로 마음을 놓아서는 안 된다.

《실버뷰》

존 르 카레 지음 · 조영학 옮김 · 알에이치코리아

김소망 존 르 카레식 사랑 이야기.

《붉은 커튼》

김주동 · 책과나무

조동신 신이 인간에게 준 최고의 선물이 망각이라는 말은 과연 옳을까.

한새마 한번 쥐면 놓을 수 없다. 계속 갱신되는 반전에 반전과 예측할 수 없는 파격적 결말.

박상민 우리가 인지하지 못할 뿐 해답은 가까이에 있다.

《수확자》, 《선더헤드》, 《종소리》

닐 셔스터먼 지음 · 이수현 옮김 · 열린책들

한이 대담한 발상, 독자를 설득하는 디테일, 예측을 깨는 전개. 올해 최고의 독서 경험을 선사한 시리즈다.

《15초 후에 죽는다》

사카키바야시 메이 지음 · 이연승 옮김 · 블루홀식스(블루홀6)

한새마　극한까지 밀어붙이는 특수설정의 본격 미스터리.

《익명작가》

알렉산드라 앤드루스 지음 · 이영아 옮김 · 인플루엔셜

김소망　초대형 작가 A아무개 씨처럼 사는 걸 꿈꿔봤다면 언젠간 읽어야 할 소설.

《방주》

유키 하루오 지음 · 김은모 옮김 · 블루홀식스(블루홀6)

조동신　클로즈드 서클의 진화를 보여주는 작품.

한새마　뒤통수 감싸 쥐고 읽으시길.

박상민　다 함께 살 수 있는 방법은 없었을지 고민하게 된다.

《N》

미치오 슈스케 지음 · 이규원 옮김 · 북스피어

한새마　읽는 순서에 따라 달라지는 이야기들. 놀랍기도 하고 슬프기도 하고 감동적이기도 한 퍼즐.

《트러스트》

에르난 디아스 지음 · 강동혁 옮김 · 문학동네

이영은 '미국'이라는 신화를 가지고 노는 소설은 늘 재밌다. 그리고 이런 식의 추리소설도 가능하겠구나 싶어 감탄했다.

《#진상을 말씀드립니다》

유키 신이치로 지음 · 권일영 옮김 · 시옷북스

조동신 신세대 추리소설가의 단편 모음집, 마지막 단편의 스케일이 상당하다.

박상민 추리소설에 걸림돌이 될 수 있는 현대 기술을 영리하게 이용했다.

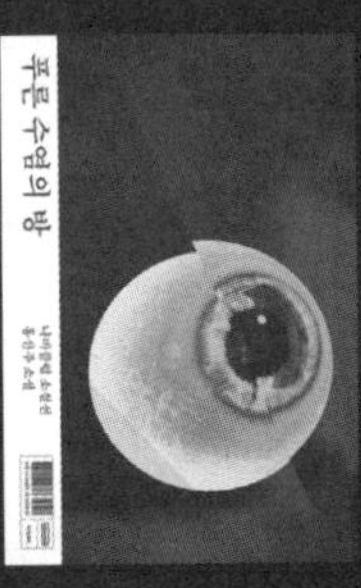

《푸른 수염의 방》

홍선주 · 나비클럽

한새마 오싹하고 통쾌하고 슬프고 재밌는 미스터리 성찬. 단 한 번도 자기 답습이 없는 천생 이야기꾼의 이야기.

《런어웨이》

장세아 · 아프로스미디어

조동신 안락함 이상의 유혹이 과연 존재할까.

《퍼핏 쇼》

M. W. 크레이븐 지음 · 김해온 옮김 · 위즈덤하우스

한새마　　열혈 수사관과 사회성 제로의 분석관이 만났다. 꿀조합 완벽 케미.

《탐정 홍련》

이수아 · 책과나무

한수옥　　조선시대 여성 탐정 홍련과 심약한 사또가 보여주는 발칙한 케미.

《출생지, 개미지옥》

모치즈키 료코 지음 · 천감재 옮김 · 모모

한새마　　잔소리 없는 사회파 미스터리. 붕괴한 가정에서 방임되는 아이들에 대해 생각해보는 시간.

《크루시블》

제임스 롤린스 지음 · 황성연 옮김 · 열린책들

한이　　놀랍도록 빠른 속도로 진화하는 챗GPT를 보니, 이 소설이 그리는 세계가 마냥 비현실적이지만은 않다.

《오전 0시의 몸값》

교바시 시오리 지음 · 문승준 옮김 · 내친구의서재

한새마 기발한 유괴 방법, 깔끔한 이야기 전개, 킬링타임으로 제격이다.

《이야기를 횡단하는 호모 픽투스의 모험》

조너선 갓셜 지음 · 노승영 옮김 · 위즈덤하우스

한이 인간 언어가 발달한 이유를 아는가? 바로 '뒷담화'를 하기 위해서다. 고도로 발달한 뒷담화가 '이야기'니 어찌 인간이 이야기에 중독되지 않을 수 있겠는가.

SOS

황세연

추리 오피스텔 203호 화장실에서 만화가 윤성렬이 변사체로 발견되었다. 시체는 변기 옆에 머리를 두고 엎어져 있었다.

범인은 203호 진열장에 있던 토르 망치 모양의 구리로 된 상패로 윤성렬의 머리를 두 번 가격했다. 한 번은 서 있는 상태에서 정수리를 가격했고, 한 번은 쓰러진 뒤에 옆머리를 가격했다. 흉기로 쓰인 망치 상패는 수돗물이 최대로 틀어져 있는 세면기에 놓여 있었다.

망치 상패 어디서도 지문은 채취되지 않았다.

윤성렬의 시체를 발견하고 신고한 사람은 추리 오피스텔 505호를 작업실로 사용하고 있는 만화 스토리 작가 홍정기였다.

경찰 과학수사팀이 현장 감식을 진행했다.

시체는 머리와 얼굴이 피투성이였고 그 외에는 오른손에만 피가 묻어 있었다. 오른손 검지 끝에 묻은 피가 뭉개져 있는 걸로 보아 피해자는 피 묻은 손으로 뭔가를 만진 것 같은데 화장실 안에 피 묻은 지문이나 손자국은 없었다.

과학수사팀이 숨은 핏자국을 찾기 위해 화장실 곳곳에 루미놀을 뿌리고 불을 끄자 변기 옆에서 형광 글씨가 빛났다. 피로 쓴 글씨를 지운 흔적이었다.

"피 묻은 손가락으로 쓴 게 바로 이거였군! 다잉메시지인가? 피해자가 쓴 걸 범인이 지운 모양이군. SOS? 505? SOSO?"

"피해자가 죽어가며 남긴 거라면 SOS는 아닐 거 같은데요. 구조신호를 이렇게 눈에 안 띄는 변기 구석에 남겼을 리 없잖아요?"

"그렇다면 505인가? 아니면 영어로 뭔가를 쓰다가 다 못 쓰고 죽었

나? 그런데 피해자가 이 글씨를 썼다고 보기에는 좀 이상하지 않아? 저런 흉기로 머리를 두 번이나 강타당해 머리뼈가 함몰되어 사망했는데, 이런 글씨를 쓸 수 있었을까?"

"피해자가 머리를 연속으로 두 번 강타당한 게 아닐 수도 있죠. 피해자가 머리를 한 번 강타당해 쓰러진 뒤 정신을 차리고 이렇게 머리를 부자연스럽게 변기 쪽으로 돌려서 이 글씨를 썼고, 이후 범인이 피해자의 쓰러진 자세가 바뀐 걸 보고 망치 상패로 머리를 한 번 더 내려쳐서 죽였을 수도 있잖아요. 글씨는 그 뒤 범인이 지운 것일 테고요."

"그렇다고 해도, 머리는 이쪽에 있는데 눈에 보이지 않는 반대편에 글씨를 썼다는 게 좀 이상해."

"몸을 움직일 힘이 없어서, 손을 이쪽으로 옮길 힘조차 없어서 손이 놓여 있던 곳에 그대로 글씨를 썼던 게 아닐까요? 아주 단순한 글씨잖아요."

"피는 머리 쪽에만 있어. 글씨를 쓰기 위해 피를 손가락에 묻히려면 어차피 손을 머리 쪽으로 움직일 수밖에 없었어."

"그렇다면 피해자가 생각하길, 이쪽에 글씨를 쓰면 범인의 눈에 쉽게 띄어 범인이 지울 수도 있으니 일부러 눈에 잘 안 띄는 반대쪽, 벽 쪽에 쓴 것일 수도 있어요."

"그랬을지도 모르겠군."

경찰은 추리 오피스텔 복도 끝에 숨겨져 있던 CCTV를 찾아냈다.

오래된 CCTV라 화질은 좋지 않았지만 사건 전후로 203호에 드나든 사람을 파악할 수는 있었다.

죽은 윤성렬은 오전 9시 10분에 오피스텔로 출근했다. 그리고 곧장 203호 출입문을 활짝 열어놓았다. 작업실 에어컨이 고장 났기 때문이다. 추리 오피스텔은 복도에도 에어컨이 가동되고 있어 문을 열어놓으면 찬 공기가 실내로 유입되었다.

CCTV를 보면 사건 전후로 세 명이 203호를 방문했다.

10시 09분, 404호 서순석 203호로 들어감.

10시 30분, 서순석 나옴.

11시 10분, 205호 오성호 203호 들어감.

11시 18분, 오성호 나옴.

12시 44분, 505호 홍정기 203호 들어감.

13시 13분, 홍정기가 시체 발견하고 경찰에 신고.

404호 서순석 증언: 저는 만화가인데 상의할 게 있어서 203호로 가서 윤성렬을 만나 같이 커피를 마셨습니다. 제가 203호를 나올 때는 분명 윤성렬은 살아 있었습니다.

205호 오성호 증언: 저는 웹툰 작가입니다. 지나가다 보니 203호 문이 활짝 열려 있기에 커피나 한잔 얻어 마시려고 들렀었죠. 그런데 203호에는 아무도 없었습니다. 윤성렬을 잠깐 기다리다가 언제 돌아올지 몰라 203호를 나와 제 작업실로 갔습니다.

505호 홍정기 증언: 저는 만화 스토리 작가이고 윤성렬에게 할 말이 있어 203호에 갔었죠. 문은 활짝 열려 있는데 아무도 없었습니다. 사무실 안쪽에 있는 화장실에서 수돗물 소리가 요란하게 나기에 윤성렬이 화장실에 있다고 생각해 밖으로 나오길 기다렸는데, 시간이 꽤 지나도 안 나오더라고요. 그래서 화장실 문을 노크했는데 대답이 없고, 문이 잠겨 있었어요. 분명 수돗물 소리는 나는데 인기척이 없어, 불안한 생각이 들어 지갑에서 신용카드를 꺼내 화장실 문틈에 밀어 넣어 잠긴 문을 열었습니다. 그렇게 시체를 발견했고, 곧장 휴대전화로 경찰에 신고했습니다.

검안의는 윤성렬의 사망 시각을 낮 11시에서 1시 사이로 추정했다.

505호 홍정기의 슬리퍼에서 혈흔이 검출되었다.

경찰이 추궁하자 홍정기는 다른 건 다 사실인데 한 가지 숨긴 게 있다고 말했다. 시체를 발견한 뒤 신고하고 경찰이 오길 기다리는 동안 다시 화장실 안을 들여다보니 변기 안쪽에 피로 쓴 '505'라는 글씨가 보였다고 한다. 자신이 시체 발견자인 데다 505호 거주자이다 보니 살인 누명을 쓰게 될까 봐 화장실 두루마리 휴지를 풀어 피로 쓴 글씨를 닦아 깨끗이 지우고 피가 묻은 휴지는 화장실 변기에 넣고 물을 내렸다고 한다. 변기 앞에서 허리를 굽히고 글씨를 지울 때 신발에 피가 묻은 것 같다는 주장이었다.

경찰은 죽은 윤성렬과 용의자 세 사람의 원한 관계, 금전 관계, 치정 관계 등을 철저히 조사했다. 세 사람은 모두 살인 동기가 충분했다. 셋 다 윤성렬에게 원한이 있거나 윤성렬이 죽으면 큰 이익을 볼 수 있는 상황이었다.

또 세 용의자는 서로 잘 아는 사이였는데 겉으로는 사이가 좋아 보여도 역시 이권, 치정 등이 복잡하게 얽혀 있었다.

문제: 범인은 누구일까?

QR코드를 스캔하거나 나비클럽 홈페이지(www.nabiclub.net)의 〈계간 미스터리〉 카테고리에서 확인할 수 있습니다.

2023

봄호

독자 리뷰

★밀렵지망인

멋진 표지가 인상적인 《계간 미스터리》를 안경닦이 굿즈와 함께 처음 만나게 되었다. 무려 통권 77호라는데 이 알찬 잡지를 이제야 알았다니!

특히 인상적이었던 건 계간 미스터리 신인상 작품 〈설곡야담〉과 작품 못지않게 재미있었던 수상자 인터뷰였다. 전업 작가로 살기 힘든 한국 사회에서 아무리 플랫폼 다양화로 등단의 벽이 낮아졌다고 해도 젊고 재능 있는 작가들이 이 길이 맞는지 좌절하며 포기하는 사례도 많을 것이라고 생각한다.

수상자 고태라 작가의 가슴 찡한 인터뷰에서 볼 수 있듯 이 상은 신인 작가들이 가장 갈구하는 관심과 칭찬을 통해 자신에 대한 불신에서 벗어나는 좋은 기회인 것 같다. 이는 당연히 우리 독자들에게도 좋은 일일 것이고.

국내 작가들의 미스터리 단편소설이 네 편이나 실려 있는 점도 좋았다. 특히 홍선주 작가의 〈마트료시카〉는 정유정 작가의 《종의 기원》이 떠오를 정도로 흡인력이 좋았던 작품이다. 절제된 서늘함과 어두움이 느껴지는 1인칭 서술을 통해 숨 막히는 긴장감이 지속적으로 유지된다. 더불어 위화감도 결말의 '세 번의 규칙'과 '생명으로 치면'에서 폭발한다(다만 개인적인 생각으로는 마지막 문제 해결식 뉴스 없이 화자가 그대로 떠나는 것으로 마무리되었다면 전율이 더 오래가지 않았을까 싶기도 하다). 여실지 작가의 〈로드킬〉 역시 화끈한 마무리가 인상적이었다.

다만, 학문적 관점에서 미스터리 장르를 조망한 여러 편의 글은 일반 독자들에겐 다소 어렵고 접근성이 떨어져 논문을 읽는 것 같은 아쉬움도 있다. 글이 '누군가에게 읽히기 위해 쓰이는 것'이라면, 미스터리 장르의 위상이 높아진다는 건 곧 많은 독자에게 글이 읽힌다는 뜻일 것이다. 학문적 연구도 분명 의미 있지만, 독자들이 바쁘고 골치 아픈 현실에서 벗어나 미스터리를 통해 쉬게 하려면 지금보다 흥미를 유발할 수 있는 기획이 좋지 않을까 생각한다.

★몽쁘띠

〈타임캡슐〉도 그렇고 〈코로나 시대의 사랑〉도 지극히 현재와 잘 맞는 소재가 아닐까 싶다. 사회파 추리소설이나 범죄소설은 우리 일상과 밀접한 관계가 있으니 언제나 사회적 현상이나 변화의 흐름을 꿰고 있어야 한다고 생각한다. 요즘 뉴스에 가장 많이 등장하고 사람들이 관심을 갖는 부분이 아동학대와 정규직-비정규직 간의 좀체 메워질 수 없는 간격이라, 두 작품은 참으로 시기적절하지 않았나 싶다. 이렇게 새로운 작품만 실어도 충분히 만족스러운데 당선작에 대한 코멘트와 작가 인터뷰도 실려 있어 작가의 생각과 어떤 마음으로 작품을 썼는지 알 수 있어 또 다른 재미를 느낄 수 있었다.

★빈츠

특집 기사와 소설, 인터뷰, 독자 리뷰 등 다양한 구성의 글이 적당한 분량으로 구성되어 있어서 좋았어요. 전에 읽은 다른 잡지는 《계간 미스터리》보다 큰 판형에 긴 분량의 글자가 빽빽해서 읽기 어려웠거든요. 《계간 미스터리》는 줄의 간격이 좁지 않아서 정말 좋아요. 한정된 지면에 많은 분량을 담기 위해서인지 잡지들이 갈수록 여백이 좁아지는 것 같더라고요. 《계간 미스터리》는 가독성이 좋아 시원한 마음으로 완독했습니다! 그리고 2023 봄호에 실린 영화 리뷰 글이 굉장히 반가웠습니다. 앞으로도 영화 리뷰가 꾸준히 담겼으면 좋겠어요!

인스타그램 @nabiclub을 팔로우하고,
#계간미스터리 해시태그와 함께
《계간 미스터리》 리뷰를 남겨주세요.
선정된 리뷰어에게는 감사의 마음으로
신간 《계간 미스터리》를 보내드립니다.

특집

르포르타주★길고양이 킬러를 추적하다★전현진/팩트스토리

신인상

심사평

단편소설

휴가 좀 대신 가줘★김영민

불꽃놀이★박소해

KIND OF BLUE★정혁용

머나먼 기억★류성희

장편소설

탐정 박문수_성균관 살인사건 ①★백휴

인터뷰

"소설은 문장의 예술입니다"

소설 《파쇄》의 구병모 작가★김소망

미스터리란 무엇인가

한국적 장르 서사와 미스터리 ④

-미스터리라는 게임의 형식★박인성

신화인류학자가 말하는 이야기의 힘

인물 창조의 산고 ④

-부모 잃은 소년, 탐정이 되다★공원국

미스터리 영상 리뷰

웰메이드 미스터리 수사극 〈마천대루〉, 중국 드라마의 새로운 발견★쥬한량

신간 리뷰

《계간 미스터리》 편집위원들의 한줄평

트릭의 재구성

SOS★황세연

값 15,000원
ISBN 979-11-91029-74-1 03810